FANTASY FRONTIER SPIRIT

이성현 판타지 장편 소설

흑암의 귀환자 6

이성현 판타지 장편 소설

초판 1쇄 찍은 날 § 2015년 1월 15일
초판 1쇄 펴낸 날 § 2015년 1월 22일

지은이 § 이성현
펴낸이 § 서경석

편집부장 § 권태완
편집책임 § 박가연

펴낸곳 § 도서출판 청어람
등록번호 § 제387-1999-000006호
등록일자 § 1999. 5. 31
어람번호 § 제1-2028호

주소 § 경기도 부천시 원미구 부일로 483번길 40 서경B/D 3F (우) 420-822
전화 § 032-656-4452 팩스 § 032-656-4453
http://www.chungeoram.com
E-mail § chungeorambook@daum.net

ISBN 979-11-04-90061-7 04810
ISBN 978-89-251-3635-6 (세트)

RETURN from Darkness
흑암의 귀환자
6 | 뒤섞인 흑백

CONTENTS

Chapter 41
어쩔 수 없는 선택

1

암흑의 화신 제이블란트의 봉인 이후, 가장 대규모로 펼쳐진 전투인 아르키어스 평원 전투는 과거 똑같은 장소에서 벌어졌던 20여 년 전의 전투처럼 인간과 마족 간의 세력 판도에 큰 영향을 미쳤다.

마족 측에선 5공작 중 웨어울프 공작 로베르토가 전사했고 레이우드 왕국의 공주이자 켄타우로스 공작인 안젤리카가 포로로 잡히며 치명적인 타격을 입었다. 게다가 엎친 데 덮친 격으로 데몬 공작 에르카이저의 원래 목적이었던 암흑의 화신 제이블란트의 봉인 해제까지 실패로 끝났다.

당연히 전황은 마족의 열세 쪽으로 흘러갔지만, 승기를 계속 이끌고 나가야 할 인간 측은 기회를 살리지 못하고 주춤거렸다. 모르드 왕국 연합과 마족 군단이 격돌했지만 사실상 전투를 끝낸 이는 다름 아닌 흑염의 카일이었고, 그 카일로 인해 다시 과거의 힘을 되찾은 빛의 용사 페이서는 모르드 왕국과 절대 공존할 수 없는 관계였다.

기적과도 같은 페이서의 부활은 결국 모르드 왕국을 중심으로 한 인간 측 연합 세력의 와해를 가져왔다. 특히 모르드 왕국 내 산재했던 여러 문제가 페이서의 대두를 기점으로 폭발하듯 퍼져 나갔다.

게다가 또 하나의 예상치 못했던 변수가 수면 위로 올라오자 인간 측의 세력 판도는 더욱 혼란 속에 빠져들었다. 모르드 왕국 내 일부 귀족만 알고 있던 '진짜' 크레아 공주가 페이서의 부활을 계기로 모습을 드러냈기 때문이다.

2

엘레힘 신성력 1327년 10월 15일.

"어이! 이쪽 창고는 벌써 꽉 찼다고! 다른 곳으로 돌려!"

"아까는 넉넉하다고 말했잖아? 짐 내리기 전에 미리 말해야 할 것 아냐!"

"아무튼 저기로 가!"

마차에서 짐을 내리던 젊은 병사들은 손을 교차해 X자를 그린 경비병의 수신호에 한숨을 길게 내쉬었다. 병사들은 뒤에 길게 이어져 있는 마차의 행렬을 보곤 도로 짐을 마차에 싣기 시작했다. 활짝 열린 코르테스 성문 너머엔 수십여 기의 마차가 들어갈 차례를 기다리고 멈춰 섰다. 선선한 바람이 불어오는 가을 날씨였지만 그들의 윗도리엔 땀이 흠뻑 배어 있었다.

"인간이란 참 간사해. 그렇지 않아?"

코르테스 성 중앙 탑에서 창고 입구를 내려다보고 있는 카일의 입에서 피식하는 웃음소리가 새어 나왔다.

"그렇게 도와달라고 우리 쪽에서 애원할 땐 고려해 보겠다느니, 우선은 윗선에 보고해 보겠다며 눈치만 보던 놈들이 지금 와서 선물 보따리 가득 들고 페이서를 만나려고 기를 쓰고 있으니 말이야."

요구하지도 않은 선물들을 마차 가득 싣고서 페이서와의 면담을 기다리고 있는 각 나라의 사신들이 카일 눈에는 영 못마땅하게 비춰졌다.

"아까 포르칸 님과 이야기를 좀 나눠봤는데, 요즘 전투는 고사하고 짐만 나르는 일꾼이 된 기분이라고 말하더군요."

의자에 앉아 고문서를 해독 중이던 제럴드는 탑 아래 광장에서 느껴지는 무수한 인간의 마나를 감지하고 살짝 인상을 썼다.

"실버윙즈 쪽 분위기가 나빠지면 곤란한데."

“받은 선물들을 실버윙즈 측에 모두 나눠주면 쉽게 해결될지도 모르죠. 하지만 그런 건 바라지도 않는다고 실버윙즈 쪽에서 말했고, 저 역시 저딴 선물 따위 받아봤자 나중에 트집 잡힐 거리만 만들어준다고 생각합니다.”

“어르신들이야 그럴지 몰라도 젊은 애들 속은 몰라. 나중에 수당이라도 좀 올려줘야겠어.”

카일은 어차피 나중엔 대부분 돌려줘야 할 선물들이 차곡차곡 창고에 쌓이는 과정을 보며 쓴웃음을 지었다.

실버윙즈가 카일 일행과 함께 코르테스 성으로 돌아온 지 어느덧 20일이 지나갔다. 하지만 실버윙즈가 성으로 돌아오자마자 한 일은, 열리지 않은 성문 밖에서 진을 치고 있던 여러 나라 사신들의 하소연을 듣는 거였다. 그 뒤론 계속 들어오는 선물을 성 밖에 놔둘 수 없어 창고에 쌓아두는 반복 작업만이 이어졌다.

“그래도 저들은 대충 이해관계를 따져 보고 선택할지 아닐지 고르면 되니 그나마 다행입니다. 진짜 골치 아픈 쪽은 따로 있지요.”

“그 공주 말이지?”

등장하자마자 모르드 왕국의 사신을 기세만으로 쫓아냈던 ‘진짜’ 크레아 공주는 현재 코르테스 성 내의 가장 큰 이슈였다.

과거 젊었을 시절의 페이서와 엘리제 공주와의 로맨스를

기억하던 이들은 그때 이어지지 못했던 둘의 인연이 다른 방식으로 재현될지 기대하는 눈치였다.

하지만 또 한편으로는 과거 두 남녀의 로맨스가 결국 페이서의 처절한 몰락으로 끝난 것 역시 잊지 않았던 터라 우려의 목소리도 적지 않았다.

"진짜라는 확증이 없었다 쳐도 저에게 또 한 명의 크레아 공주가 나타났다는 사실 자체라도 미리 언질해 줬다면 이렇게까지 일이 꼬이진 않았겠죠."

"확실히 그건 내 실책이었지. 면목 없다."

"당신을 비난하는 건 아닙니다. 게다가 그동안의 연락을 모르드 왕국에서 조작했다는 걸 감안하면 그 진짜 공주에 대한 이야기 역시 감춰졌을 겁니다. 좀 더 확실한 연락 체계를 구축하지 못했던 제 실수입니다."

금세 비난의 방향을 자신으로 바꾼 제럴드가 카일은 안쓰럽게 느껴졌다. 원래 이런 성격이라는 걸 예전부터 알고 있지만 더욱 차갑게 변해가는 친구에게 부담을 지우는 것 같아서 마음이 편치 않았다.

"그래서 더 면목 없는 거야. 너에게 모든 걸 떠맡긴 기분이 들잖아. 우리끼리라도 욕할 건 욕해달라고."

"전 원래 욕 같은 건 안 하는 성격이잖습니까?"

평상시와 다를 바 없는 반응의 제럴드였지만, 카일은 마음이 편치 못했다. 아무렇지 않다는 표정 너머에 뭔가 숨기고

있다는 기분이 강하게 들었다

3

"그러면 잘 부탁드립니다."

사신이 문을 닫고 나가자, 페이서는 소파에 등을 기대고 눈을 감았다.

"휴우……."

페이서는 예복의 목 부분을 잡아당기며 길게 한숨을 내쉬었다. 걸치고 있는 모든 게 거추장스럽게만 느껴졌다.

아침부터 시작된 각 나라 사신들과의 면담은 그에게 지루함만을 선사했다. 어느새 점심시간을 훌쩍 넘겼지만 배고픔보단 갈증이 느껴졌다.

페이서는 탁자 위의 물병을 집어 들더니 그대로 들이켰다. 반쯤 남아 있던 물이 순식간에 목구멍 안으로 흘러 들어갔지만 갈증은 여전히 사라지지 않았다.

"왜 모두 한결같이……."

그와 손을 잡으려는 국가들이 공통적으로 내세운 조건 하나가 페이서에게 고뇌를 안겨주었다. 결국 페이서가 할 수 있는 대답은 좀 더 기다려 달라며 시간을 끄는 것밖에 없었다.

"실례하겠습니다."

문밖에서 들리는 노크 소리와 익숙한 목소리에 페이서는

감았던 눈을 떴다.

"들어오십시오."

"고생이 많으시네요."

문을 열고 들어온 크레아 공주는 활짝 미소를 지으며 페이서의 맞은편 소파에 다소곳이 앉았다.

그녀가 직접 들고 온 쟁반 위엔 찻잔 두 개와 김이 모락모락 피어오르는 사기 주전자가 놓여 있었다.

"이건……."

페이서는 다시 눈을 감더니 코안으로 스며드는 향기를 음미했다.

지금처럼 사방이 벽으로 막힌 작은 방이 아니라, 잔디가 넓게 깔린 정원 한복판에서 차를 마시던 옛날이 그의 머릿속에서 펼쳐졌다.

"왕궁 내에서만 재배되는 특제 차랍니다. 역시 기억하고 계셨군요?"

"아……."

크레아의 목소리를 듣고 회상에서 빠져나온 페이서는 그녀로부터 눈을 떼지 못했다. 어떻게 알아냈는지 몰라도 크레아는 그녀의 어머니 엘리제 3세가 공주였을 당시 머리 모양이라든가, 입었던 옷 등등을 그대로 따라 했다.

"옛날과 똑같은 맛이군요."

"맘에 드신 것 같아 다행이로군요."

크레아는 찻잔을 탁자 위에 내려놓으며 페이서의 눈을 바라봤다. 서로 시선이 마주치자 먼저 고개를 돌린 쪽은 페이서였다.

'역시 닮았어. 아니, 닮은 정도가 아니라 그때의 엘리와 똑같아.'

외모상으론 이전에 봤던 빛의 용사 크레아와 다른 부분을 찾을 수 없었다. 하지만 말투에 간간히 섞여 나오는 자신감과 당당함, 그리고 행동력은 10대 소녀였던 엘리제 공주와 판박이였다.

"페이서 경, 약속했던 3주도 거의 끝나가는데 슬슬 대답해 주실 때가 되지 않았나요?"

"아, 그건……."

"아니면 제가 진짜 크레아 공주인지 아닌지 검증할 시간이 더 필요한가요?"

"그건 아닙니다."

페이서 본인이 느낀 바도 그렇고, 여러 정황상 그녀가 진짜 모르드 왕국의 공주라는 건 확실했다. 유일하게 모르드 왕국 측만이 공식적으로 부정했지만, 애초에 공신력을 상실한 왕국의 발표는 되레 그들이 진짜라고 주장하는 '빛의 용사' 크레아의 입지를 줄일 뿐이었다.

"미리 말씀드리겠습니다. 전 어마마마와는 다릅니다. 당시의 어마마마는 페이서 경이 지닌 역량을 제대로 파악하지 못하고 그저 전쟁 영웅으로만 인식했죠. 하지만 전 페이서 경이 과거 겪었던 고난을 극복하고 다시 일어서는 모습을 직접 봤습니다. 당신은 단순한 전쟁 영웅 그 이상의 것을 보여줬습니다."

"네? 설마 그 전투에 직접 참여했습니까?"

"마법을 통해 멀리서 봤습니다. 정말로… 제가 상상하던 모습 그 이상이었지요."

오랫동안 초상화를 통해서만 상상했던 빛의 용사가 극적인 상황에서 부활하는 광경은 크레아에게 인상 깊게 각인되었다.

"아직도 결정을 내리기 망설여지신다면 페이서 경의 요구와 별개로, 모두가 쉽게 이해할 수 있도록 제안 하나만을 제시하겠습니다."

크레아는 오른손 중지에 끼고 있는 반지를 빼내 탁자 위에 올려놨다. 모르드 왕국의 문양이 정교하게 새겨진 반지는 왕위를 물려받을 자격이 있는 자만이 소유할 수 있는 물건이다. 그걸 그녀는 아무런 망설임 없이 페이서 쪽으로 쓱 밀었다.

"당신을 새로운 모르드 왕국의 왕으로 만들어 드리겠습니다. 이전처럼 과거의 실수를 인정하지 않고 묻어두기만 하려는 모르드 왕국이 아닌, 새롭게 태어날 신생 모르드 왕국을 당신에게 드리겠습니다."

너무나 파격적인 제안에 페이서는 멍하니 크레아를 바라

보기만 했다.

"제 말 들리십니까?"

"아? 아… 네. 그런데 절 왕으로 만들겠다는 의미는 구체적으로……."

"의외로 눈치가 없으시네요. 저 정도라면 당신의 배우자로 부족하지 않다고 생각됩니다만, 아닌가요?"

'진짜' 크레아 공주를 처음 만난 순간부터, 그녀가 자신을 바라보는 눈빛이 심상치 않다는 건 페이서도 대충 느끼고 있었다.

하지만 한때 사랑했던 여성의 딸이기도 하고, 나이 차이도 제법 나는지라 크레아 공주를 굳이 이성으로 대하진 않았다. 계속 그녀를 접할 때마다 엘리제와의 추억이 떠오르긴 했지만.

"공주님처럼 젊으신 분이 어찌 저같이 나이 든……."

"나이 따윈 상관없답니다."

"그리고 저에겐 이미……."

"무슨 말을 하려는 건지 알고 있습니다. 그러니 계속 숨어 있지 말고 모습을 드러내시지요, 코델리아 공."

크레아가 창문 쪽으로 시선을 돌리자, 창문턱에 거꾸로 매달려 있던 박쥐 한 마리가 날개를 파닥거리며 위로 날아올랐다.

방 안에 붉은 안개가 확 퍼지면서 코델리아가 모습을 드러냈다. 페이서를 오래전부터 돕긴 했어도 마족이라는 입장상 남들 앞에 나타날 수 없었던 그녀는 대신 박쥐로 변해 페이서의 주변을 경호 중이었다.

"난 특별히 할 말은 없다."

코델리아는 눈썹 사이를 살짝 찌푸리더니 아예 몸을 돌려 크레아에게 등을 보였다. 페이서를 배신한 엘리제 3세와 똑 닮은 그녀를 보는 것만으로도 살의가 마구 치솟았기 때문이다.

"하지만 전 당신에게 해야 할 말이 있답니다."

방 안을 가득 메운 붉은 안개 속에서도 크레아는 여유로운 표정으로 찻잔을 들어 올렸다.

"코델리아 공, 당신이 페이서 경께 어떤 감정을 지니고 있는지 잘 알고 있답니다. 하지만 현실을 직시하셔야죠."

"현실? 하! 내가 인간이 아닌 뱀파이어라는 것 말인가?"

이미 수십여 차례 지겹게 들은 질문을 코델리아는 가볍게 웃어 넘겼다.

"그건 중요하지 않습니다. 인간과 이종족 간의 사랑은 오히려 다른 이들에게 낭만으로 여겨질 흥미 요소죠. 하지만 지금은 그 인간과 이종족 간의 전쟁이 진행 중입니다. 이런 상황에서 당신과 페이서 경이 맺어지는 것과, 제가 페이서 경과 이어지는 것 중 어느 쪽이 페이서 경에게 현실적으로 도움이 될까요?"

다른 의미의 현실을 언급하자 좁아졌던 코델리아의 눈썹 사이가 원래대로 돌아갔다.

"그것뿐만이 아닙니다. 페이서 님은 어디까지나 인간, 고로 코델리아 공에 비하면 너무나 짧은 삶을 살다 갈 수밖에 없지요. 무슨 의미인지 알겠습니까?"

말을 마친 크레아는 찻잔을 마저 비우더니 자리에서 일어났다.

그리고 미소를 머금고 페이서를 한동안 빤히 바라보더니 방 밖으로 나갔다.

"그러면 조만간 좋은 대답을 기다리겠습니다."

4

해가 지고 물품 정리가 끝나자 코르테스 성 안에 고요함이 감돌았다. 각 나라에서 파견된 사신들은 그들의 숙소로 돌아가 어떻게 해야 페이서를 설득할지 부하들과 함께 머리를 싸맸고, 실버윙즈는 각 나라의 사신들이 한곳에 모인 상황인지라 물샐틈없는 경비를 펼쳤다. 코르테스 성을 처음 만들었을 때와는 상반되게 경직된 분위기가 이어졌다.

여기저기 설치된 횃불이 텅 빈 코르테스 성 중앙 시야를 밝혔고, 그런 광경을 카일은 창문 너머로 내다보았다.

"그 공주가 대답을 독촉했다, 이 말이지?"

과거 세상을 구했던 네 명이 오래간만에 한자리에 모였지만 카일 말고 입을 여는 이는 없었다.

"다음에 만날 땐 널 꼭 데리고 오라는 말이 그런 의미였었나……."

코르테스 성에 오기까지, 그리고 온 이후에도 페이서에 달라붙은 크레아 공주의 의도가 그런 쪽일 줄은 카일은 미처 예상하지 못했다.

"페이서, 어떻게 할 거야? 설마 네 첫사랑과 판박이인 아가씨 상대로 흔들렸다는 말 따위 하지 않겠지?"

카일이 가볍게 내던진 물음에 페이서의 대답은 즉각 튀어나오지 않았다.

"이럴 땐 빨리 대답해야 하잖아? 왜 망설여?"

"흔들렸냐 아니냐고 물어보면, 흔들리지 않았던 건 아냐."

"페이서, 너!"

부정에 부정을 연달아 붙인 표현에 카일의 목소리가 확 높아졌다.

"끝까지 들어. 처음 크레아 공주를 봤을 때, 난 엘리… 엘리제가 다시 돌아온 듯한 착각에 빠졌어. 하지만 그건 착각이 아니었어. 진짜 크레아 공주는 20여 년 전 그때의 엘리제와 똑같았어. 그래서 처음에는 흔들렸지만, 결국 손을 잡아서는 안 된다고 생각해."

크레아는 페이서의 마음을 조금이라도 더 흔들기 위해 자신의 어머니와 똑같은 모습을 연출했지만, 그건 오히려 역으로 페이서 마음속 깊이 자리 잡고 있던 불안을 되살리는 셈이 되어버렸다.

"난 제럴드처럼 머리가 잘 돌아가진 않지만 한 번 당한 일을 똑같이 당할 정도로 바보는 아니야."

"그러면 왜 대답을 망설였어?"

"내가 알고 있는 엘리제 3세와 크레아 공주가 서로 닮은 성격이라면, 그녀의 제안을 거부했을 때 나올 반응이 결코 우호적이진 않을 거야. 그래서 어떻게 해야 서로에게 좋게 거절할 수 있을까 고심했지만, 그런 결말은 있을 수 없다고 판단했어. 그리고 내 개인 감정만이 아닌 다른 요소들도 감안해야 해."

받아들일 수 없는 호의를 안고 접근한 상대를 거부한다면, 그 호의 이상의 반감과 증오를 남기고 간다는 사실을 페이서는 잊지 않았다.

"다른 요소라… 그러면 제럴드, 넌 어떻게 생각해?"

평소 같았으면 이야기를 이끌어 나갔을 제럴드가 계속 침묵을 지키자 카일이 먼저 그에게 말을 걸었다.

"전 다른 의미에서 저 공주를 가까이해서는 안 된다고 생각합니다."

"뭔데?"

"지금은 말할 수 없습니다."

시력을 잃은 이후 타인과 다른 시야를 지니게 된 제럴드는 그녀의 몸에서 보인 마나를 떠올리며 입을 굳게 다물었다.

"너답지 않게 오늘따라 말이 짧네."

"하고 싶은 말은 많지만, 제 입으로 직접 말하기 난감해서 그럽니다."

페이서가 언급한 '다른 요소'와 제럴드가 돌려 표현한 '난감함'이 뭔지 파악한 카일은 여전히 창문 밖을 응시했다.

"페이서, 지금 이 자리에 확실하게 말해두겠어. 나 때문에 저 공주와 손을 잡겠다는 말은 하지 마. 과거에도 그랬고, 지금 시점에서도 모르드 왕국과는 어떤 식으로든 연관되어서는 안 돼. 제럴드도 같은 생각일 테고, 카트리나 역시 마찬가지지?"

크레아 공주가 내세운, 지난 전투에서 카일이 저지른 살육에 대한 책임과 페이서의 제안 모두를 받아들이겠다는 말은 그냥 거절하기엔 너무나 솔깃했다.

하지만 그 이상으로 크레아 공주와의 연합은 크나큰 위험요소를 내포했다. 페이서와 제럴드, 그리고 아직까지도 입을 다물고 있는 카트리나의 마음속엔 지난 20년 동안 겪은 고통과 수난으로 인한 상처가 아직도 완전히 아물지 않았다.

"그렇다면 결론은 하나네."

카일은 창문턱을 붙든 두 손에 힘을 살짝 주었다.

"내가 떠나면 돼."

"카일!"

페이서는 의자에서 벌떡 일어서더니 목소리를 높였다.

"내가 저지른 일은 반드시 책임을 져야 해. 다른 사람이 아닌 바로 내가."

카일은 몸을 돌려 창문 옆에 등을 기댔다. 살짝 미소를 짓고 있는 그와 달리 페이서는 안쓰러운 표정을 짓고 있었다.

"그리고 누군가를 이끄는 건 애초에 내 성격과 안 맞아. 난 단지 네가 원래의 힘을 되찾을 때까지 네 역할을 잠시 떠맡은 거에 불과해. 넌 빛의 용사로 완전히 부활했고. 역시 인간들에겐 어둠보다 빛이 더 받아들이기 쉬운 법이야."

과거나 지금이나 인간들은 어둠의 카일보다 빛의 페이서를 선호했다. 그 인식을 바꿀 수 없다면 어둠이 모습을 감춰야 한다고 카일은 결심했다.

"그리고 손잡겠다고 모여든 나라들이 내건 조건 중 나에게 말 못할 내용도 있었지?"

"아, 그건……."

코르테스 성으로 돌아온 이후, 페이서를 만난 각 나라의 사신들은 미리 서로 짜기라도 한 듯 공통된 조건을 제시했다. 각기 다른 표현과 수식어를 붙이긴 했지만, 결론은 하나였다.

'카일이 배제된 실버윙즈와 손을 잡고 싶다.'

사실 전투 중 같은 아군을 죽이는 일 자체는 의외로 흔하다.

하지만 개인이, 그것도 많은 이가 보는 앞에서 적이 아닌 인간들을 몰살했다는 사실 자체는 쉽게 잊기 힘들다.

카일에게 있어서는 첫 번째 '실수'일지 몰라도 그를 개인적으로 알지 못하는 다수의 타인 입장에선 계속해서 일어날 수 있는 비극이다.

"뭐, 쉽게 생각할 수 있는 이야기야. 나 같아도 그랬을 거 같고."

20여 년 전에도 페이서와 손을 잡되 카일의 배제를 원했던 이들은 있었다. 하지만 페이서 덕분에 카일이 페이즈 3에 돌입하더라도 인간에 피해를 입힌 적은 없었기에 카일의 어둠을 두려워할지언정 극도로 꺼려하진 않았다.

하지만 지금은 상황이 달랐다.

"그런데 단순히 내가 떠나는 걸로 모든 게 해결될 거라 생각되진 않아. 페이서, 지난 아르키어스 평원 전투에서 나 때문에 피해 입은 나라의 사신들도 만났지? 그쪽에서 제시한 조건은 어땠어?"

"널 제외한… 우리가 그들과 손을 잡는다면, 지난 전투에서 입은 피해는 없었던 걸로 넘어가겠다고 했어."

"그래? 그렇다면 더더욱 내가 떠나야 하겠군."

마지막까지 지우지 못했던 우려가 생각 외로 쉽게 풀릴 것 같자 카일은 홀가분한 표정을 지었다.

"솔직히 난 제럴드 네가 입을 다물고 있었던 게 신기해. 사신들이 뭘 원했는지 단번에 알아챘을 텐데 말이야."

"제가 먼저 입 밖으로 꺼내기엔 괴로운 이야기였으니까요."

"그래, 그렇게 생각해 주는 것만으로도 충분해."

그 누구보다 냉정하게 판단하고 결정하는 제럴드가 망설였다는 자체만으로도 카일은 고마움을 느꼈다.

"카일, 부탁이 있습니다."

"뭔데?"

"저희들 곁을 떠나더라도 당신과 어떻게든 연락을 취할 수 있는 장소나 지위에 있으십시오."

카일은 제럴드의 이야기에 고개를 살짝 갸웃거렸다.

"흐음? 장소까진 이해되어도 지위? 애매한데. 아무튼 기억해 둘게. 아, 그러면 내 쪽에서도 부탁 하나 하고 갈게. 그 내가 종종 돈 보내는 고아원 있잖아? 아직까진 괜찮아 보이지만 언젠간 전쟁에 휩쓸릴 것 같아. 그러니 코르테스 성으로 아예 옮겨줬으면 좋겠는데……."

"이미 마법사 몇 명을 그쪽으로 파견했습니다. 대규모 공간이동용 마법진이 완성되는 즉시 모두를 이곳으로 데려올 작정입니다."

"설마 내가 떠날 거라 단정하고 미리 일을 추진한 건 아니겠지?"

"그럴 가능성 자체도 고려해 두긴 했습니다. 하지만……."

"알아, 안다고. 널 힐난하는 게 아니야. 오히려 내 걱정거리를 미리 덜어주니 고맙지. 그리고 페이서, 너 그동안 많이 고심했잖아. 그러니 이제 마음의 짐 좀 덜어놓으라고."

원래대로라면 사신들을 만나는 일은 제럴드의 몫이어야 했다.

하지만 제럴드는 일부러 페이서에게 그 일을 떠맡겼고, 사신들 역시 페이서과 직접 접촉하고픈 의사를 표했기에 본의 아니게 어울리지 않는 역할에 고심해야 했다.

"아, 페이서. 물어보고 싶은 게 있어. 네 조상 중에 스칼…아니다."

카일은 스승이 지켜보던 비석의 이름이 누구인지 물어보려고 했지만, 잘못하면 스승의 상처를 건드리는 일이 될 거 같아서 급히 입을 다물었다.

"그러면 말이 나온 김에 오늘 당장 떠나야겠다. 제럴드, 너라면 내가 떠난 후 뒤처리는 이미 구상해 놨겠지?"

"네."

"그러면 난 갈게. 우리 사이에 굳이 작별인사 같은 건 필요하지 않겠지?"

카일은 스스로 내린 결정이 망설여지기 전에 자리를 뜨려고 방문 쪽으로 걸어갔다.

"카일."

단 한마디도 말하지 않고 고개를 숙이고 있던 카트리나가 입을 열었다. 카일은 가던 걸음을 멈추고 그녀 옆에 섰지만 시선은 정면을 향했다.

분위기를 파악한 페이서와 제럴드는 함께 방 밖으로 나갔다.

"정말 떠날 작정인가요?"

"……."

그녀 입장에선 너무나 갑작스러운 일이었기에 이야기가 진행되는 내내 입을 다물었다가 이제야 말문을 열었다.

"그러면 언제 돌아올 건가요?"

"그건 장담할 수 없어."

카일은 빛의 힘을 완전히 되찾은 페이서가 자신의 빈자리를 메우고도 남을 거라 판단했다. 어쩌면 전쟁이 완전히 끝나기 전까지 숨어 지내는 것도 하나의 방법이라고 여겼다.

"다른 방법도 있지 않을까요?"

"없어."

3주간 모두를 고민에 빠뜨렸음에도 마땅한 차선책이 떠오르지 않았으니 가장 간단하면서도 맨 처음 떠오른 선택지를 고르는 수밖에 없었다.

"그렇다면 저도 당신과 같이……."

"안 돼."

카일은 카트리나의 애절한 간청을 단호하게 거절했다.

실버윙즈의 구심점이나 마찬가지인 그녀의 이탈은 자칫하면 실버윙즈의 붕괴로 이어질 가능성이 높다. 무엇보다 책임을 자신 혼자 짊어지기 위해 떠나는 이상 누구라도 같이 따라간다면 의미가 퇴색될 수 있다.

"너희가 날 필요로 할 땐 언제든지 다시 돌아오겠어. 물론 상황이 바뀌어야 하겠지만."

암흑의 화신 제이블란트의 봉인 이후, 카일과 카트리나는 20년이란 긴 시간 동안 헤어져야 했다.

석화가 풀린 이후 두 번에 걸친 둘의 짧은 재회는 서로에게 아쉬움만 남겼다.

그 뒤 다시는 만날 인연이 없을 거라 여겼던 두 남녀는 전혀 예상하지 못한 장소에서, 마치 운명처럼 극적으로 재회했다. 그리고 전쟁이 끝날 때까지 계속 함께할 거라 서로 믿었다.

하지만 운명은 또다시 그 둘을 갈라놓았다.

카트리나는 자신의 오른편에 우두커니 서 있는 카일에게 오른손을 뻗었다. 카일은 순간 그녀의 손을 꼭 잡아주고 싶었지만, 애써 감정을 억누르며 그녀의 손과 닿기 직전 팔을 거두었다.

"카트리나, 우리 둘만의 약속 기억하고 있지?"

카일은 그녀의 어깨에 손을 가볍게 얹었다.

"반드시 지키러 돌아오겠어."

그녀의 어깨에서 손을 뗀 카일은 방문을 열고 밖으로 나갔다. 방문이 닫히자, 홀로 남게 된 카트리나는 대답 대신 소리 죽여 울기 시작했다.

5

아르키어스 평원 전투가 벌어지던 당시, 카일을 먼저 보내고 그를 뒤따라갔던 실버윙즈는 전투가 다 끝난 뒤에 도착한 터라 실질적인 전과는 거두지 못했다.

대신 그들은 레이우드 왕국의 공주이자 마족의 5공작 중 하나인 켄타우로스족의 안젤리카를 포로로 잡으며 기대치 않았던 성과를 거뒀다.

현재 안젤리카는 지하 감옥이 아닌 코르테스 성 외각에 위치한 별장 안에 감금되어 있었다. 별장을 둘러싼 경비병들은 물샐틈없이 경계를 섰지만 그 경비병들 사이를 아무렇지 않게 파고들어 별장 안으로 들어가는 남자가 한 명 있었다.

"여전히 팔팔하군."

방문을 연 카일은 머리 위 문턱에 오른손을 대고 가볍게 웃었다.

창문 쪽을 응시하던 안젤리카는 카일의 비아냥에 인상을 팍 찌푸렸다. 하지만 아래층에 단체로 감금되어 있는 부하들을 떠올리며 가까스로 살기를 억눌렀다.

안젤리카는 천천히 숨을 들이쉬었다가 내쉬기를 반복하며 호흡을 골랐다. 최소한 카일 앞에선 흐트러진 모습을 보이기 싫었다.

"무슨 일이지?"

그녀의 시선은 여전히 창문 밖을 향하고 있었다. 카일의 얼굴을 정면으로 쳐다보는 것만으로도 가라앉혔던 살기가 다시 피어오를 것 같았기에.

"그냥, 여길 떠날 작정이거든."

"떠난다고? 그래서?"

별장 안에 갇혀서 밖의 분위기를 정확히 파악할 수 없었지만, 아직도 인간과 마족과의 전쟁이 끝나지 않았다는 것 정도야 안젤리카도 짐작할 수 있었다. 고로 또 다른 전투를 위해 떠날 카일이 조금도 이상하지 않았다.

그렇지만 포로인 자신에게 일부러 '떠나겠다' 라고 말하는 카일의 의도가 궁금증을 불러일으켰다.

"그런 의미로 떠난다는 게 아냐. 오늘부로 난 더 이상 실버윙즈 소속이 아니거든."

"뭐?"

안젤리카는 몸을 돌려 카일을 바라봤다. 그는 여전히 기분 나쁜 미소를 짓고 있었지만 농담이나 거짓말을 할 분위기는 아니었다.

"너도 알다시피 지난번 전투에서 내가 사고를 꽤 크게 쳤거든. 셀 수 없을 정도로 몬스터와 마족을 죽이긴 했지만 동시에 인간마저 꽤 많이 죽였지. 결국 누군가가 그 책임을 져야 하고, 그렇다면 당사자인 나밖에 없지."

"……."

카일이 벌였던 살육의 현장에 안젤리카 역시 있었기에 그가 무슨 말을 하는지는 잘 알고 있었다.

하지만 인간을 죽인 책임을, 그것도 '카일' 이란 남자가 지고 실버윙즈를 떠난다는 이야기를 쉽사리 받아들일 수 없었다. 20여 년, 안젤리카가 참여하지 못했던 전쟁에서 카일과 그의 동료들이 보여줬던 동료애는 적인 그녀 역시 알고 있었기 때문이다.

안젤리카는 뭔가 숨겨진 의도가 있을지 생각을 쥐어짜 봤지만, 지금 시점에서 왜 자신에게 와서 저런 말을 하는지 의도 자체를 파악하기 힘들었다. 그저 '카일' 답지 않다는 느낌만 받을 뿐이었다.

"네가 그런 부분에서 책임을 질 성격이라고 보이진 않는다."

"그래? 그렇게 보였다면 어쩔 수 없고."

카일은 굳이 안젤리카에게 믿으라고 강요하지 않았다. 하지만 그녀를 찾아온 목적만큼은 분명히 밝혀야 했다.

"그러니까 말이지… 뭘 말하려고 했더라? 아, 만약 교섭이 잘 이뤄져 여길 나가게 된다 쳐도 여길 습격하는 건 더 이상 의미 없을 거야."

"무슨 말이지?"

"부하들을 잃은 복수를 하고 싶을 거 아냐. 그렇다면 내가 없는 여길 쳐봤자 쓸데없다 이 말이지."

페이즈 2에 들어섰던 카일은 안젤리카가 보는 앞에서 그녀의 부하들을 하나씩, 처참하게 죽였다. 그녀가 지닌 복수심을 감안한다면, 당연히 자신을 우선적으로 노릴 가능성이 높다고 카일은 판단했다.

"믿든 말든 어디까지나 네 자유야. 아무튼 제대로 복수하려면 어디엔가 있을 날 찾아보라고. 그리고 나중에 다시 만나게 되면 그때도 날 상대로 알아서 잘 살아남든가."

혹시라도 동료들에게 튈 작은 불똥마저 카일은 안고 가기로 결심했다.

"그러면 다른 인간 세력으로 들어갈 작정인가?"

"다른 쪽? 이것 봐, 난 그 인간들을 죽여서 떠날 처지가 된 거라고. 날 받아줄 곳은 거의 없을걸."

"나는 너의 선택을 이해할 수 없다. 왜 스스로를 고립시키려고 하지?"

"내 성격이 원래 이래. 아무튼 난 할 말 다했으니……."

안젤리카는 뭔가 더 이야기하고 싶었지만, 문을 닫고 떠난 카일을 붙들 수 없었다. 그가 마지막으로 보여준 비아냥과 웃음 속에서 뭔가 슬픈 느낌이 전해졌다.

* * *

“자네, 정말 떠날 작정인가?”

“네. 지금의 저는 실버윙즈에 전혀 도움이 안 되니까요.”

카일은 두둑하게 채운 배낭을 왼쪽 어깨에 짊어지며 가볍게 미소 지었다. 실버윙즈의 단장 포르칸이 머무르고 있는 숙소를 찾아간 카일은 자신을 안쓰럽게 바라보는 시선들에 멋쩍어했다.

마음 같아선 더 많은 사람과 작별인사를 나누고 싶었지만 이미 늦은 밤이기도 하고, 가급적 조용히 떠나가는 쪽이 낫다고 판단했다.

“설마 우리가 자넬 꺼려할까 그러는 건 아니겠지? 솔직히 말하면 자네를 두려워했던 것만큼은 사실이네. 하지만 그렇다고 이런 식으로 떠나는 건 아니지 않은가.”

확실히 실버윙즈 내부에서도 카일이 저지른 일을 떠올리며 두려워하는 자가 적지 않았던 것만큼은 사실이었다. 하지만 실버윙즈를 떠나는 극단적 선택을 할 줄은 예상치 못했다.

“솔직히 말해주셔서 고맙습니다. 하지만 그런 이유 때문은 아닙니다. 저지른 일에 책임은 확실히 져야 하죠. 그리고 지난 전투 이후 뭔가 바뀌었다는 느낌을 확실히 받기도 해서 그렇습니다. 다른 이들이 아니라 제 스스로가 말이죠."

본의가 아니었다고 해도 수많은 인간을 죽인 책임이 실버 윙즈를 떠나는 것만으로 해결되진 않는다.

문제는 막상 카일 본인이 인간들을 죽였다는 사실에 죄책감을 크게 느끼지 못했다는 점이다. 인간을 죽인 것을 마치 이제까지 무수히 죽여왔던 마족이나 몬스터들을 살육한 것과 똑같이 인식하는, 변화된 자신이 뭔가 위험하다고 판단했기에 떠나기로 결정한 것이다.

"다른 어르신들과 젊은 애들에겐 포르칸 님이 잘 설명해 주시길 바랍니다. 괜히 제 친구들이 절 내친 것처럼 보이면 곤란하잖아요? 아, 레이크 너도 마찬가지로 잘 부탁해."

카일은 포르칸과 같이 있던 부단장 레이크의 어깨에 양손을 얹으며 가볍게 웃었다.

카일 주위에 모여든 용병들은 모두 그를 붙잡고 싶었지만, 이야기하는 내내 보여준 웃음과 달리 뒷모습에서 단호한 결의가 느껴졌기에 그저 그가 떠나가는 마지막을 배웅하는 수밖에 없었다.

아는 이들에게 인사를 나눈 카일은 그대로 성문을 향해 터벅터벅 걸어갔다. 그를 알아본 경비병들은 인사를 했고, 카일은 평상시와 다를 바 없이 가볍게 손인사로 대답했다.

그렇게 경비병을 제외하곤 아무도 없는 성안을 계속 걸어가던 카일은 성문 앞에 있는 누군가를 발견했다.

"카일."

흑발의 여성이 몸을 웅크리고 앉아 있었다. 카일은 그녀가 누구인지 단번에 알아챘지만 그저 쓴웃음만 지을 뿐 뭐라 할 말을 찾지 못했다.

"카일, 가지 마."

"미안, 리에트."

"싫어. 가지 마."

카일에게 다가간 리에트는 고개를 저으면서 계속 그의 옷자락을 붙들고 있었다.

이전 카일을 처음 만났을 때와 달리, 옷자락을 움켜쥔 그녀의 손에는 힘이 거의 들어가지 않았다. 카일 역시 그걸 알고 있었지만, 억지로 옷자락을 빼내려 하지 않고 그대로 멈춰 서 있었다.

뭔가 분위기가 심상치 않게 돌아가자 성문 주위의 경비병들이 조심스럽게 그 둘에게 다가왔다. 카일은 별일 아니라는 듯 손짓으로 그들을 물러나게 했다. 그렇게 시간이 계속 흘러갔음에도 리에트는 카일을 계속 붙들고 있었고, 카일은 그녀를 떨쳐 내지 않았다.

하지만 카일의 마음을 알아채서일까, 리에트가 먼저 손에 힘을 뺐다.

"돌아와."

"응, 언젠가는 돌아올게."

"반드시."

"그래, 반드시 그럴 거야."

카일은 리에트의 머리 위에 손을 얹고 가볍게 어루만졌다. 그리고 다시 걷기 시작했다. 리에트는 성문을 지나 멀어져 가는 카일의 등 뒤를 계속 응시했다.

완전히 성 밖으로 나온 카일은 뒤돌아보지 않고 계속 앞만 바라봤다. 애써 억눌렀던 미련이 되살아날 것 같아서였다. 그렇게 계속 앞으로 가던 카일은 걸음을 멈추더니 어두운 하늘을 향해 고개를 들었다.

"아… 그러고 보니……."

막상 떠난다고 결정은 오래전부터 했지만, 어디로 가야 할지는 아직도 정하지 못했다. 오래간만에 고아원에 들러볼까 생각했지만, 이미 코르테스 성으로 옮겨달라고 제럴드에게 부탁한 터라 가봤자 의미가 없다.

"그렇다면 우선은 그곳으로 가볼까?"

카일은 등에 걸쳐 멘 두 개의 검, 이름 없는 대검과 다크블로우의 검자루를 번갈아가며 만졌다.

6

다음 날 아침, 페이서는 예정된 사신들과의 오전 회담을 취소하고 크레아를 불렀다.

"페이서 경께서 절 먼저 보고 싶다고 부르시다니, 의외로군요."

크레아는 한뜻 기대에 부푼 표정으로 페이서의 맞은편 소파에 앉았다. 오늘 크레아가 입은 옷은 그녀의 어머니인 엘리제 3세가 공주 시절 즐겨 입었던 붉은색 드레스였다.

"이 드레스, 기억나시나요?"

"네."

평소와 달리 짧게 대답하는 페이서의 태도에 크레아는 순간 뭔가 이상한 기분을 느꼈다.

"자, 페이서 경도 앉으시지요."

"아닙니다. 전 서 있겠습니다."

하지만 그 기분은 그녀만의 착각이 아니었다. 페이서는 탁자를 사이에 두고 크레아와 마주 앉지 않고 굳이 서 있기를 고집했다.

"어제와는 분위기가 다르군요. 혹시 안 좋은 일이라도 있었나요?"

"어젯밤, 카일이 이곳을 떠났습니다."

"네?"

크레아는 순간 집어 들었던 찻잔을 하마터면 놓칠 뻔했다.

"카일… 님이 여길 떠나셨다고요?"

"다른 이들의 걸림돌이 되는 걸 원치 않는다며 실버윙즈에서 탈퇴하고 떠났습니다. 크레아 공주님이라면 그게 무슨 의미인지 아실 거라 믿습니다."

크레아는 급하게 오른손을 탁자 아래로 내렸다. 얼굴은 여전히 웃고 있었지만, 탁자 아래로 감춘 오른손은 심하게 떨고 있었다.

"미, 믿기지 않는군요. 과거 세상을 구한 네 분 중 특히 페이서 경과 카일 님과의 유대는 각별하다고 들었는데……."

크레아는 현재 실버윙즈에서 거의 유일한 불안 요소인 카일의 존재를 나름 활용해 보려고 노력했다. 카일이 과연 어떤 반응을 보일지 여러 각도로 짐작해 봤지만 설마 모든 걸 포기하고 동료들 곁을 떠난다는 선택까지는 생각이 미치지 못했다.

"그렇다면 어제 제가 드린 이야기에 대해서는……."

하지만 크레아는 끝까지 희망을 놓지 않고 조심스럽게 말을 꺼냈다. 상황이 급박하게 바뀌긴 했지만, 실버윙즈와 그녀가 손을 잡는다면 양측 모두 이득을 가져올 수 있다는 사실에는 변함없었기 때문이다.

"크레아 공주님, 당신은 모르드 왕국을 포기할 수 있습니까?"

"……."

"만약 당신이 모르드 왕국에 대한 모든 미련을 버리신다면 당신과 손을 잡을 수 있습니다."

신생 모르드 왕국이나, 기존의 모르드 왕국이나 결국 페이서 입장에선 수식어 하나가 붙여졌냐 아니냐를 제외하곤 똑같은 집단이다.

크레아로선 절대 받아들일 수 없는 조건을, 페이서는 스스럼없이 말했다. 그리고 페이서의 예상대로 크레아는 입을 굳게 다물었다. 그녀의 침묵만으로도 굳이 대답을 들을 필요는 없었다.

"크레아 공주, 당신은 그녀를 너무나 닮았습니다. 서글플 정도로……."

길게 자라난 금발과 오뚝 솟은 코.

즐겨 입었던 붉은색 드레스와 하얀 피부.

그리고 아름다운 미소 아래 감춰진 원대한 야망마저도.

"그래서 제가 왕이 된 이후의 결말도 자연스레 떠오르더군요."

그때나 지금이나 페이서는 한 나라의 왕이 되고픈 욕망 따위 눈곱만큼도 없었다. 젊었을 적에는 사랑하는 여성의 남편이 되길 원했고, 20여 년이 지난 지금은 동료들과 함께 잃어버린 자신을 찾고자 했다.

그런 그 앞에 나타난 옛 연인의 딸은 아름다웠지만 마지막에는 추악하게 끝난 젊은 시절의 청춘을 떠올리게 했다.

"절 거부하신 걸 언젠간 후회하게 될 겁니다, 페이서."

크레아만이 페이서의 이름 뒤에 항상 붙이던 '경'이란 칭호가 사라졌다. 얼굴은 여전히 웃고 있었지만, 방금 전과는 다른 의미의 미소가 자리 잡고 있었다.

"네, 각오하고 있습니다."

페이서가 끝까지 단호한 거절을 표하자 크레아는 망설임 없이 그의 앞을 지나 방문을 열고 밖으로 나갔다.

쾅!

문이 거칠게 닫히면서 밖에 있던 경비병들이 무슨 일이 일어났나 허겁지겁 집무실 안으로 들어왔다. 하지만 방 안에는 아무 일도 없었고, 페이서는 여전히 정면만을 바라보고 있었다.

'카일, 정말 미안해.'

사실 전력적인 면만 고려한다면 다수의 비난을 감안하면서라도 카일과 함께 있는 편이 나았다. 그리고 무엇보다 자신을 여기까지 이끌어준 카일을 그런 식으로 보내긴 싫었다.

'하지만 네 덕분에 난 그릇된 선택을 피할 수 있었어. 정말… 고마워.'

페이서는 항상 옆에 있었던, 하지만 지금은 없는 친구의 빈자리를 떠올리며 창문 쪽을 응시했다.

창문 너머 광장 한복판엔 크레아 공주가 가지고 왔던 선물들이 포장도 안 뜯긴 채로 마차 위에 가득 실려 있었다.

Chapter 42
한쪽만의 진실

1

엘레힘 신성력 1327년 10월 29일.

"휴우……."

기나긴 산행 끝에 케이오스 마을 앞에 도착한 카일은 땅바닥에 엉덩이를 붙이고 털썩 주저앉았다.

이전 카트리나와 함께 왔을 때와 달리 거친 산맥을 타고 올라가는 데 이틀 밤낮을 꼬박 소모해야 했다. 처음 슈겔을 만났을 때, 왜 그가 공간이동마법으로 여기까지 데려다줬는지 이제야 절실히 이해되었다.

"시원하네."

때마침 불어온 바람에 카일은 미소를 지으며 마을을 둘러 봤다.

여름에서 가을로 바뀐 것을 제외하곤 석 달 만에 방문한 케이오스 마을은 조금도 달라진 점이 없었다. 조그마한 마을 광장에 인간과 몬스터가 함께 모여 있는 기이한 모습 역시 변하지 않았다.

이전에 카트리나와 함께 마을을 들렀던 걸 기억하는지 주민들은 카일을 멀리서 지켜보기만 할 뿐 동요하지 않았다. 어차피 이 마을엔 그 어떤 침략자가 나타나더라도 쫓아낼 수 있는 강자가 두 명이나 있으니까.

'그런데, 역시 달라. 확실히 지난번 페이즈 3에 들어갔다 나온 이후로 내가 변한 게 맞았어.'

처음 케이오스 마을에서 몬스터들과 맞닥뜨렸을 때엔 피어오르는 살기를 억지로 억눌려야 했다. 하지만 지금은 이상하게도 몬스터들을 봐도 그다지 살기가 일어나지 않았다.

아니, 이젠 이상하다는 느낌마저도 희미해져 갔다.

"어? 뭐야."

주저앉아 있던 카일의 머리 위에 누군가의 그림자가 드리워졌다. 시야 구석에 들어온 붉은 머리카락과 특유의 경박한 어조만으로도 누구인지 알 수 있었다.

"이거 영 좋지 않은데."

슈겔은 카일을 알아보고서 얼굴 한쪽을 살짝 찡그렸다. 카일 역시 지지 않고 입술을 삐죽 내밀었다.

"오면 안 됩니까?"

"그게 아니라… 너, 결국 여기로 왔구나. 그 녀석 말대로 되었잖아. 혹시 뭔 일 있었냐?"

"뭔 일이 있긴 있었죠."

슈겔의 반응에 카일은 케이오스 마을이 확실히 세상과 격리되었다는 걸 실감했다. 대륙의 세력 판도를 뒤흔든 아르키어스 평원 전투를 알고 있다면 그런 질문 따위 던지지 않았을 테니까.

"아무튼 잘 왔다. 사실 네 스승이 널 찾아갈까 말까 고민했거든. 그런데 네가 먼저 왔으니 오히려 다행이지. 괜히 서로 어긋났으면 골치만 아팠을 거야. 만나야 하는 이유가 그리 썩 좋진 않지만."

"스승님이 절?"

"그래, 직접 물어봐."

슈겔은 오두막을 가리키며 옆으로 슬쩍 자리를 피했다.

이전보다 덥수룩하게 자라난 수염을 매만지며 카일의 스승 크로이드가 걸어왔다. 감정을 드러내지 않는 무뚝뚝한 표정은 여전했다.

"결국 왔냐……."

2

"…결국 저는 이성을 잃고 인간과 마족 구별 없이 마구 죽였죠. 덕분에 페이서가 빛의 힘을 되찾을 수 있었지만, 최선의 결과는 아니었습니다. 휴우……."

벌컥벌컥.

카일은 바구니에 가득 담긴 빵에는 손 한 번 뻗지 않았다. 대신 물을 연달아 들이켰다. 벌써 커다란 물병을 세 번이나 비웠지만 갈증은 해소되지 않았다.

막상 카일을 만나고자 했던 크로이드는 제자가 이야기하는 내내 입을 굳게 다물었다. 이야기를 듣는 슈겔과 크로이드의 표정은 그리 밝지 않았다. 무겁게 가라앉은 분위기 속에서 카일의 이야기는 계속 이어졌다.

"…누군가는 책임을 져야 했기에 제가 나왔습니다. 그런데 막상 나가기로 결심했지만 어디로 갈지 마땅치 않더군요."

카일은 하던 말을 멈추고 슬그머니 스승의 표정을 살폈다.

최소한 전쟁이 끝난 후에 다시 만날 거라는 뉘앙스와는 달리 스승과의 재회까지 걸린 시간은 기껏해야 두 달. 당연하다면 당연하달까, 스승과의 재회에 어색한 기분을 지우기 힘들었다.

"혹시 제가 여기 있는 게 언짢으시다면 당장 나가겠습니다."

"앉아라."

카일이 의자에서 일어서기 직전, 크로이드는 턱짓만으로 카일을 도로 앉혔다.

"그 전투, 언제 있었던 일이지?"

"아마도 한 달 전쯤이니… 아니다, 좀 더 되었겠군요. 9월 15일에 있었으니 한 달하고도 보름 약간 안 되었습니다."

"그렇다면 그때 느낀 게 착각이 아니었겠군. 어쩐지 멀리서 어둠의 기운이 급격히 요동친다 싶었더니, 바로 너였구나."

"알고 계셨군요."

"네 스승과 마찬가지로 나도 느꼈지만, 너에게 물어보기 전까진 확신할 수 없었지. 그렇다면… 어?"

옆에서 둘의 이야기를 들으며 수긍하던 슈겔이 돌연 고개를 갸우뚱거렸다.

"잠깐만! 너, 그 페이즈 3인가 뭔가를 안 본 사이 두 번이나 썼었냐?"

"그럴 리가요."

"그렇다면 도대체 뭐였지? 끄응, 그냥 넘어가기엔 뭔가 찝찝한데. 그렇다고 평소 신경도 안 쓰던 어린애들에게 정보 좀 알려달라고 손 비비기도 그렇고……."

슈겔은 머리를 감싸 쥐더니 고민에 휩싸였다. 카일과 크로이드는 혼자만의 세상에 빠져든 슈겔을 놔두고 끊겼던 이야기를 다시 이어나갔다.

여전히 카일이 이야기하고 크로이드가 듣는 일방적인 대화 패턴이었지만 크로이드가 고개를 끄덕이는 횟수가 눈에 띄게 늘어났다.

"그랬군."

카일이 페이즈 3에 돌입했다가 가까스로 빠져나온 이후의 이야기를 들으며 크로이드는 또 한 번 고개를 끄덕거렸다.

크로이드가 예상했던 변화와 거의 일치했다. 특히 사람을 죽이고도 죄책감 자체를 크게 느끼지 못했다는 점에 크로이드는 주목했다.

"이전과 확연히 다른 느낌이 어디에서 비롯되었는지 알고 싶다, 이 말이로군."

"스승님이 하신 말이 아무래도 계속 마음에 걸려서 말이죠."

"그렇다면 직접 보여주는 것 외엔 답이 없겠지."

크로이드는 오두막 옆 창고에 쌓아뒀던 문서들을 떠올리며 자리에서 일어섰다.

하지만 곧 생각을 바꾸고 도로 앉았다. 단순히 과거 기록된 내용을 열거하는 것만으로는 뭔가 부족했다.

"슈겔, 그걸 줘."

"정말 설명하려고?"

슈겔은 영 내키지 않는다는 표정으로 시드를 꺼냈고, 크로이드는 그걸 건네받았다.

"그러면 카일, 날 따라와라. 말보단 직접 눈으로 보는 쪽이 훨씬 이해가 빠를 거다."

3

어두컴컴한 던전 안에 고요가 감돌았다.

크로이드는 왼손에 횃불을 들고 앞장섰고, 그 뒤를 카일이 신경을 잔뜩 곤두세우고 따라갔다. 천장에서 어쩌다가 한 번씩 떨어지는 물방울 소리가 어둠 속에서 잔잔히 퍼져 나갔다.

'이런 곳이 있을 줄은 몰랐어. 스승님이 아무런 의미 없이 이 마을에 머무른 게 아니었나?'

스승을 따라 지하로 통하는 던전 입구 안으로 들어갈 때만 해도 남들의 눈을 피하려는 목적인 줄만 알았다.

하지만 어둠 속을 헤치며 걷기 시작한 지 몇 시간이 흘렀음에도 던전의 끝은 보이지 않았다. 게다가 낮과 밤이 아닌 오직 어둠만이 존재하는 던전 속에 있다 보니 실제로 얼마나 시간이 흘렀는지 종잡기 힘들었다.

"스승님, 도대체 언제까지 계속 걸어야 합니까?"

"이제 아래층으로 내려가는 계단까지 거의 다 왔다."

"여기 몇 층까지 있습니까?"

"30층."

"……."

마지막 층까지 간다는 말은 없었지만 분위기상 끝까지 가야 할 것 같은 느낌에 카일은 어이를 상실했다.

"최하층까지 가는 데 대충 일주일 정도 걸릴 거다. 슈겔은 안개로 변해 자유자재로 드나들 수 있어 훨씬 빠르겠지만, 우린 인간이니까 그렇게는 못해."

"일주일씩이나요?"

"뭘 그렇게 조급해하냐? 어차피 밖에서 무슨 일이 일어나든 너와 상관없는 일일 텐데? 아르키어스 평원 때처럼 서두를 이유는 없지 않느냐."

"그렇긴… 하군요."

애초에 세상과 격리된 케이오스 마을로 온 이유 자체가 한동안 다른 이들의 이목을 피하기 위함이었다. 그러나 그것과 별개로 여전히 다른 동료들의 안위가 걱정스러웠다. 만약 동료들이 절대 피할 수 없는 위험에 처한다면 어떻게 해서든 다시 나타날 작정이었기 때문이다.

"내려가자."

크로이드는 쥐고 있던 횃불을 좌우로 천천히 휘저으며 주변 시야를 넓게 밝혔다. 그러자 아래로 통하는 나선형의 계단이 보였다.

저벅저벅.

둘의 대화가 끊기면서 계단을 내려가는 소리만이 좁은 계단 통로 안에서 울려 퍼졌다. 이런 식으로 29번이나 더 계단을 내려가야 한다는 예측에 카일은 답답하기만 했다.

"굳이 그곳까지 내려가서 설명해야 합니까? 카트리나에게도 별다른 거 없이 말로 설명하셨잖아요."

"그 아가씨와 너와는 경우가 달라. 지난번 그 일은 그녀가 숨기고 있던 진실을 나와 슈겔이 파헤친 것에 불과하다. 진실 자체는 그녀가 이미 알고 있었지. 하지만 넌 달라. 네가 모르는, 네 자신에 대한 진실을 내가 알려주는 격이니 아무리 말로 설명한다 한들 직접 보고 느끼지 않으면 넌 받아들이지 않을 거다."

크로이드의 지적에 카일은 뭐라 반박할 말을 찾지 못하고 입을 굳게 다물었다. 다시 침묵이 길게 이어지며 두 남자는 정사각형 모양으로 뚫린 넓은 통로를 걸어갔다.

그렇게 30분 넘게 전진한 둘은 처음으로 어둠이 아닌 빛을 발견하고 걸음을 멈췄다.

"드디어 나타났군."

직선으로 길게 이어진 통로 안쪽에서 흘러나오는 미약한 빛이 흐느적거리는 잔상을 그리며 점점 다가왔다.

"저건 뭐죠?"

"오래전, 빛의 힘을 지녔던 인간들의 영혼이다. 수백 년이 지나도 사라지지 않는 지독한 족속들이지."

스승의 입에서 나온 '지독한' 이란 수식어에 카일은 사뭇 긴장했다.

"그렇다고 그렇게 강한 놈들은 아니니 걱정할 필요는 없어."

빛의 속성을 지닌 영혼들이 크로이드와 시선을 마주치자 순간 움찔거렸다. 대신 목표를 바꿔 옆에 있던 카일을 향해 천천히 접근하기 시작했다.

“어떻게 할까요?”

“처리해라. 그리고 그거 쓰지 말고. 여기 무너진다.”

“아, 그렇죠.”

카일은 이미 움켜쥐고 있던 대검의 검자루에서 손을 떼고 대신 다크블로우를 검집에서 꺼냈다.

‘잠깐… 이거, 어디선가 본 구도 같은데?’

카일의 체감상으로는 3년 전쯤, 하지만 실제로는 20여 년 전에 있었던 일이 그의 머릿속에 떠올랐다.

당시엔 암흑의 대지라 불리던, 지금은 크로이저 요새 지하에 있는 지하 던전에 동료들과 함께 들어갔을 때 이와 비슷한 경우를 겪었다.

그가 처음으로 맞닥뜨린 적은 다름 아닌, 어둠의 힘을 지닌 동시에 어둠 속에 녹아드는 능력을 지닌 악령들이었다. 그들은 상반된 힘을 지닌 페이서에게 집중적으로 달려들었다.

다행히 카일 특유의 감지 능력 덕분에 어둠 속에서도 악령들을 구별할 수 있어서 그리 큰 어려움 없이 소멸시킬 수 있었다.

‘아무래도 예전 제이블란트가 있던 던전으로 들어가는 기분과 흡사한데…….’

카일은 과거와 비슷한 양상으로 전개되는, 그러나 빛과 어둠이 바뀐 이곳이 뭔가 익숙하면서도 낯설게만 느껴졌다. 이미 모든 걸 알고 있을 크로이드의 얼굴을 슬쩍 쳐다봤지만, 그의 입은 굳게 닫혀 있었다.

'우선 이 영혼들부터 처리하고 생각하자.'

카일은 다크블로우의 검자루를 강하게 움켜쥐며 앞으로 한 걸음 나섰다. 영혼들로부터 뿜어져 나오는 빛은 역설적이게도 카일의 시야를 환하게 밝혀주었다.

4

파바박!

다크블로우로부터 뻗어 나간 어둠의 기운이 위로 솟구치며 천사(Angel)의 두 날개를 관통했다. 하얀 깃털로 둘러싸인 날개가 순식간에 피로 붉게 물들었고, 허공을 날아다니던 천사는 아래로 추락했다.

"하아앗!"

카일은 다크블로우를 좌에서 우로, 그리고 우에서 좌로 연이어 휘둘렀다. 지면을 타고 뻗어 나간 어둠의 기운이 천사의 몸을 말 그대로 긁으면서 핏줄기가 솟아올랐다.

화르르륵…….

크로이드는 양손에 하나씩 천사의 목을 움켜쥐고 있었다.

그의 양손에서 뿜어져 나온 불길에 시커멓게 타들어간 두 천사는 결국 잿더미가 되어 아래로 후두둑 떨어졌다.

천사들의 파상적인 공세 속에서 고군분투한 카일이 쓰러뜨린 천사는 도합 다섯. 그에 반해 가만히 서 있던 크로이드가 불태워 버린 천사의 수는 배를 넘었다.

"휴우."

카일은 이제까지의 좁은 통로가 아닌 넓은 강당에서의 싸움은 훨씬 수월할 거라 여겼다. 하지만 허공을 날아다니는 천사들의 공격은 예상외로 힘겨웠고 30분이 넘는 장기전을 펼쳐야 했다.

"스승님, 여기가 최하층 맞죠?"

"그래."

전투 전에 이미 듣긴 했지만 혹시나 하는 심정에 카일은 재차 확인을 받아냈다.

갑옷 위엔 그가 쓰러뜨린 적들의 피가 더덕더덕 말라붙어 있었고, 며칠 동안 씻지 못해 온몸에서 악취가 풍겨 나왔다. 하지만 더 이상 싸우지 않아도 된다는 생각에 기분 좋게 기지개를 폈다.

처음에는 이 어둠 속에서 어떻게 일주일이나 버틸까 생각했지만, 지루해질 만하면 나타나는 적 덕분에 일주일이 금방 지나가 버렸다.

특이하게도 빛의 힘을 지닌 영혼 혹은 이전에 단 한 번도 본 적 없는 생명체들이 적으로 나타났다. 몬스터도 마족도 아닌, 그렇다고 인간은 더더욱 아닌 미지의 적들은 카일에게 긴장을 늦출 틈을 주지 않았다.

"스승님, 이젠 여기가 어디인지 가르쳐 주시죠? 예전에 무슨 일이 있었기에 많고 많은 몬스터 중에 하필이면 천사가 출몰하는 던전이 된 겁니까?"

카일은 엘레힘 교단의 성서에서나 등장하는 천사를 이런 식으로, 이런 장소에서 서로 싸워야 하는 입장에서 만날 줄은 꿈에도 몰랐다.

"이젠 천사가 몬스터로 보이는 모양이구나. 확실히 예전에 비하면 많이 변하긴 했군."

"그렇다고 딱히 뭐라고 분류해야 할지 애매해서 말이죠,"

"그리고 여긴 던전이 아니야. 엘레힘 교단의 전신(前身)이었던 종교의 신단이지."

"신단? 어, 그러고 보니……."

이제까지 지하 던전의 최하층으로 알고 있었던 이곳은 그저 넓기만 한 강당이 아니었다. 엘레힘 교단의 상징과 미묘하게 다른 문양들이 넓은 벽을 둘러싸고 있었고, 천장에서 미세하게 뿜어져 나오는 빛은 마치 스테인드글라스로 장식된 성당 안에 있는 기분이 들게 했다.

"그 종교의 이름은… 기억나지 않는군. 하지만 엘레힘 교단과 별다를 바 없었다. 종교란 항상 그랬어. 안의 내용물은 하나도 바꾸지 않고 새 부대에 옮기기만 해도 충분하다고 자만했지. 그래서 난 교단이라는 집단이 언제나 맘에 안 들었다."

카일이 종종 엘레힘 교단에 보여줬던 비아냥과는 달리, 종교에 대한 크로이드의 일침은 잔잔하면서도 무게감을 지녔다.

크로이드는 허리에 차고 있던 주머니를 집어 들더니 입구를 열고 안을 확인했다. 그리고 동쪽에 있는 문을 향해 걸어가는 카일의 뒷덜미를 낚아챘다.

"거긴 슈겔의 연구실이야. 이쪽으로 와라."

5

"어……."

과거에 존재했지만 지금은 잊혀진 종교의 신단 최하층, 그곳의 마지막 방에 들어선 카일은 멍하니 입을 벌렸다.

어둠 대신 빛이 충만한 공간.

드높은 천장 위에서 쏟아지는 것은 빛줄기가 아니라 어둠의 기둥.

앞서 언급한 두 가지 차이점만 제외하면 과거 카일이 암흑의 화신 제이블란트와 혈전을 치르고 기어이 봉인한 지하 던전 최하층의 구도와 매우 흡사했다.

주변을 둘러보며 무의식적으로 걸어가던 카일은 지면에

그려진 거대한 마법진과 그 마법진 가운데에 있는 석상에 주목했다.

'다른 이들의 눈에 석화되었던 내가 이런 모습으로 비춰졌을까?'

지면에 수직으로 검을 꽂은 자세의 석상을 보자 묘한 기분에 휩싸였다.

반면 크로이드는 눈을 감고 '오래간만에' 되살린 과거의 기억을 찬찬히 정리했다. 불로(不老)의 저주를 받은 곳이자 동시에 증오의 시발점이었던 이곳에 웬만하면 다시 오고 싶지 않았다.

"카일."

"네."

"예전에 엘레힘 교단과 어둠의 후예 양쪽에서 케이오스 마을로 들어오려고 했던 거, 알고 있지?"

"네, 그랬죠."

카일의 오른편에 선 크로이드는 석상의 머리 부근을 향해 오른팔을 내밀었다. 하지만 석상의 손가락 끝에 닿기 직전까지만 뻗고 더 이상 나가지 않았다.

"어둠의 후예 쪽에선 무슨 목적으로 왔는지 모르겠지만, 엘레힘 교단의 속셈은 아마도… 빛의 화신 헬리오트의 봉인 해제였을 거다. 어차피 풀 수는 없었겠지만."

"봉인이라고요? 아니, 그것보다… 빛의 화신?"

카일은 과거 암흑의 화신 제이블란트가 봉인되기 전, 빛과 암흑 중 왜 암흑의 화신만이 존재하는지에 대해 의문을 품은 적이 있긴 했다.

하지만 이제까지 인간들 사이에서 전혀 알려지지 않았던 빛의 화신이 스승의 입에서 언급되자 머릿속이 완전 뒤죽박죽되어 버렸다.

"빛의 화신, 헬리오트가 이 자리에 봉인되었다. 지금으로부터 수백 년 전에."

크로이드는 다시 한 번 빛의 화신을 언급하면서 자신이 틀리지 않았음을 강조했다.

"당시의 난 어둠의 후예들과 손을 잡고 빛의 화신을 봉인하는 데 중추적인 역할을 담당했다. 물론 봉인의 열쇠가 된 건 이… 녀석이었지만."

크로이드는 손바닥을 펼쳐 석상의 머리를 만지려고 했지만 도로 팔을 거두었다. 가슴속에서 피어나는 아련한 감정을 억눌러야 했다.

"…암흑의 화신이 있으니 빛의 화신 역시 없기보단 있는 쪽이 맞겠죠. 하지만 역시 믿기 힘듭니다."

"그래서 널 여기까지 데리고 온 거다. 빛의 화신은 아니지만 암흑의 화신과 직접 맞서 싸운 너라면 이해할 수 있을 거라 믿었기 때문이지."

빛과 어둠이 뒤바뀐 점을 제외하곤, 지금 카일이 서 있는 이곳과 암흑의 화신 제이블란트가 봉인되어 있는 지하 던전의 분위기는 거의 똑같았다. 특히 봉인의 열쇠로 석상이 되어버린 누군가가 있다는 점과 석상이 움켜쥐고 있는 검이 마법진의 중앙에 꽂혀 있다는 점 역시.

하지만 스승의 말을 이해하는 것과 받아들이는 건 전혀 다른 영역의 문제였다.

"스승님, 그렇다 해도 여전히 풀리지 않는 의문점이 있습니다. 왜 빛의 화신이 있었다는 걸 인간들은 모르고 있는 거죠?"

"그 어떤 종족이든 자신들에게 불리한 역사는 유리하게 변조하거나 아예 잊게 마련이다. 당시의 인간들은 빛의 화신에 빌붙어 세상을 자기 것으로 만들려고 했으니까. 같은 인간인 내가 봐도 용서할 수 없을 정도였다."

"아니, 그렇다 해도 마족 측에선 알고 있을 거 아닙니까?"

"그래. 하지만 인간들은 빛의 화신이 존재했다는 그 자체를 아예 없던 사실로 만들려고 지독하게 노력했지. 빛의 화신이란 단어 하나라도 언급된 책이나 기록은 모조리 불살라졌고, 아예 빛의 화신을 섬기던 종교 자체마저 갈아엎었다. 그래서 생겨난 것이 지금의 엘레힘 교단이야."

"……."

"어둠의 후예 측에선 잊어서는 안 된다고 주장했지만 계속 인간 측에선 눈과 귀를 틀어막았다. 그렇게 수백 년이란 긴 시간이 흘러갔고, 어둠의 후예 쪽에서조차 빛의 화신에 대한 이야기는 희미하게 남아버렸지. 지금 와서 그걸 밝힌다 한들, 인간들 입장에선 '그래서 뭐?' 라는 대답만 돌아올 테니까."

"그래도 고작 수백 년 만에……."

"어차피 정상적인 인간들은 아무리 오래 살아봤자 백 년을 넘기지 못해. 아들이었던 자가 아버지가 되고, 그리고 할아버지가 되어서 나중에 흙에 묻히는 과정이 네 번이나 반복된 거다. 그만큼 긴 시간이 흘러간 거야."

빛의 화신이 봉인된 이후, 암흑의 화신이 나타나기 전까지 인간과 어둠의 후예 간의 전쟁은 간간히 이어졌다. 그리고 그때마다 크로이드는 전쟁에 뛰어들었지만 결과는 매번 비슷했다. 단지 승자와 패자가 바뀐다는 점만 제외하곤.

"카일, 잘 기억해 둬라. 한쪽만 아는 진실은 다른 한쪽에겐 거짓으로 인식되다가 사라지게 마련이다. 그리고 그 진실의 한쪽이 바로 너와 깊게 연관되어 있다."

크로이드는 석상 앞으로 걸음을 옮기더니 슬픈 표정을 지으며 석상의 정면을 응시했다.

"이 남자는… 과거 어둠의 후예들 사이에서 어둠의 실험체라 불렸다. 진실을 숨긴 쪽은 인간만이 아니었던 거지. 그리고 똑같은 방식으로, 하지만 이번에는 내가 알지 못하는 다른 용도로 만들어진 게 바로 너, 카일이다."

*　*　*

어둠의 실험체.

과거 어둠의 후예들에 의해 빛의 화신 헬리오트를 봉인하기 위한 열쇠이자 최종병기로 만들어진 생명체.

그 생명체의 후예가 자신이라는 크로이드의 말에 카일은 입을 다물고 석상을 응시했다.

"그러면 저 석화된 사람이……."

"사람이 아니다. 어둠의 후예지. 이름은……."

크로이드는 석상으로 변해 버린 '그'를 떠올리며 잠시 생각에 잠겼다.

"잊어버렸다. 아니, 기억에서 지워 버렸다. 그저 함께 싸웠다는 느낌만 파편처럼 남아 있을 뿐이야."

카일은 석상 주위를 천천히 돌며 인간일거라 생각한 '그'를 살펴봤다. 겉보기엔 남성임이 분명했지만, 자세히 살펴보니 보통의 인간과는 다른 외견이 하나둘씩 확인되었다.

"어, 저 검은 내 것과… 거의 같잖아?"

검신의 대부분이 바닥을 뚫고 들어간 탓에 미처 알아보지 못했던 사실을 카일은 뒤늦게 알아챘다.

"카일, 그 대검을 어디에서 얻었다고 했지?"

"지하 신전이었던가, 던전이었던가… 기대도 안 했는데 우연히 얻었죠."

"네 대검은 아마도 저거의 복제품일 거다. 이쯤 되면 네가 이제까지 겪었던 우연은 모두 필연일지도 모른다고 의심해 보는 게 좋아."

지금은 석상이 되어버린 '그'의 이름과 함께 그가 쓰던 검의 이름 역시 크로이드의 기억에서 사라진 지 오래였다.

"이거 뭔가… 답답한데요?"

카일은 지난번 코르테스 성에 왔을 당시 크로이드가 했던 말이 현실로 다가오자 가슴이 조여오는 느낌을 받았다.

이제까지 자신이 원하는 대로 행동했던 모든 것이 사실은 누군가의 계산하에 놀아난 것이 아닐까란 생각까지 미치자 분노가 피어오르기 시작했다.

"스승님, 그러면 저… 인간이 맞긴 한 겁니까?"

"모르겠다. 인간일 수도, 아니면 어둠의 후예일지도 모르지."

크로이드는 석상이 되어버린 과거의 동료 건너편에서 등을 돌리고 서 있는 카일을 넌지시 바라봤다.

"여기서 설명할 것은 이제 없다. 돌아가자."

크로이드가 아직 밝히지 않는 것이 여러 개 남아 있긴 했다.

하지만 지금까지 들은 것만으로도 버티기 힘들어하는 제자를 더 괴롭힐 수는 없었다.

Chapter 43
각자 다른 입장에서의 고뇌

1

마을 지하에 숨겨져 있던 지하 신단에 다녀온 이후, 카일은 아무것도 하지 않고 멍하니 의자에 앉아 먼 산만을 바라봤다.

카일은 자신이 보통 인간과는 다르다는 점을 어느 정도 예측하고 있었고, 어쩌면 카트리나와 리에트와 비슷한 처지일지 모른다는 생각도 여러 번 해봤다.

하지만 스승이 알려준 진실은 그가 받아들일 수 있는 한도 이상이었다.

인간이 아닌 마족에 의해 만들어진 존재라는 사실만으로도 혼란스러웠고, 그나마 인간을 기본으로 창조되었을 거라는 예상에도 그의 스승은 부정도 긍정도 하지 않았다.

무엇보다 카일을 가장 고뇌에 빠지게 만든 것은, 어떤 이유로 자신이 창조되었느냐는 점이었다.

어둠의 실험체가 만들어진 목적 그 자체인, 빛의 화신 헬리오트의 봉인은 이미 수백 년 전에 이뤄졌다. 도대체, 어떤 이유로 자신이 만들어졌는지 카일은 고민해 봤지만 그 어떤 결론도 내릴 수 없었다. 차라리 예전처럼 반복되는 전투 속에서 고민할 여유마저 날려 버렸다면 모를까, 평화롭기만 한 마을 분위기는 그에게 허탈한 기분만 안겨주었다.

2

엘레힘 신성력 1327년 11월 20일.

차가운 바람이 카일이 걸치고 있던 갑옷 사이를 비집고 옷 안으로 파고들었다.

가을을 지나 이른 겨울에 들어서자 월동 준비를 끝마친 마을은 평소보다 한산해졌다. 며칠 전만 하더라도 마을 중앙 광장에서 뛰놀던 아이들은 추워진 날씨 탓에 아직 날이 저물지 않았는데도 각자의 집으로 돌아간 뒤였다.

하지만 카일은 날씨가 추워지든 말든 상관없이 스승의 오두막 앞 탁자에 양팔을 올려놓고선 이제까지 그래왔던 것처럼 무의미하게 시간을 보내고 있었다.

그렇게 허망한 기분을 떨쳐 내지 못하던 카일은 문득 양손을 들어 올렸다. 그리고 왼손 엄지부터 손가락을 하나씩 굽히며 얼마나 시간이 흘렀는지 날짜를 확인해 봤다.

'첫, 뭐야.'

흘러간 날짜를 세던 손가락은 오른손 검지에서 끝났다. 막상 신단에서 케이오스 마을로 돌아온 이후 멍하니 흘려보낸 시간은 고작 일주일에 불과했다.

'스승님은 어딜 가셨지?'

자는 시간 외엔 대부분 먼 곳을 응시하는 데 하루의 대부분을 보내던 카일이다. 그리고 그런 카일과 마찬가지로 비석 근처에 서 있기만 했던 크로이드가 자취를 감췄다. 아니, 정확히는 오늘보다 그 이전부터 보이지 않았다.

"으, 배고파."

기억을 돌이켜 보니 3일 전부터 식사도 제대로 해본 적이 없었다. 결국 카일은 주린 배를 움켜쥐고 오두막 안으로 들어갔다.

식탁 위에 놓인 바구니 안에는 바짝 말라붙은 빵이 몇 개 있었다. 카일은 빵을 양손에 쥐고 꺾은 뒤 반으로 잘랐다.

한입 깨물 때마다 빵가루가 사방에 흩날렸다. 딱딱한 빵에 긁힌 잇몸에서 피가 흘러나와 입안에 피 맛이 감돌았다.

마치 돌을 씹는 기분이었지만 카일은 허기를 채우기 위해 연거푸 빵을 먹어치웠다.

"무, 물……."

너무 급하게 먹어서였을까, 이번엔 갈증이 마구 몰려왔다.

카일은 바구니 옆에 있던 물병을 양손으로 번쩍 들어 올렸다. 그리고 천장을 향해 벌린 입안으로 물을 그야말로 부어 넣었다. 마시는 양보다 입 밖으로 흘러넘치는 양이 더 많았다.

물병을 통째로 비운 카일은 물에 젖어 눅눅해진 갑옷과 윗도리를 벗었다. 그러자 땟국이 흘러나오는 옷을 보고 인상을 찌푸렸다. 지하 신단에서 돌아온 이후 목욕은커녕 세수조차 해본 기억이 없었다.

"윽, 냄새가 장난 아니잖아."

씻어야 한다는 생각이 들자마자 코안으로 악취가 비집고 들어왔다. 배고픔, 갈증, 그다음으로 찾아온 건 씻고자 하는 욕구였다.

카일이 오두막 밖으로 나가려는 순간, 반대로 안으로 들어가려던 크로이드와 마주쳤다.

"어……."

"배가 많이 고팠냐?"

크로이드는 카일의 입가에 다닥다닥 달라붙은 빵조각을 손으로 툭툭 털어주었다. 크로이드 왼쪽으로 고개만 살짝 내민 슈겔은 황급히 코를 틀어막았다.

"으아! 너, 도대체 얼마나 안 씻은 거야?"

슈겔은 카일로부터 멀찌감치 떨어지더니 오두막 옆 호수를 가리켰다.

"그것보다 스승님, 어딜 다녀오신 거죠?"

"슈겔하고 상의할 게 있어서 잠시 자리를 비웠다. 너하고 깊게 관련된 이야기였다."

크로이드 아무런 표정 변화 없이 대답했지만, 이내 인상을 살짝 찌푸리면서 슈겔과 똑같이 호수를 가리켰다.

"우선은… 씻고 와라."

3

타닥타닥.

벽난로에 집어넣은 장작이 타들어가며 오두막 안을 밝게 비췄다.

차가운 호수 안으로 들어가 그동안 묵은 때를 말끔히 벗겨낸 카일은 연기가 모락모락 피어오르는 스프를 쉬지 않고 떠먹었다.

"네 제자 녀석, 엄청 먹네. 우리가 자리 비운 3일 동안 진짜 아무것도 안 먹은 거야?"

슈겔은 게걸스럽게 접시를 연거푸 비우는 카일을 바라보며 혀를 찼다. 하지만 카일은 아랑곳하지 않고 스프를 허겁지겁 먹는 것에만 열중했다.

고민에 빠졌을 땐 배고픔이고 뭐고 아무것도 느끼지 못했지만, 막상 먹기 시작하니 이번엔 고민 따위 떠올릴 겨를이 없었다.

"카일, 이제 고민은 할 만큼 했냐?"

여섯 접시째를 비운 카일에게 크로이드가 한마디 던지자, 일곱 번째 접시를 앞에 두고 스푼을 쥐고 있던 카일의 오른손이 멈췄다. 아무리 먹어도 채워지지 않던 식욕이 사라지면서 입맛이 뚝 떨어졌다.

"아니라면 난 입을 다물겠다."

"왠지 스승님의 말을 들으면 고민이 더 늘어날 것 같은 기분입니다만."

사실 크로이드는 카일이 어둠의 실험체라는 진실만을 밝혔을 뿐, 그와 관련된 이야기는 언급하지 않았다. 물론 어둠의 실험체라는 말 자체가 워낙 충격적이라 카일을 아무것도 못 하게 만들긴 했지만.

카일은 입을 다물고 어떤 선택을 해야 할지 고심에 빠졌다. 크로이드는 더 이상 독촉하지 않고 제자의 결정만을 기다렸고, 그사이 슈겔은 아직 스프가 반쯤 남은 접시를 후딱 치우고 대신 찻잔을 내려놨다.

"하지만 어차피 더해질 고민이라면 나누어 고통받기보단 한꺼번에 몰아서 받겠습니다. 어떤 진실이든 제가 누군지에 대해서는 바뀌지 않았겠죠?"

홀가분해 보이는 표정과는 달리 카일의 어조에 섞여 있는 뉘앙스는 체념에 가까웠다.

"어이! 좀 비켜봐."

잽싸게 창고를 갔다 온 슈겔의 양손에는 뭔가 한가득 실려 있었다. 그는 들고 있는 것을 조심스럽게 하나하나 탁자 위에 내려놓았다. 낡고 색이 바랜 문서들이 쌓이며 탁자 위를 양분했다.

카일의 오른쪽에 놓인 문서들은 인간의 언어로, 왼쪽의 것은 마족의 언어로 작성되었다.

"이것들은 나와 슈겔이 각자 엘레힘 교단과 어둠의 후예들로부터 얻어낸 비밀문서다. 오른쪽은 빛의 실험체, 왼쪽은 어둠의 실험체에 대한 내용들이지."

"잠깐만요. 뭔가 이상하긴 한데… 혹시 엘레힘 교단과 마족이 손을 잡은 겁니까? 아니, 잡았던 적이 있습니까?"

카일은 자신의 추측을 현재가 아닌 과거의 이야기에 대한 걸로 재빨리 수정했다.

"알고 싶으면 이것 중 네가 읽을 수 있는 걸로 택해 봐라. 어차피 빛과 어둠이란 차이점만 제외한다면 어느 걸 읽어도 비슷한 내용일 거다."

마족어를 모르는 카일의 선택은 탁자 오른쪽에 놓인 문서밖에 없었다. 맨 위에 쌓인 문서를 집어 들고 페이지를 넘기자 빽빽이 들어찬 글자가 시야를 한가득 메웠다.

평소 뭔가 읽는 것과는 거리가 먼 카일이었지만 지난번처럼 말로 듣기보단 직접 읽고 판단하기로 결정했다. 그리고 얼마 읽지도 않았음에도 인상을 찌푸리며 어금니를 꽉 깨물었다.

"이건… 참 심하군요."

이전 크로이드가 그랬던 것처럼, 살아 있는 인간을 물건 취급하는 보고서의 내용에 카일의 얼굴이 험악하게 변했다.

계속 읽을수록 엘레힘 교단에 대한 분노가 스멀스멀 피어올랐다. 애초에 맘에 들지 않는 집단이긴 했지만, 이런 식으로 그들의 치부를 접해보기는 처음이었다. 카일은 애써 감정을 억누르며 다음 문서를 펼쳤다.

"어, 이 부분은……."

직접 이름이 언급된 건 아니었지만 카트리나에 대한 내용이 분명했다.

순간 펼쳤던 페이지를 도로 덮을까 망설였지만, 진실을 알기 위해선 어쩔 수 없다며 그녀에 관한 보고 내용을 찬찬히 읽어 내려갔다.

아쉽게도 그녀가 재창조되기 전 진짜 이름이 무엇이었는지, 어디 출신인지에 대해선 기록되지 않았다. 그녀에게 빛의 실험체가 되기 이전의 기억이라도 알려주고 싶었던 카일은 안타까울 따름이었다.

그 대신 그녀의 행동 양식이나 성격, 그리고 과거 20여 년 전 네 명과 함께 다녔을 때의 일들이 상세하게 적혀 있었다. 비록 교단 입장에 편중된 평가의 나열이긴 했지만 제3자의 입장에서 상세히 서술된 동료의 이야기는 처음이었던지라 카일은 진지하게 내용을 탐독했다.

그 뒤 한참을 내려가자 리에트에 대한 보고라고 여겨지는 내용이 시작되었다. 카트리나의 경우와 마찬가지로 교단의 실험체가 되기 이전의 내용은 단 하나도 없었다.

"휴우."

리에트가 정상이 아니라는 건 카일도 잘 알고 있었다.

하지만 노골적으로 존재 가치가 없다는 문서 내의 평가에 길게 한숨을 내쉴 수밖에 없었다. 그녀를 그렇게 만든 장본인들이 뻔뻔스럽게 적어놓은 폐기 예정이라는 문구가 눈에 들어왔을 땐 탄식을 넘어 또다시 분노가 솟구쳤다.

카일은 가까스로 감정을 억누르고 보고 문서를 계속 읽어 내려갔다. 보고서의 마지막을 장식한 실험체의 숫자는 101이었고, 이후로 더 이어지지 않았다.

"그러면 엘레힘 교단에서 만든 빛의… 실험체는 101번째가 마지막입니까?"

카일은 빛이라는 단어까지 말하고 잠시 머뭇거리다가 끊었던 말을 이었다. 실험체라는 표현 자체를 입에 담는 것만으로도 입안이 썩어 들어가는 기분이었기 때문에.

"아마도 그럴 거다. 그리고 그 101번째가 누구인지도 알고 있다."

크로이드는 자연스럽게 실험체라는 단어를 빼면서 이야기를 풀어나갔다.

"너도 알고 있을 인간이다. 빛의 힘을 지녔으며 동시에 엘레힘 교단의 인정을 받은 자가 현재 누구지?"

"가짜 크레아 공주… 아니, 빛의 용사 크레아?"

"네가 가짜라고 말한 것을 보니 확실하겠구나."

"하지만 그녀는……."

페이즈 3로 돌입한 카일을 이기기는커녕 그 카일에게 제대로 된 공격 한 번 못 해보고 참살당한 로베르토에게도 밀렸다. 그런 크레아를 교단은 진작 버렸을 거라 짐작했다.

"네가 무슨 말을 하려는 건지 알 것 같다."

크로이드는 카일의 표정으로 무슨 생각인지 파악하고선 이야기를 계속 이어나갔다.

"하지만 그건 네 생각일 뿐이다. 교단은 그 크레아라는 여성을 쉽게 버리진 못할 거다. 빛의 용사로서든, 아니든 간에 암흑의 화신 제이블란트를 완벽하게 봉인하기 위한 도구로써 어떻게든 활용하려고 하겠지. 빛의 화신과 달리 암흑의 화신에 대한 봉인은 느슨한 게 사실이다. 자물쇠 역할을 20년 동안 해왔던 네가 여기에 버젓이 있으니까."

"그렇겠군요."

"아니면 그녀를 포기하고 또 다른 누군가로 대체할지도 모르겠군."

대체라는 말에 카일은 눈을 크게 떴다.

교단에 의해 인위적으로 재창조된 실험체.

혹은 강력한 빛의 힘을 지닌 인간.

두 가지 중 단 하나만이라도 충족시키는 이들의 이름이 카일의 뇌리를 스치고 지나갔다.

"카트리나와… 리에트!"

그리고 페이서까지 포함해서.

4

"어이어이, 왜 갑자기 일어서고 그래? 진정하라고."

슈겔은 탁자 아래로 쓰러질 뻔했던 문서들을 잽싸게 붙들고선 조심스럽게 안쪽으로 밀어 넣었다.

"심정은 알겠는데 머리 좀 식혀. 그래그래, 그렇게."

마치 어린아이를 달래는 듯 슈겔은 양손을 아래로 내리는 시늉을 하며 카일을 앉히려 했다. 결국 카일은 의자에 다시 앉았지만 교단이 동료들을 노릴지 모른다는 걱정은 조금도 사라지지 않았다.

탁자 위에 올려놨던 왼손을 들어 올리자 움켜쥔 다섯 손가락 아래로 구멍이 뚫려 있었다. 슈겔은 평소 아끼던 탁자에 이게 뭐냐며 불평했지만 카일의 귀엔 그의 푸념 따위 하나도 들리지 않았다.

'지금이라도 다시 코르테스 성으로 돌아가야 할까? 아냐, 그렇게 되면 기껏 수습된 분위기가 나 때문에 다시 뒤죽박죽 될 거야. 그렇다고 가만히 여기 있을 수만은 없어. 뭔가 해야 해. 뭐든…….'

문제는 구체적으로 뭘 어떻게 해야 할지 쉽사리 떠오르지 않았다.

실버윙즈를 떠나는 것만으로 모든 일이 다 해결되리라 기대하진 않았다. 하지만 미처 파악하지 못했던 함정이 도사리고 있을 줄은 몰랐다.

"지금 일어서서 이 마을을 나간 뒤에 뭘 할 작정이냐?"

"하지만 이대로 보고 있을 수만은 없습니다."

"관망보단 어떻게든 행동하는 쪽이 좀 더 나은 결과를 만들 수도 있겠지. 하지만 카일, 명심해라. 세상의 흐름을 네 손으로 바꾸겠다는 고집은 버려. 지금의 너는 남보다 네 자신을 먼저 추슬러야 해. 지금의 너에게 남을 돌볼 여유가 있다고 생각되진 않는다."

스승의 지적에 카일은 오른손을 한 번 주먹 쥐었다가 도로 폈다.

결국 현재 카일이 취할 수 있는 최선의 방법은 상황이 바뀔 때까지 남들의 이목에서 벗어나는 것뿐이었다.

"흠흠, 내가 좀 끼어들어도 될까? 네 친구란 인간들, 그렇게 약해 보이지 않던데? 걱정하는 거야 당연하겠지만 아까 말했다시피 머리를 좀 식히라고. 지금은 가슴이 시키는 대로 해서는 안 돼."

슈겔은 카일의 머리와 가슴을 번갈아가며 가리켰다.

"우선은 남은 문서들을 마저 읽어보도록 해. 다 읽을 필요는 없고, 충분하다고 생각되면 나나 크로이드에게 말해봐."

"알겠습니다."

카일은 고개를 끄덕인 뒤 문서를 다시 집어 들었다.

빛의 실험체에 대한 각각의 보고는 아까 본 문서가 마지막이었다. 이번에 택한 문서는 아까처럼 인간의 언어로 작성되었지만, 빛의 실험체에 대한 좀 더 구체적인 내용이 적혀 있었다.

살아 있는 인간의 의식을 제거한 뒤에 인위적으로 빛의 속성을 부여하는 과정과, 그 이후 어떤 방식으로 육성했는지에 대해 읽던 카일은 문득 시선을 탁자 왼편에 쌓여 있는 문서로 돌렸다.

'빛의 실험체나 어둠의 실험체나 비슷한 방식으로 만들어졌다면… 지금의 내 성격도 원래 그랬던 게 아니라, 결국 날 만든 누군가의 의도란 말이로군. 여전히 맘에 들지 않아. 그리고 기분이 다시 확 나빠졌어.'

하지만 감정과 별개로 카일은 문서의 내용 하나하나를 꼼꼼히 읽어 내려갔다.

그러던 중, 문서의 뒷부분이 읽을 수 없는 마족의 언어로 적혀 있자 불쾌함이 의아함으로 바꿨다.

"스승님, 여기부터는 마족어로 적혀 있습니다만."

"그전까지 내용은 다 파악했지?"

"네."

"그렇다면 더 이상 읽을 필요는 없다. 우선은 네가 앞서 물어봤던 것부터 대답해 줘야겠지. 엘레힘 교단과 어둠의 후예가 손을 잡았던 적이 있었냐고 물어봤지? 현재의 엘레힘 교단은 아니지만, 엘레힘 교단의 전신에 해당했던 종교 집단과 어둠의 후예가 손을 잡았던 것은 사실이다."

카일이 여전히 '마족' 이라는 단어를 쓰는 것과 반대로, 크로이드는 '어둠의 후예' 라는 명칭을 사용했다. 이는 인간과 어둠의 후예, 그 어느 쪽에도 치우치지 않고 중립에 서겠다는 크로이드의 의지 때문이었다.

"화신을 봉인시키는 방법이 쉽게 고안되었을 거라고 생각하진 않겠지? 빛의 화신 헬리오트가 폭주하기 시작하자 그에 맞서던 어둠의 후예와, 빛의 화신을 따르던 인간 중 일부는 뒤늦게 자신들의 실수를 인정하고 서로 손을 잡았다. 그리고 서로 머리를 맞대고 봉인할 방법을 구상했지."

"그러면 그 과정에서 공동 연구의 결과를 나누어 가졌겠군요."

"그래. 그 후 빛의 화신이 봉인된 이후 인간들은 역사를 뜯어고치면서까지 빛의 화신이 존재했다는 사실 자체를 지웠다. 그렇다고 그 연구 결과마저 없앤 건 아니었어. 빛의 화신의 반대편에 서 있는, 암흑의 화신이 나타날 때를 대비해 금서라는 명목하에 관리했지."

크로이드의 설명에 카일은 고개를 끄덕이며 납득했다.

"문제는, 네가 어둠의… 흐음."

"괜찮습니다. 딱히 대체할 다른 말도 없잖습니까?"

"알겠다. 카일, 네가 어둠의 실험체인 것은 분명하지만 무슨 목적으로 어둠의 실험체인 널 창조했는지 그것만큼은 나도 슈겔도 아직까지 알아내지 못했다."

"결국 제가 짊어지고 갈 고민거리는 사라지지 않았다는 거군요. 여전히 뭘 해야 할지 막막하고. 아니, 곰곰이 생각해 보니 좀 웃기네요. 이런 모습, 저답지 않죠?"

카일은 머리를 싸매며 고민하는 자기 자신이 어울리지 않다고 느끼며 가볍게 피식 웃었다.

"내가 알고 있던 넌 의외로 겁이 많고 툭하면 울먹이던 아이였지. 지금 와서 말하는 거지만, 단호하게 결정을 내리는 네가 낯설게 느껴졌다."

"친구 영향을 좀 받아서요. 예전 그 녀석 입버릇이 그거였거든요. 몇 달을 고민하든 1초를 고민하든 간에 선택은 어차피 둘 중 하나라면서."

카일은 제럴드를 떠올리며 입술 왼쪽 끝을 살짝 올렸다.

"누군지 모르겠지만, 그렇게 말한 이유는 어쨌든 선택지 자체는 보였기 때문일 거다. 앞이 보이지 않는 불투명한 고민 앞에선 그 누구든 망설이게 마련이다."

"아……."

과거를 돌이켜 보니, 크로이드가 말한 대로 제럴드의 과감한 선택은 항상 선택지가 정해진 이후였다. 그리고 그 제럴드조차 고민에 빠졌던 시기는 별다른 선택지가 존재하지 않았던, 카일이 석화되었던 20년 동안이었다.

카일은 크로이드의 말에 공감하며 그 나름대로의 생각에 몰입했고, 크로이드는 제자가 다시 입을 열기를 기다리며 침묵했다. 더 이상 이야기가 진행되지 않자 이번엔 슈겔이 살그머니 끼어들었다.

"크로이드, 그거 이야기 안 해? 꽤 중요하잖아."

슈겔은 등 뒤에 무언가를 감추고선 계속 꺼낼 기회만을 기다리고 있었다.

크로이드는 고개를 숙이더니 말없이 탁자를 바라봤다. 카일과 관련 있으면서 동시에 감정적으로 카일을 가장 동요시킬 사실을 알려야 할지 고민했다.

그러나 숨기고 있다 해서 해결될 일은 아니기에 슈겔 쪽으로 왼손을 내밀었다. 크로이드가 건네받은 것은 손바닥 안에 들어가는 정육면체 모양의 물건, 시드였다.

"그 아가씨가 가져왔던 거다. 기억나지?"

"네."

"어둠의 후예 측에선 다른 명칭으로 부르지만, 인간 쪽에선 시드라고 부르는 물건이지. 빛 혹은 어둠의 실험체 안엔 반드시 이게 있다. 실험체의 속성에 맞는 힘을 극도로 증폭시켜 주지. 고로 네 몸에도 다른 형태겠지만 아마도 이게 있을 거다."

카일은 무의식적으로 오른손을 자신의 가슴 부근에 가져갔다. 펼친 손바닥으로 가슴부터 배까지 쓸어내렸지만 당연하게도 정육면체 모양의 무언가는 잡히지 않았다.

"이 시드의 효과는 길어봤자 20년 정도야. 그리고 그 기간 중 점점 약해지지. 너야 오랫동안 석화 상태였으니 예외지만, 그 아가씨의 나이를 감안한다면 시드의 효과는 거의 없는 거나 마찬가지일 거다."

"네? 하지만 카트리나는 여전히 빛의 힘을……."

"아마도, 생명을 대신 소모하면서 발휘했을 거다."

"……."

"난 너에게 진실을 알려줬다. 앞으로의 선택은 이제까지 그래왔던 것처럼 네 몫이다."

말을 마친 크로이드는 자리에서 일어서더니 문을 열고 오두막 밖으로 나갔다. 그리고 평소처럼 스칼렛의 비석 앞에 섰다.

말없이 시드를 매만지던 카일은 왼쪽 입술 끝을 살짝 올리며 특유의 미소를 지었다. 흐릿한 안개 속에 묻혀 있던 선택지가 드디어 선명하게 보였기 때문이다.

자리에서 일어난 카일은 문을 열고 오두막 밖으로 나왔다. 그리고 바로 옆 창고 안으로 들어갔다.

카트리나가 다른 이들보다 더 빠르게 죽음을 향해 달려가고 있다는 이야기를 들은 이상 더 이상 멍하니 시간을 낭비할 수 없었다.

'근본적인 의문은 여전히 풀리지 않았어. 하지만 지금 내가 뭘 해야 하는지는 확실히 알겠어.'

지하 신단에 다녀온 이후 카일은 아무런 의미 없이 그저 시간을 보내기만 했다. 자신이 어둠의 실험체라는 걸 알기 이전엔 심각하게 생각해 본 적 없었던 정체성에 대해 고민도 해봤다.

하지만, 그래 봤자 일주일.

다른 동료들이 겪었던 20년 동안의 고통에 비하면 아무것도 아니었다. 게다가 그 20년도 스승 크로이드 앞에선 가소롭게 보일 기간에 불과했다.

"스승님, 제가 고르반 마을을 떠났을 당시, 스승님께 배우지 못한 게 많이 남았죠."

"그랬지."

"어차피 밖으로 나가지 못하는 입장이니. 이렇게 된 이상 밀린 20년 치 교육을 한꺼번에 몰아서 받아야겠습니다."

비석을 바라보던 크로이드가 뒤를 돌아봤다.

일주일 동안 창고 구석에 처박혀 있던 두 개의 검이 평소처럼 서로 교차되어 카일의 등 뒤에 비스듬히 자리 잡고 있었다.

고민을 완전히 떨쳐 내지 못한 표정이긴 했다. 하지만 카일 특유의 미소는 예전부터 알고 있던 어린 제자의 모습 그대로였다.

"어이! 결심한 건 좋지만 오늘은 그만 쉬지 그래?"

슈겔은 하늘을 올려다보더니 두 사람에게 오두막 안으로 들어오라고 손짓했다. 하지만 두 남자는 나란히 수풀 안쪽으로 걸어갔다.

"나 원 참… 이렇게 추운데 나갈 생각을 하다니. 스승이나 제자나 똑같잖아."

올해의 첫눈이 내리기 시작했지만, 추위는 사제의 앞을 가로막을 수 없었다.

5

엘레힘 신성력 1327년 11월 23일.

성당기사단을 이끌고 크로이저 요새를 침공한 마족을 몰아낸 오르갈트 추기경이 교단의 성지(聖地)로 복귀한 지 보름이 지났다.

그는 크로이저 성에 머무는 한 달 동안 불안해진 봉인을 안정시키기 위해 심혈을 기울였다. 그리고 파괴된 성을 복구하고 무너진 병력 체계를 재건하는 데 밤낮을 가리지 않고 움직였다.

그러나 성지로 돌아오자마자 접한 또 하나의 사건은 그에게 여유라는 단어를 완전히 빼앗아 버렸다.

"골치 아프군."

오르갈트는 금서를 보관해 놓은 비밀 서재 안을 둘러보며 지끈거리는 관자놀이를 꾹꾹 눌렀다.

박살 난 벽과 피로 흥건하게 적셔졌던 바닥은 깔끔히 수리되고 청소를 마친 지 오래였지만, 그저 겉보기에 원상대로 돌아갔을 뿐이었다.

오르갈트는 사라진 문서들의 목록을 찬찬히 훑어보며 왼손 끝으로 이마를 꾹꾹 눌렀다.

정체를 알 수 없는 인간 남성 한 명에 의해 비밀 서재가 털렸다는 이야기를 처음엔 믿지 않았다. 하지만 부상자들의 증언과 완전히 만신창이가 되어버린 비밀 서재 안으로 들어가고 나서야 말도 안 되는 '현실'이 벌어졌음을 인정했다.

그것 말고도 오르갈트를 괴롭게 만든 일은 또 있었다. 바로 빛의 용사 크레아의 몰락이었다.

'어떻게 해야 하나…….'

모르드 왕국과 손을 잡으면서 내세운 가짜 크레아의 가치는 반 토막 난 상황이었다. 이제 그녀에게 남은 건 혹시라도 암흑의 화신 제이블란트가 다시 풀려났을 때를 대비한 완전한 봉인의 자물쇠로써의 이용이다.

마음 같아서는 여전히 불안정한 봉인을 마무리 짓는 데 쓰고 싶었다. 하지만 빛의 실험체가 효과를 발휘하는 때는 봉인이 풀린 상태여야 하지, 불안하긴 하나 봉인 그 자체가 유지된 상태에선 아니다.

더 이상 가짜 크레아를 빛의 용사로 내세우는 건 포기하더라도 만약을 대비한 봉인의 수단으로 확보할 필요성은 충분했다. 하지만 아무리 모르드 왕국의 재촉이 있었다 해도, 두 가지 모두를 동시에 취하려 했던 것 자체가 불안정한 실험이었다며 오르갈트는 자책했다.

무엇보다 크로이저 요새에 침입했다가 후퇴한 데몬 공작 에르카이저가 마지막으로 남긴 말이 내내 마음에 걸렸다.

'절대 그분의 봉인을 풀지 마라!'

막상 그 봉인을 풀기 위해 쳐들어온 장본인이, 그것도 인간인 자신을 상대로 한 말이라곤 믿기 힘들었다.

하지만 혼란으로 가득 찬 머릿속과는 달리 오르갈트는 차분하게 일을 처리했다. 크로이저 요새의 경계를 더욱 강화했고, 지하 던전은 교단의 허락 없이는 극소수만 제외하고 들어가지 못하게 조치했다.

그런 식으로 아직 남아 있는 불안을 안정시키면 된다고 오르갈트는 스스로를 위로했다.

"추기경님!"

"무슨 일이지, 고든?"

비밀 서재 앞을 지키고 있던 경비병을 뚫고 들어온 부관 고든은 그답지 않게 새파랗게 질린 표정으로 오르갈트를 바라봤다.

"데르콘 성에서 회수했던 시드를 모조리 강탈당했습니다."

"……."

오르갈트는 놀라기보단 어이가 없었다.

"허허… 엎친 데 덮친 격이라는 용어가 지금처럼 어울리는 상황은 없겠군. 설마 여길 쳐들어왔던 그 남자는 아니겠지?"

"그게… 실은……."

6

데몬 공작 에르카이저를 위시한 마족의 기습 이후, 크로이저 요새는 대대적인 개편에 들어갔다.

요새를 지키는 병력을 기존의 3만에서 5만으로 배에 가깝게 늘렸고 무너졌던 성벽을 이전보다 더 견고하게 구축했다. 요새를 둘러싼 마법 장벽을 더욱 보강했고, 크로이저 요새의 소유권이 소국에 불과했던 베이루트 왕국에서 엘레힘 교단으로 넘어가면서 더욱 확실한 안전을 보장받게 되었다.

하지만 엘레힘 교단은 이것으로 만족하지 않고 요새 내 지하 던전으로 통하는 입구 주위를 철통같이 경비했다. 또한 교단에서 파견된 감시관이 봉인의 안정 여부를 하루에 한 번씩 직접 확인해 성지로 보고했다.

덧붙여 암흑의 화신 제이블란트가 봉인된 지하 던전 안에 출입할 자격을 엄격하게 제한시켰다. 엘레힘 교단의 고위 성직자 혹은 그에 준하는 자격을 지닌 자들만으로.

그렇게 재침공에 대비한 만반의 준비를 갖춘 크로이저 요새는 두 달 넘게 평화로운 시간을 보냈다. 그러나 마족이 언제 다시 쳐들어올지 모른다는 경계심을 늦추지 않고, 이번에는 기존 병력을 제외하곤 요새의 출입 자격 자체를 엄격하게 좁혔다.

요새 안에서 상권을 형성하던 상인들은 요새 책임자를 불러달라며 항의했고 그 소란을 틈타 '엄격한 출입 자격'에 부합되는, 그러나 이전에 비해 입지가 확 줄어든 누군가가 요새 안으로 조용히 들어왔다.

* * *

엘레힘 신성력 1327년 11월 30일.

지하 던전 최하층으로 내려가는 계단 아래로 피가 흘러내렸다.

아래층으로 내려가는 계단 앞마다 배치되었던 경비병들은 피투성이가 된 채 쓰러져 있었다.

"으아악!"

어둠 속에서 터진 비명 소리가 계단 위로 울려 퍼졌다. 가슴 정중앙을 찔린 마지막 경비병의 등 뒤로 날카로운 검끝이 뚫고 나왔다.

"쓸데없이 시간을 지체했군. 뭐해? 빨리 안으로 들어가지 않고?"

성당기사단장 마르코는 경비병의 시체를 발로 툭 걷어차 옆으로 밀었다. 뒤따라온 크레아와 쉘튼은 잔뜩 긴장한 표정이었다.

차라리 극도로 흥분했다면 모를까, 평상시와 다를 바 없이 말하면서 조금의 망설임도 없이 경비병들을 죽인 마르코가 이질적으로 느껴졌다.

굳게 닫혀 있는 석문 정 가운데에 오른손을 얹은 마르코의 입에서 기도문이 흘러나왔다. 얼마 지나지 않아 거친 마찰음과 함께 석문 사이가 벌어지기 시작했다.

"멈추십시오!

바로 그때, 병사들을 이끌고 온 중년의 기사가 소리를 지르며 그들을 멈춰 세웠다.

"크레아 님… 도대체 어떻게 된 일입니까?"

크로이저 요새의 경비 병력으로 파견된, 테르디어스 왕국의 기사 텔릭은 석문 주위에 쓰러져 있는 경비병들의 시체를 보고 아연실색했다.

크레아는 검을 뽑아 들고 있었지만 적극적으로 공격하지 않았다. 반면 마르코는 검을 옆으로 휙휙 휘두르며 검신에 달라붙은 피를 바닥에 털어냈다.

"마르코 경! 지금이라도 검을 내려놓으십시오! 엘레힘 교단으로부터 당신을 무조건 체포하라는 명령이 내려졌습니다!"

"그래서?"

성지에서 시드를 강탈했던 그 순간부터 마르코는 교단과의 인연을 끊었다. 더 이상 교단의 명령 따위 따를 이유도 없고, 두려워하지도 않았다.

마르코는 턱짓으로 크레아에게 공격하라고 지시했다. 그러나 그녀는 검을 쥐고 있을 뿐, 마르코와 텔릭을 번갈아가며 쳐다보는 눈에는 망설이는 기색이 역력했다.

"여기까지 와서 아무 일도 없었다는 듯 돌아갈 생각은 아니겠지?"

"……."

크레아는 질끈 눈을 감더니 성검 글로리아의 검자루를 강하게 움켜쥐었다.

파아앗!

성검의 검신에서 강렬한 빛이 뿜어져 나왔다.

시야를 뒤덮은 빛에 병사들은 물론 텔릭까지 앞을 보지 못하고 밀려났다.

"으윽……."

텔릭은 크레아가 다가오지 못하도록 반사적으로 검을 휘둘렀다. 비틀거리며 두 눈을 감싼 병사들이 하나둘씩 피를 뿜어내며 쓰러졌다. 그들에겐 비명조차 지를 시간마저 주어지지 않았다.

"텔릭 경, 제발 물러나십시오. 절 막지 마십시오."

"지금이라도 늦지 않았습니다."

"제발 절… 그냥 보내주십시오."

크레아는 검끝으로 텔릭의 목을 노리며 물러나라고 말했다.

석문 주위가 피로 흥건한 것과 대조적으로 그녀의 검엔 피 한 방울 묻어 있지 않았다.

"너무 물러."

카앙!

홀로 병사들을 모두 해치운 마르코가 검을 휘둘러 텔릭의 무기를 멀리 튕겨냈다.

"크헉!"

텔릭의 입에서 피와 함께 외마디 비명이 터져 나왔다.

마르코는 표정 변화 하나 없이 텔릭의 복부에 찔러 넣은 검을 빼내더니 허공에 대고 크게 휘두르며 핏방울을 털어냈다.

"내가 분명히 말했지? 망설이지 말라고."

"하, 하지만 이분은 전에 날 도와주셨던……."

"지금 그게 중요해? 더 강한 빛의 힘을 원하냐는 내 제안에 응한 건 바로 너야. 이런 일로 더 이상 시간 낭비할 여유 따윈 없어. 네가 애타게 찾던 카일을 떠올려 봐! 그렇게 많은 인간을 죽이고도 어딘가에 버젓이 살아 있을 거라고! 결과만 좋으면 사소한 희생 따위는 다들 잊게 마련이야!"

아르키어스 평원의 전투 판도를 단번에 뒤집었던, 카일의 압도적인 강함과 두려움을 크레아는 동시에 떠올렸다.

'그래, 그처럼 강해질 수 있다면…….'

빛의 용사라는 지위마저 위태롭게 된 그녀에게 남은 희망은 성검 레디언스가 품고 있는 빛의 힘뿐이었다. 이것을 위해서라면 그 어떤 비난이라도 받아들일 각오를 다시 한 번 다졌다.

하지만 그녀는 마르코가 언급했던 카일이 자칫하면 실버윙즈 전체에게 쏟아질 수 있었던 비난을 한 몸에 안고 떠났다는 사실까지는 모르고 있었다.

"알겠어요."

"그래, 그런 거야."

"이 전쟁을 끝낸 이후, 책임을 지겠어요. 어찌 되었든 제가 해서는 안 되는 짓을 한 건 분명하니."

책임이라는 단어에 마르코의 입에서 '피식' 하는 웃음소리가 새어 나왔다. 그러나 안타깝게도 크레아의 귀에는 들리지 않았다.

7

열렸던 석문이 다시 닫히면서 지하 던전 최하층에 세 명만이 남았다.

던전 최하층의 중심부는 여사제들로 봉인을 보호했던 예전과 달리 오르갈트 추기경이 고안한 빛의 마법진으로 둘러싸여 있었다.

그 마법진의 한가운데에 한 자루의 검이 천장에서 쏟아지는 빛을 받으며 꽂혀 있었다.

성검 글로리아 이전에 존재했던, 또 하나의 성검 레디언스.

카일의 석화와 함께 봉인이 이뤄지면서 주변에 있던 이들의 힘을 빨아들였다고 여겨졌다. 그 추측이 사실이라는 걸 증명하듯 성검 레디언스 안에 내재되어 있는 빛의 힘은 글로리아를 초월하고도 남았다.

크레아는 쉘튼과 마르코의 얼굴을 한 번씩 쳐다보더니 고개를 끄덕거렸다. 그리고 봉인의 중심에 있는 성검 레디언스를 향해 천천히 걸어갔다.

"정말… 대단해."

크레아가 성검 레디언스의 검자루에 손을 가까이 가져가더니 검 안에 내재된 빛의 힘을 느끼고 감탄했다.

"자, 망설이지 마. 성검을 뽑는다고 봉인이 반드시 풀린다는 이야기는 없었어. 물론 그렇게 될지도 모르니 엄청 두렵겠지. 하지만 하나도 아닌 두 개의 성검이라면 암흑의 화신 제이블란트를 다시 억누르면서 성검으로부터 빛의 힘만을 뽑아낼 수 있다고 봐."

마르코는 그녀로부터 떨어져 쉘튼과 나란히 섰다.

"크레아, 괜찮겠어?"

쉘튼은 우려를 표하면서 크레아의 뒷모습을 바라봤다.

크레아는 마른침을 연달아 삼키며 양손을 아주 천천히 성검 레디언스의 검자루에 가져갔다. 그녀의 양팔이 부들부들 떨리며 손가락 끝에서 식은땀이 뚝뚝 떨어졌다.

만약 성공한다면 봉인을 유지한 상태에서 성검 레디언스로부터 빛의 힘만을 뽑아내, 옛날처럼 다시 빛의 용사로 우뚝 설 수 있게 된다.

하지만 실패한다면 기껏 인간 측에 유리해진 마족과의 전쟁을 다시 원점으로… 아니, 인간에게 최악의 상황으로 바뀌

놓을 수도 있다.

크레아는 고개를 저으면서 망설였다. 몇 번이나 양손을 움켜쥐었다가 도로 펴기를 반복했다. 말로 표현할 수 없는 긴장감이 그녀의 어깨를 강하게 짓눌렀다.

"역시… 전 못 하겠어요."

크레아는 검자루로부터 완전히 양팔을 거두더니 고개를 숙였다.

"그래, 그럴 줄 알았지."

푸욱!

마르코의 검이 옆에 서 있던 쉘튼의 복부를 관통했다.

"어……."

순간 무슨 일이 일어났는지 실감하지 못한 쉘튼은 멍하니 로브를 적신 핏방울을 바라보기만 했다.

마르코가 쉘튼을 발로 밀어내며 검을 뽑자, 쉘튼이 입에서 피를 토해내더니 기운을 잃고 옆으로 쓰러졌다.

"아악!"

이어 크레아의 등 뒤를 노린 마르코의 검이 그녀의 왼쪽 어깨를 관통했다. 당장에라도 정신을 잃을 듯한 고통 속에서도 그녀는 반사적으로 검을 휘둘러 마르코를 떨쳐 냈다.

"쉐… 쉘튼!"

이를 악물고 뒤돌아선 크레아는 피투성이가 되어 바닥에 쓰러진 쉘튼을 발견하곤 '그녀'에게 급히 달려갔다. 그사이 마르코는 깊숙이 박힌 성검 레디언스의 검자루를 오른손으로 쥐었다.

"예상대로 행동해 줘서 너무나 고맙다."

"크윽… 마, 마르코 경?"

쉘튼의 상체를 일으켜 세운 크레아는 어깨의 부상에 신음하며 마르코를 응시했다.

"이게 무슨 짓입니까? 아무리 화가 났다 해도 이건 정도를 훨씬 넘어섰습니다!"

"아냐, 난 화를 내는 게 아니라고. 네가 예상과 조금도 틀리지 않게 움직여 준 덕분에 너무나 즐거워."

크레아는 여기까지 와서 성검 레디언스의 힘을 포기한 자신에게 쏟아질 마르코의 분노를 예감했다. 하지만 지금의 마르코는 예상과 정반대로 얼굴 가득 미소를 머금고 진심으로 기뻐하고 있었다.

"넌 분명히 성검 레디언스의 힘을 포기했어. 그렇기에 나에게 당연하게 순서가 돌아온 거야."

"봉인이 풀릴 가능성을 잊은 겁니까?"

"나라면 문제없어. 그보다 너… 가짜 주제에 진짜와는 동떨어진 행동을 하니 이렇게 되는 거다. 넌 아직도 네가 진짜 크레아 공주라고 생각해?"

"무슨 소리입니까?"

"잘 생각해 봐. 매번 네가 정신을 잃을 때마다 뒷수습하느라고 고생한 사람에게 직접 물어보든가. 아무튼 네 덕분에 귀찮은 검문검색을 쉽게 통과할 수 있어서 다행이었어."

마르코는 왼팔을 앞으로 뻗어 양손으로 성검 레디언스의 검자루를 움켜쥐었다.

"안 돼!"

크레아가 급히 마르코에게 달려들었지만, 성검 레디언스로부터 뿜어져 나온 빛이 그녀의 시야를 새하얗게 뒤덮었다.

"그래, 바로 이거였어……."

마르코 역시 시야가 하얗게 변해 버렸지만, 검자루를 움켜쥔 양손을 통해 흘러들어 오는 빛의 힘에 전신이 부들부들 떨렸다.

"이렇게 강한 힘을 그냥 방치하고 있었다니, 교단은 역시 어리석었어. 이대로 성검 레디언스의 힘을 모조리 뽑아낸다면 그 누구라도 날 이길 수 없어. 마족이든, 카일… 이… 든?"

완전한 성공을 확신하던 마르코의 목소리가 떨리기 시작하더니 확신으로 끝났어야 할 말이 의문형으로 변경되었다.

지면이 심하게 흔들리더니 성검 레디언스를 둘러싼 마법진에 균열이 생겼다.

그리고 그 균열을 비집고 솟아오른 어둠의 기운이 마르코를 둘러쌌다.

「어둠의 후예에 이어서, 이번엔 인간인가?」

8

“으아아악!”

빛과 정반대의 어둠의 기운이 몸으로 스며들자 마르코의 입에서 비명이 터져 나왔다. 온몸의 혈관이 피부 아래에서 굵게 튀어나왔고, 흰자위 주변에 시뻘건 실핏줄이 자리 잡았다.

「한갓 인간 주제에 날 억누르려고 하다니… 오만함의 대가를 치르도록 해주지.」

“으윽… 닥쳐!”

마르코는 성검 레디언스를 오른손만으로 움켜쥐더니, 왼손으로 허리 주머니를 급히 열어 안에 들어 있던 시드를 모조리 바닥에 떨궜다.

파아앗!

마르코가 사방으로 발산한 빛의 기운에 시드들이 강렬하게 빛나며 반응했다. 강렬한 빛이 지면에서 뿜어져 나오더니 급기야는 천장에서 내려온 빛의 기둥을 반대로 둘러쌌다.

“나는 질 수 없어… 져서는 안 돼!”

마르코는 성검 레디언스가 지닌 빛의 힘과, 시드들의 힘까지 합쳐 머릿속에서 울려 퍼지는 제이블란트의 목소리에 저항했다.

「소용없다.」

하지만 제이블란트의 말대로 시드에서 뿜어져 나오던 강렬한 빛이 서서히 옅어졌다. 급기야는 천장에서 내려오던 빛 기둥마저 어둠 속으로 사라지기 시작했다.

"이럴 수는 없어… 안 돼……."

온몸이 갈가리 찢기는 듯한 고통 속에서 마르코의 왼손이 성검 레디언스의 검자루에서 멀어져 갔다. 희미해지는 의식과 함께 빛의 기둥이 점차 모습을 감췄고, 대신 어둠이 그 자리를 차지하기 시작했다.

절망과 공포.

끊임없이 이어지는 악몽과 죽음에 대한 두려움.

어둠 속에서 펼쳐지는 모든 것이 마르코의 의지를 약화시켰다. 간신히 검자루를 움켜쥔 오른손의 힘마저 점점 빠져나가고 있었다.

"…아니지."

마르코는 검자루를 쥐고 있던 오른손에 힘을 가득 주었다.

"이대로 물러설 바엔 차라리……."

목숨만 부지하고 도망쳐 봤자 죽는 것만 못한 상황임을 직감한 마르코는 사방으로 퍼뜨렸던 빛의 힘을 거두어들였다.

그러자 그의 몸 안으로 어둠의 기운이 아무런 저항 없이 마구 파고들었다.

빛의 힘으로 어둠을 압도하지 못한다면 어둠의 힘을 있는 그대로 받아들이고, 그 대신 최소한의 빛의 힘만을 몸 안에 남겨 어둠에 저항하기로 방법을 변경했다.

갈색의 눈동자가 정 가운데부터 검은색으로 변하기 시작했다. 어둠의 기운이 만들어내는 강렬한 소용돌이가 마르코를 휩쌌다.

"그래, 이거야."

마르코는 어둠의 기운에 휘감긴 양손으로 성검 레디언스를 위로 잡아당겼다.

"이거였어……."

스르릉.

미끄러지듯 천천히, 20년이 넘는 긴 시간 동안 지면 아래 잠들어 있던 성검 레디언스가 모습을 드러냈다.

그러자 마르코의 몸 안을 마구 휘저으며 날뛰던 어둠의 기운이 점차 가라앉으며 안정되기 시작했다. 그의 심장을 중심으로 모여든 빛의 기운이 어둠 속에서 유일하게 빛을 발했다.

'내 생각은 틀리지 않았어.'

빛과 어둠은 어느 한쪽을 완전히 삼킬 때까지 서로를 침범한다. 그리고 그 격렬한 충돌 속에서 빛과 어둠은 더욱 강해진다.

다시 빛의 힘에 각성한 페이서와 블랙아웃 모드의 페이즈 3에 돌입한 카일의 대결에서 봤던 것처럼.

철저하게 제3자로 밀려났어야 했던 마르코는 그때의 일을 떠올리며 빛의 힘을 한곳으로 응축시켰다. 그리고 이전까지 두려워하기만 했던 어둠의 힘이 지닌 진정한 맛에 매혹되었다.

"난 왜 이렇게 어리석었을까? 빛의 힘 따위보다 어둠이 훨씬 더 나에게 어울렸는데 말이야."

고통 대신 이전에 단 한 번도 경험해 보지 못했던 쾌감에 그의 입가에 미소가 천천히 자리 잡았다.

"그래, 이 느낌… 아까보다 훨씬 내 마음에 들어. 좋아……."

금발이 끝자락부터 검게 물들기 시작하더니 어둠의 기운 그 자체로 변해 출렁거렸다. 그가 걸치고 있는 은색 갑옷은 원래의 색을 잃고 칠흑으로 변색되었다.

카일이 페이즈 3에서 보여줬던 모습 그대로 마르코가 변했다.

"이게 어둠의 힘이라 이거지?"

마르코의 입에서 흘러나온 목소리는 이전과 완전히 달라졌다. 귀가 아닌 상대의 머릿속에 울려 퍼지는 목소리로 톤이 완전히 바뀌었다.

"후우, 버러지들."

카일의 페이즈 3와 비슷하게 변했지만, 어둠의 목소리에 의식을 빼앗기지 않은 마르코는 크레아와 쉘튼을 가소롭다는 시선으로 내려다보았다.

깔보긴 했어도 한때 경쟁자였던 크레아는 더 이상 그의 안중에 없었다. 빛의 힘을 억누르기 위해 몸 안으로 모여든 어둠의 기운은 주체하기 힘들 정도의 힘을 안겨주었고, 그 누구도 자신의 경쟁자가 될 수 없다는 확신이 들었다.

"아, 아아……."

크레아는 자신의 옆을 스쳐 지나가는 마르코를 계속 쳐다보지 못하고 눈을 질끈 감았다. 이전 카일이 보여줬던 악몽이 다시금 떠오르면서 당장에라도 미쳐 버릴 것 같았다.

"아니지."

마르코는 석문을 앞에 두고 걸음을 멈췄다.

"후환이 될지도 모르니… 이런."

뒤를 돌아본 마르코는 크레아와 쉘튼의 모습이 보이지 않자 순간 의아해했다. 하지만 이내 가볍게 웃으면서 다시 정면을 바라봤다.

"그래, 두려워할 필요는 없어. 어차피 저런 실패작이 내 앞을 가로막진 못해. 아니, 이젠 그 누구도 날 막을 순 없어. 페이서든, 카일이든 그 누구도……."

이전처럼 귀찮게 기도문을 읊을 필요는 없었다. 석문 위에 얹은 오른손 끝에 힘을 주고, 어둠의 기운을 흘려 넣는 것만으로도 두터운 석문에 금이 쫘쫙 그어지며 무너져 내렸다.

"그러면 이번엔 필요 없는 여분의 힘을 써볼 차례로군."

마르코는 성검 레디언스와, 크레아가 놓고 간 성검 글로리아를 양손에 하나씩 쥐었다.

파아앗.

두 개의 성검이 보유하고 있던 빛의 힘이 사방으로 빠져나가면서 빛을 완전히 잃었다. 더 이상 성검이 아닌 평범한 무기가 되어버린 두 개의 검을 마르코는 미련 없이 내던졌다.

마르코는 강탈한 시드들을 허공에 띄워놓았다. 그리고 성검에서 뿜어져 나온 빛을 모두 흡수한 시드 중 하나를 집어 들었다.

"누가 좋을까?"

석문 밖에 널브러진 시체를 하나씩 살펴보던 마르코의 시야 한편에 텔릭의 시체가 들어왔다.

"그래, 우선 너부터."

9

성당기사단장 마르코를 체포하라는 교단의 지령을 뒤늦게 확인한 경비부대는 그가 들어간 지하 던전 앞에 두터운 포위망을 형성했었다. 그리고 던전 안에 병력을 계속 투입 중이던 상황에서 전혀 예상치 못한 변수에 맞닥뜨렸다.

"이, 이게 무슨 일이지? 마족의 습격이냐?"

"아닙니다, 탐지마법에 전혀 반응하지 않습니다!"

"그러면 저들은 도대체 누구인가?"

병사들의 시체를 짓밟으며 다가오는 두 남자로 인해 겹겹이 형성한 포위망이 점점 넓어져만 갔다. 피에 흠뻑 물든 검을 쥐고 있는 텔릭의 몸에선 빛이, 검게 변색된 성당기사단의 갑옷을 걸치고 있는 마르코의 몸에서 어둠의 기운이 흘러나오고 있었다. 텔릭의 가슴 왼쪽에는 심장이 있던 자리를 대신 차지한 시드의 한쪽 모서리가 드러나 있었다.

"넌 저쪽을 처리해라."

마르코가 오른손 검지로 왼쪽을 가리키자, 텔릭은 금이 잔뜩 그어진 검을 쥐고 병사들을 향해 돌진했다.

카앙! 캉! 카앙!

병사들의 무기는 빛에 휘감긴 텔릭의 검에 닿는 순간 박살나버렸다. 그의 검에서 뿜어져 나온 빛줄기가 지면을 타고 직선을 그리며 병사를 수십여 명씩 동시에 베어냈다.

텔릭이 뿜어낸 빛줄기가 사라진 자리엔 시체들에서 흘러나온 피가 흥건하게 자리 잡았고, 포위망의 한쪽이 순식간에 뚫려 버렸다.

"물러서지 마라! 숫자는 우리 쪽이 절대적으로 많다!"

"아, 알겠습니다!"

푸욱!

병사들의 창이 일제히 텔릭의 몸을 관통했다.

하지만 텔릭은 표정 한 번 찡그리지 않고 검을 역수로 고쳐 쥐더니 자신을 꿰뚫은 창들을 베어냈다. 비명과 신음 소리가 뒤섞이며 아수라장을 방불케 했지만 텔릭은 묵묵히 마르코의 지시에 따라 인간들을 살육했다.

정작 그 명령을 내린 마르코의 표정은 지루하기만 했다.

"흐음, 역시 지루해. 한꺼번에 처리해야겠군."

콰아앙!

마르코를 중심으로 거대한 폭발이 일어나면서 살점과 피가 마구 튀어 올랐다. 푹 꺼진 지면 위로 먼지가 마구 피어올랐고 시체 위에 시체가 쌓이는 지옥이 연출되었다.

"살고 싶나?"

먼지 속을 홀로 헤치고 나온 마르코는 후퇴만 반복하는 병사들을 향해 말했다.

포위망을 형성하던 병사의 수는 순식간에 1/4으로 줄어들었다. 방금 전의 일격으로 사망한 수가 반, 그리고 무기를 내던지고 성문 쪽으로 도망친 수가 반의반이었다.

성벽과 성문 주위를 지키는 병사들을 제외하고 성내의 거의 모든 병력이 지하 던전 입구로 몰려들었지만 포위망은 좁혀지기는커녕 더 넓어지기만 했다.

"정 살길 원한다면, 도망치는 것까진 막진 않겠다. 다시 한 번 물어보겠다. 살고 싶나?"

병사들이 벌벌 떨면서 고개를 연신 끄덕거렸다.

그러자 마르코는 오른손 검지를 내밀더니 포위망 너머에서 뭉쳐 있는 사제와 성당기사단원들을 가리켰다.

"단, 조건을 걸겠다. 교단에 소속된 놈들의 머리 하나당 한 명씩 살려주도록 하지."

자신의 능력을 인정하지 않고 빛의 용사 자격을 주지 않았던 오르갈트 추기경, 그리고 그가 실세인 교단은 마르코에게 증오의 대상에 불과했다.

처음에는 머뭇거리며 망설이던 병사들이 천천히 움직이기 시작했다. 마르코를 둘러쌌던 포위망은 어느새 교단에서 파견된 자들을 에워쌌고, 서로 격한 소리가 오고갔다.

"으악!"

사제 한 명이 비명을 지르며 쓰러지자, 그것을 기점으로 이번에는 인간끼리의 살육전이 시작되었다. 흰색의 성스러움을 나타내는 법의는 피로 물들었고 고귀함을 나타내는 은색의 갑옷은 병사들이 내지른 창에 뚫렸다.

"하하, 하하하하……."

마르코는 알아서 서로 죽고 죽이는 인간들을 보며 광기에 찬 웃음을 터뜨렸다.

빛의 힘 대신 어둠의 힘을 택했을 뿐인데도 그를 둘러싼 모든 것이 바뀌었다. 교단의 눈치를 보지 않아도, 교단의 이름과 권위를 빌리지 않아도 그가 시키는 대로 인간들이 맹목적으로 움직였다.

"그래, 이거야. 하하하하!"

여기저기에서 터져 나오는 비명 소리에 섞인 증오와 분노가 마르코의 힘을 더욱 증폭시켰다. 사제와 성당기사단원들의 시체를 쟁취하기 위해 이번엔 서로 싸우는 병사들을 보며 마르코는 또 한 번 크게 웃었다.

「그래, 역시 이 방법이 맞았군.」

마르코의 내면 깊숙한 곳에 숨어든 암흑의 화신 제이블란트의 목소리가 그의 입을 통해 흘러나왔다.

「완전히 지배하는 것보단 욕망이 이끄는 대로 흘러가게 놔두면 되는 거였어. 재미있군.」

10

"으, 으으……."

눈을 뜬 크레아는 어깨를 감싸 쥐며 몸을 일으켰다.

"여, 여기는?"

정신을 잃기 전 그녀가 마지막으로 본 장면은 마르코의 뒷모습이었다. 지금 그녀가 서 있는 곳은 수풀이 우거진 숲 속이다.

지면으로부터 올라온 차가운 기운 때문에 부상의 고통이 더욱 심해지며 얼굴이 일그러졌다.

"쉘튼!"

시야 왼쪽 끄트머리에 피로 흠뻑 젖은 로브 끝자락이 들어왔다. 크레아는 쉘튼에게 달려가 상체를 일으켰다.

"괘, 괜찮……."

크레아는 하던 말을 멈추고 오른손을 들어 올렸다. 쉘튼의 로브를 만지기만 했음에도 손바닥이 완전히 피투성이가 되어 버렸다.

"미안… 너와 마르코를 어떻게든… 말려야 했었는데……."

마지막 기운을 짜내 순간이동마법으로 크레아와 자신을 먼 숲으로 이동시킨 쉘튼의 호흡이 점차 약해져 갔다.

크레아는 두르고 있던 망토를 길게 찢어 쉘튼의 복부를 둘둘 감았지만 출혈은 여전히 계속되었다. 안타깝게도 그녀가 가진 빛의 힘으론 남을 치유해 줄 수 없었다.

"아무도 없나요? 도와주세요!"

크레아는 큰 목소리로 도움을 청했지만 돌아오는 대답은 없었다.

"제발 도와주세요! 누구라도 좋으니… 제발!"

또 한 번, 목청껏 소리를 내질렀지만 결과는 같았다.

"쉘튼! 아, 아니… 쉘리나 언니! 조금만 참아요. 분명히 누군가 도와줄 테니…….”

“아냐… 난 틀렸어…….”

“아니에요!”

크레아는 마르코에 대해서는 완전히 잊어버렸다. 그가 빛의 힘을 얻었든, 아니면 어둠을 이기지 못하고 사라졌든 중요하지 않았다. 그저 자신을 돌봐줬던 쉘튼이 죽지 않기만을 바랄 뿐이었다. 자신의 욕심 때문에 항상 옆에 있어줬던 사람이 책임을 지는 구도는 그녀가 바랐던 결과가 결코 아니었다.

“방금 누구라도 좋다고 말했지?”

크레아의 머리 위로 거대한 그림자가 드리워지면서 묵직한 음성이 흘러나왔다.

그녀는 재빨리 허리에서 검을 꺼내면서 뒤를 돌아보았다. 그리고 그대로 굳어버렸다. 3미터 가까이 되는 거대한 덩치에서 느껴지는 기운은 인간의 것이 아니었다.

“그토록 봉인을 풀지 말라고 경고했건만… 인간이란 어쩔 수 없는 종족이야.”

“누, 누구냐!”

“서로 보는 건 처음이겠군, 빛의 실험체 크레아.”

Chapter 44
원래 있었어야 할 자리로

1

엘레힘 신성력 1328년 3월 13일.

카앙!

검과 검이 맞부딪히는 소리가 숲 한가운데에서 울려 퍼졌다.

스승이 움켜쥔 검에선 불꽃이 피어올랐고 제자의 대검에선 어두운 기운이 안개처럼 검신을 감쌌다.

사제 간의 실전에 가까운 대련은 침엽수림 안에 드넓은 공터를 만들어 버렸다. 그나마 슈겔이 설치한 마법 장벽이 아니었다면 훨씬 전에 숲 자체가 통째로 사라졌을지도 몰랐다.

"헉, 헉……."

평소처럼 대검을 한손에 쥐지 않고 양손으로 움켜쥔 카일의 입에서 거친 숨소리가 흘러나왔다. 벌써 30벌째인 연습용 갑옷 표면에는 크고 작은 흠집이 수없이 자리 잡았고 땀이 말라붙은 안쪽엔 허연 소금기가 더덕더덕 붙어 있었다.

"숨 좀 돌려야겠습니다."

"알았다."

한번 대련이 시작되면 양쪽 중 어느 한쪽이 지칠 때까지 계속하기로 정했지만 매번 먼저 나가떨어지는 쪽은 스승이 아닌 제자였고, 이번에도 예외는 아니었다.

카일은 대검을 지면에 수직으로 꽂아 넣곤 부들부들 떠는 손으로 나무에 매달아놓은 물주머니를 집어 들었다.

벌컥벌컥.

"휴우, 이제야 살 것 같네."

가득 채워져 있던 주머니 안의 물을 반 마시고 남은 반을 그대로 머리 위에 끼얹었다. 때마침 불어온 바람 덕분에 시원한 기분을 만끽했지만 나무 위에 매달려 있는 여분의 물주머니들을 보고 기가 질렸다.

크로이드는 물 대신 여송연을 꺼내 입에 물고 불을 붙였다. 그는 뒤늦게 새 물주머니를 내미는 제자에게 고개를 저으며 연기를 길게 내뿜었다. 1시간 동안의 격렬한 대련은 어디까지나 카일 입장에서의 격렬함이었지 크로이드에겐 아니었다.

"네가 여기 온 지 얼마나 되었지?"

크로이드가 대뜸 지나간 시간을 물어보자 카일은 양손을 들어 날짜를 헤아렸다.

"대충 석 달 정도 되었을 겁니다. 그사이 해도 바뀌었고요. 그런데 진짜로 석 달 동안 질리게 대련만 했군요."

"불만이냐?"

"그건 아니지만 뭔가 새롭게 확 와 닿는 느낌이라든가, 그런 게 없어서 아쉬운 게 사실이죠."

"넌 애초에 실전 위주로 실력을 다듬은 타입이라 지금 와서 이론 같은 걸 논할 필요가 없다. 그리고……."

"네, 네. 무슨 이야기 하시려는지 압니다."

가벼운 푸념 이후 돌아올 대답이 무엇인지 뻔히 알고 있었기에 카일은 손사래를 치며 바위 위에 털썩 앉았다.

'화신을 상대로 세상을 이미 한 번 구한 놈에게 이론적으로 뭘 가르치겠냐?'

카일에겐 최적의 방식일지 모르지만, 이전과는 다른 방식의 '뭔가'를 기대했던 그에게 크로이드는 항상 이렇게 대답했다.

'하도 들어서 지겹지만 맞는 말이긴 해. 딱히 새로운 기술을 익히려고 해도, 어둠의 기운을 얻은 이후부터 쓴 기술 대

부분 스승님이 썼던 것들을 뜯어고친 거니 말이야.'

완전히 의식이 사라지는 페이즈 3 상태를 제외하고 카일이 쓰는 기술 대부분은 크로이드의 기술을 밑바탕으로 만들어진 것이었다.

그 결과 카일은 순수한 어둠만이 아닌 흑염(黑炎)의 형태로도 힘을 발휘할 수 있었다.

"밖에 나가고 싶어서 그러냐?"

"스승님과 검을 주고받다 보면 확실히 강해진 느낌은 들어요. 하지만 계속 이대로 있어도 괜찮은가 하는 생각은 지우기 힘들더군요. 게다가 날짜를 헤아리다 보니 지루했구나… 라는 기분이 뒤늦게 들기도 하고."

겨울 초입부에서 시작된 스승과의 대련은 봄에 접어들어서도 계속되었다. 카일은 매일 쉬지 않고 지쳐 쓰러지기 일보 직전까지 자신을 몰아붙였지만, 그건 '고민'을 잊기 위한 도피책이기도 했다.

카일은 장갑을 벗어 손가락 사이를 쫙 펼쳤다. 손바닥이 얼굴을 향하도록 뒤집자 새로 돋아난 살들이 어느새 굳게 변해 있었다.

"이 대검도 슬슬 수리해야 할 때가 되었군요."

고된 수련은 카일의 육체뿐만이 아니라 무기마저도 혹사시켰다. 1년하고도 반년 전에 수리를 받았던 대검 곳곳에 선명하게 금이 쫙쫙 그어져 있었다.

수련의 강도를 생각한다면 다음 달 즈음엔 박살 나버릴지 모를 정도였다. 그렇다고 크리드가 있을 코르테스 성에 검만 달랑 보내기엔 뭔가 폼이 나지 않았다.

"스승님, 아무래도 한동안 이 대검 말고 다크블로우를 써야 할 것 같은데요."

"대검이 박살 날까 봐 신경 쓰이는 거라면 걱정할 필요 없다. 일부러 그렇게 만든 거다."

"네? 무슨 소리죠?"

카일이 영문을 몰라 크로이드를 붙들었다.

하지만 크로이드는 대답 대신 마을 입구 쪽으로 시선을 돌렸다.

"이제야 도착했나 보군."

2

허겁지겁 달려 마을 입구에 도착한 카일은 순간 멍한 표정을 지으며 자신의 두 눈을 의심했다.

3미터가 넘는 키의 거대한 마족, 데몬 공작 에르카이저가 오른쪽 무릎을 꿇고 몸을 숙이고 있었다. 그리고 그의 오른편에는 켄타우로스 공작 안젤리카가 정면을 향해 고개를 숙이며 예를 표하고 있었다.

두 마족 공작 앞엔 평소와 다를 바 없이 여유 넘치는 표정으로 팔짱을 끼고 있는 슈겔이 서 있었다.

"그래, 네가 그 에르카이저란 애로구나."

"진혈의 12대 계승자이신 슈게르트 펠루스 크룬바이트 님을 뵙게 되어 영광입니다."

마을 입구로부터 강력한 마족의 기운을 감지한 카일은 다크블로우를 뽑아 들고 급히 달려갔었다.

'뭐야, 이거? 저 말 아가씨는 언제 풀려났지? 아니, 그것보다 애라니… 내 귀가 잘못됐나?'

하지만 막상 도착하고 보니 예상했던 상황과는 너무나 다른 분위기에 도저히 적응되지 않았다. 뭣보다 자신의 숙적이자 마족의 5공작 중 하나인 에르카이저가 '애'로 지칭되는 상황이 우습기보단 얼떨떨했다.

"네 이름이 흐음… 에르카이저라고 했지? 아무래도 내 나이가 나이다 보니 혹시라도 잊을지 몰라. 그건 감안해 줘."

"알겠습니다."

"것보단 이제 그만 일어서. 난 이런 거 별로 안 좋아해. 그리고 진혈은 이미 다른 애한테 넘어갔잖아? 전 계승자라고 정정하도록. 아, 앞으론 그냥 슈겔이라고 간단하게 불러. 뭐 그리 멋있지도 않은 풀네임을 장황하게 늘어놓고 그래?"

"명심하겠습니다, 슈겔 님."

"알아서 님을 붙여주다니, 센스 좋은데. 아, 그것보다 너희를 만나게 되면 물어보고 싶었던 게 있었어. 지난번에 애송이

웨어울프를 여기로 보낸 놈이 있었는데, 네 짓이었냐?"

천천히 몸을 일으키던 에르카이저가 도로 오른쪽 무릎을 꿇었다. 커다란 덩치가 유독 슈겔 앞에선 작게만 비춰졌다.

"슈겔 님이 머무르고 있는 거처임을 알고 있었다면 절대 그런 명령 따위 내리지 않았을 겁니다."

"흐음… 그래?"

장난기가 살짝 섞인 슈겔의 표정과 대조적으로 긴장한 에르카이저의 모습은 카일로서는 낯설기만 했다. 더 나아가 안젤리카는 아예 아래로 숙인 고개를 들 엄두조차 못 내고 있었다.

"아이고, 아무래도 내가 있으면 안 되겠다. 크로이드, 난 오두막에 틀어박혀 차나 홀짝이고 있을 테니 혹시라도 무슨 일 안 일어나게 지켜보고 있어줘. 어차피 이 애들은 내가 아니라 네 제자 녀석 만나러 온 거니까."

"지켜보기만 해도 충분하겠나?"

"나와 말을 놓는 널 상대로 어린애들이 뭔 짓 하겠냐? 그런 고로 난 빠진다."

슈겔은 손을 흔들며 오두막 안으로 모습을 감췄다.

그러자 에르카이저가 천천히 일어섰다. 그를 응시하던 카일의 시선도 자연스레 위로 올라갔다.

"오래간만이로군, 에르카이저."

"그동안 어디에 있었나 싶었더니 슈겔 님과 함께였었나, 카일."

카일은 다크블로우를 검집에 집어넣으며 에르카이저 옆의 안젤리카를 흘낏 쳐다봤다. 서로 눈이 마주친 두 남녀의 표정은 그리 곱지 않았다.

"그런데 에르카이저, 저 뱀파이어가 어느 정도 강하기에 너 정도 되는 마족이 저자세로 나와?"

"넌 저분의 무서움을 모른다."

"흐음, 그렇게 말한다고 해서 딱히……."

스승의 친구라는 입지 때문인지 슈겔이 강하다고 느끼긴 했지만 그 이상의 감정은 들지 않았다. 대신 다른 방향으로 생각이 전개되었다.

'말 아가씨는 몰라도 에르카이저가 벌벌 떨 정도라면 저 뱀파이어, 엄청났었군. 그렇다면 스승님은 내 예상보다 훨씬 더 강할지도 모르겠네. 나와의 대련에서 항상 힘 조절 하고 있다는 거야 알고 있었지만 이 정도일 줄이야…….'

덕분에 살기가 오고가는 팽팽한 분위기가 아니라 묘한 긴장감이 감도는 상황이 되어버렸다.

카일의 관심은 스승 크로이드와 슈겔 쪽으로 쏠렸고, 크로이드의 무서움을 모르는 에르카이저와 안젤리카는 아까보단 덜 경직된 자세로 서 있었다. 하지만 카일의 스승이라는 점 하나만으로도 크로이드에 대한 경계심을 늦추진 않았다.

"스승님, 저 뱀파이어 어느 정도입니까? 저보다 강하다는 거야 잘 알겠는데 매번 저런 모습이니 영……."

"나와 몇 번 붙었지만 결국 승부는 내지 못했다."

"친구 아니었나요?"

"그전까진 적이었지."

담담한 어조로 이어지는 크로이드의 대답에 에르카이저의 낯빛이 변했다.

"두려워할 필요는 없다. 저 마을 안으로 들어가지만 않는다면, 그리고 날 거스르는 행동만 하지 않는다면 너희가 뭔 짓을 하든 간에 상관하지 않겠다."

상대를 완전히 아래로 놓고 보는 말임에도 에르카이저는 적의 자체를 드러낼 수 없었다. 슈겔에게 느꼈던 압도적인 긴장감이 다시금 두 마족 공작을 덮쳤다. 그나마 입이라도 열 수 있는 에르카이저에 비해 안젤리카는 침묵을 지켜야 했다.

"이름을… 성함이 뭔지 물어볼 수 있겠습니까?"

"나에겐 이름에 의미 따위 없다. 그리고 너희는 내가 아닌 이 녀석을 찾아오지 않았나? 나 역시 슈겔처럼 너희들 이야기에 직접적으로 관여하지 않을 테니 신경 쓰지 마라."

크로이드는 몸을 휙 돌리더니 오두막 옆 비석을 향해 천천히 걸어갔다.

"자, 방해꾼은 모두 사라졌으니 우리끼리 이야기해 볼까?"

"좋다."

"그전에 내 쪽부터 먼저 물어보겠어. 어떻게 저 아가씨까지 이 자리에 있는 거지? 탈출했나?"

카일은 포로로 잡혀 있어야 할 안젤리카를 손가락으로 가리켰다.

"거액의 금과 교환했다. 그 마법사, 절대 자신들을 공격하지 않겠다는 류의 협약 따위는 필요 없다고 하더군. 어기기만 해도 가치 없는 종이 쪼가리보단 차라리 써먹을 수 있는 현물이 낫다던데?"

"마법사라면 제럴드겠군. 그 녀석다워."

순간 얼마만큼의 금을 뜯어냈는지 궁금해졌지만, 험악하게 일그러진 에르카이저의 표정만으로도 모든 것이 다 설명되었다.

"그런데 무슨 일로 날 찾아온 거지?"

"우리 쪽의 질문마저 가로채는군. 정말 몰라서 그런가?"

"설마 이제까지의 앙금은 다 씻어버리고 손을 잡자는 말 따위 하러 오진 않았겠지."

카인이 가볍게 던진 농담에 에르카이저는 입을 굳게 다물었다.

"어, 왜 그 타이밍에 입을 다물어?"

"하아… 지금 세상이 어떻게 돌아가는지 전혀 모른단 말이냐?"

"아, 그게… 세상 돌아가는 일에는 한동안 신경 끄라고 스승님께서 지시했거든. 어차피 나야 이곳에서 나가지 않았으니 지금의 세상 분위기가 어떤지 알 턱도 없고, 아무래도 다른 곳에 정신 팔리면 집중이 안 돼."

바로 그때, 두 마족 공작과 카일 사이의 지면에서 마법진이 떠올랐다. 그리고 마법진 위로 빛이 뿜어져 나오며 세 명의 남녀가 모습을 드러냈다.

"늦어서 죄송합니다."

"어… 제럴드?"

갑작스런 제럴드의 출현에 카일은 어안이 벙벙해졌다.

이런 식으로 예상보다 빠르게 제럴드와 다시 만나게 될 줄은 몰랐다. 동시에 비장하게 떠났던 모습이 떠오르면서 어색한 기분이 앞섰다.

"역시 이곳에 있었군요. 오래간만입니다."

"오르갈트 추기경?"

카일의 미간이 확 좁혀지면서 표정이 험악해졌다.

"너무 노골적으로 맘에 들지 않는다는 표정은 삼가주십시오. 지금은 사소한 감정은 접어둬야 할 때입니다."

"확실히 그래 보이는군. 아직 뭔지 모르겠지만 말이야."

엘레힘 교단의 오르갈트 추기경이 제럴드와 함께 나타났다는 사실 자체만으로도 근 3개월 동안 많은 것이 바뀌었다는 추측으로 이어졌다.

그러나 그 두 남자 사이에 나타난 여성을 보자 추측은 다시 예측할 수 없는 의문으로 바뀌었다. 이 자리에 나타날 거라 짐작조차 못한 인물이었기 때문이다.

"…크레아 공주?"

순간 이름 앞에 가짜라는 수식어를 붙일 뻔했던, 빛의 용사 크레아였다.

3

제럴드와 오르갈트 추기경, 그리고 빛의 용사 크레아.

오르갈트와 크레아는 몰라도 제럴드가 그 둘과 같이 올 이유는 카일은 찾지 못했다.

세상에서 일어난 큰 변화가 뭔지 알기 전까지는.

"제이블란트의 봉인이 풀려? 그것도 마르코란 놈 때문에?"

"네."

"어이가 없군."

어둠도 아닌 빛의 힘을 지닌 자가 암흑의 화신 제이블란트를 재봉인하기는커녕 해방시켰다는 말에 충격보단 말문이 막혔다.

"그래서? 마르코는? 아, 아니다. 마르코의 몸을 빌린 제이블란트겠지."

"인간과 마족 그 어느 종족도 가리지 않고 살육을 펼치고 있습니다. 특히 엘레힘 교단과 관련된 국가엔 한 치의 자비도 베풀지 않더군요. 스스로는 마르코의 인격을 그대로 지녔다고 여기는 것 같지만, 그게 제이블란트의 방식이라는 걸 당신은 잘 알 겁니다. 결국 지난 3개월간 대륙의 1/4이 벌써 제이블란트의 지배하에 놓였습니다."

자신에게 반하는 자들에게 나름대로의 응징을 가하는 것과 무차별적인 증오를 가지고 살육을 벌이는 건 서로 이야기가 확연히 다르다.

카일이 자신의 시야에 들어온 교단의 부정을 그냥 지나치지 않고 일일이 벌했지만, 아르키어스 평원에서의 일이 있기 전까진 단 한 명의 성직자도 죽이지 않았다는 것과 극명히 대조되었다.

"그런데 봉인이 풀렸다면 마족의 힘 역시 강해지는 거 아냐?"

"그렇지 않다. 그분은 우리 어둠의 후예에 대한 기대를 접어버리고 인간과 마찬가지로 없애야 할 존재로 인식했다. 과거와 달리 힘을 나누어주시지 않고 홀로 품으셨다."

제럴드 대신 대답한 에르카이저는 그답지 않게 한숨을 길게 내쉬었다.

"너희들 입장에선 참으로 아쉬웠겠군."

"난 지난번 봉인을 풀려다 실패한 이후… 그분에 대한 기대를 완전히 버렸다. 그리고 먹히지 않을 거라 여겼지만, 인간들에게 경고했다. 그분의 봉인을 풀지 말라고. 하지만 예상대로 이런 결과가 나와 버렸지."

"예전에 한 번 봉인했었지만, 지금은 이야기가 많이 달라졌는데? 어둠의 힘을 고스란히 혼자 소유했으니 이전보다 강해졌을 테고… 강탈한 시드로 만든 빛의 하수인 하나하나가 공작급의 힘을 지녔다고 했으니 더욱 힘들어졌군.”

“현재 우리 어둠의 후예 측에서 입은 피해만도 상당하다. 그래서 인간과 손을 잡고 싶었지만 생각처럼 쉽지 않더군.”

“그야 당연하지. 인간과 너희들이 싸운 게 하루 이틀도 아니잖아. 오랫동안 쌓여온 증오가 쉽게 풀릴 리도 없는데 어떻게 믿고? 지금 한 이야기도 제럴드가 있는 자리니까 믿은 거지, 제럴드 없이 너희들만 왔다면 상대조차 안 했을 거야.”

막상 그 마족을 수도 없이 죽였던 카일 본인은 마족에 대해 이전처럼 강렬한 증오를 발산하지 않았다. 아무리 제럴드가 낀 자리라 해도 검을 뽑아 들지 않고 이야기를 길게 할 수 있다는 자체가 신기하면서도 뭔가 씁쓸했다.

“그래, 네 말이 맞다. 인간들이 우리들을 증오하는 것과 똑같이 우리 어둠의 후예도 마찬가지다. 하지만 우리가 원하는 것은 인간의 멸망이지, 인간과의 공멸은 결코 아니다.”

인간과 마족 모두 어느 한쪽이 살기 위해 다른 한쪽을 죽이는 구도를 오랫동안 취해왔다.

하지만 이젠 마르코의 몸을 빌려 다시 나타난 제이블란트가 공통된 적으로 등장했다. 어차피 살기 위해 싸우는 이상 오랫동안 쌓였던 증오는 우선 접어둬야 한다는 것 정도야 카일도 알고 있었다.

문제는 누가 먼저 나서야 하냐다.

'아무래도 내가… 최적이겠지? 제이블란트가 시드로 만들어낸 빛의 하수인은 어둠의 힘을 지닌 내가 상대하는 쪽이 좋아. 무엇보다 지난번 그 일 때문에 실버윙즈를 나간 내가 개인으로 마족과 손을 잡는 편이 나을 테고.'

그러나 머릿속 생각과 달리 감정적으로 마족과 손을 잡는다는 게 썩 내키지 않았다.

이전보다 마족에 대한 증오가 줄어든 것은 확실했다. 하지만 카일을 향한 마족 측의 증오까지 적어진 건 아니었다. 이전보다 더해졌다면 모를까.

"정 망설여지신다면, 엘레힘 교단 소속으로 들어오지 않겠습니까?"

세 명의 대화를 듣고만 있던 오르갈트가 입을 열었다.

"지난번 당신이 저지른 죄를 회개한다는 명목으로 들어올 수도 있습니다."

"회개? 진심으로 하는 말은 아니겠지?"

"물론 진짜 회개 따윈 바라지도 않습니다만."

오르갈트는 평소와 다름없이 여유 넘치는 태도를 보여줬지만 속마음은 정반대였다.

그의 수하인 마르코가 벌인 일은 상관인 오르갈트의 책임으로 자연스레 전가되었다. 평소 오르갈트에 눌려 힘을 쓰지 못하던 사제단이 목소리를 높이기 시작했고, 이런 상황에서 그에겐 명분을 넘어선 실리가 그 어느 때보다 필요했다.

"저를 포함해 교단 자체가 맘에 들지 않는다는 건 잘 알고 있습니다. 하지만 개인적인 감정을 접어야 할 때는 의외로 많죠. 당신의 스승이신 크레이드 프리시온 님께서 과거 그랬던 것처럼 말입니다."

오르갈트는 살짝 미소를 지으며 카일로부터 등을 돌렸다.

"크… 크레이드 프리시온 님?"

"그 전설의?"

에르카이저와 안젤리카는 믿을 수 없다는 눈으로 비석 앞에 묵묵히 서 있는 크로이드를 바라보았다.

반면 제럴드와 크레아는 별다른 반응을 보이지 않았다. 카일은 의도적으로 모르는 척 넘어가려고 했지만, 스승의 옛 이름이 언급되는 순간에는 어쩔 수 없이 표정이 변했다.

"당신의 반응을 보아하니 역시 그분이 맞으시군요."

"그래서?"

"스승이 걸어갔던 길을 제자가 똑같이 걸어간다……. 구태의연할 수 있지만 전 지금 그 구태의연한 전개를 바라고 있습니다."

카일은 오른손으로 이마를 꾹꾹 누르며 생각에 잠겼다.

그리고 재빨리 판단을 내렸다.

"안 되겠는걸? 교단과 손을 잡을 바엔 이쪽이 훨씬 더 낫겠어."

카일은 에르카이저를 가리키며 입술 왼쪽 끝을 살짝 치켜 올렸다.

"원치 않은 예상은 항상 들어맞는군요. 아쉽습니다."

오르갈트는 말뿐이 아니라 진짜로 아쉬운 표정을 지었다.

"아무래도 저쪽을 택하는 쪽이, 교단을 견제하기 수월하겠죠. 그렇지 않습니까?"

그는 카일이 마족을 택한 또 하나의 이유를 단번에 파악했다.

카일이 마족과 함께 행동한다면 교단이 카트리나나 리에트, 그리고 페이서에게 혹시라도 모를 마수를 뻗었을 때 충분히 응징할 수 있는 입장에 서게 된다. 인간의 편에 섰을 때와는 다르게.

"곰곰이 생각해 봤지만 역시 교단은 맘에 안 들어. 그리고 너도 마찬가지로."

"과찬입니다."

오르갈트는 뒤로 한 걸음 물러서면서 에르카이저와 카일 사이에서 비켜섰다.

"그리고 크레아 공주는……."

카일은 그녀의 이름 앞에 수식어를 뒤늦게라도 붙일까 말까 고민하다가 아예 말을 멈췄다.

"아무래도 진짜 크레아 공주와 구별해야 하니, 앞으로는 그냥 크레아라고 부르겠어. 내가 마족과 손을 잡는 대신, 크레아는 실버윙즈가 보호하는 걸로 하는 건 어때?"

어둠의 실험체를 만든 마족.

그에 반하는 빛의 실험체를 창조한 엘레힘 교단.

그리고 두 세력 중 그 어느 쪽에도 밀리지 않는 집단인 실버윙즈로 보내 크레아를 보호하려는 의도였다.

"알았다. 그렇게 하도록 하지."

에르카이저는 고개를 끄덕이며 카일의 제안을 받아들였다.

4

에르카이저와의 이야기가 끝난 카일은 오두막에 들어가 짐을 꾸렸다.

짐이라고 해봤자 옷 몇 벌과 약간의 돈 외엔 딱히 챙길 게 없었기에 그리 오랜 시간이 걸리진 않았다.

"두렵지 않습니까?"

등 뒤에서 들려온 제럴드의 목소리에 카일은 가볍게 미소 지었다.

"뭐, 어떻게든 되겠지. 제이블란트 때문이라 해도, 20년 넘도록 적이었던 나에게 손을 내밀 정도라면 그 녀석들 본진에 도착하자마자 등 뒤에 검을 꽂진 않을 거야. 아니, 않을 거라고 믿어야지."

어찌 되었든 간에 케이오스 마을에 머무를 수 없게 된 이상 나가야 한다는 선택지는 고정된 터였다. 그게 마족과 손을 잡는 결과로 이어질 줄은 미처 예상하지 못했지만.

"참, 결국 그 공주하곤 손 안 잡았지?"

카일은 제럴드 옆에 있는 크레아를 의식해서 일부러 이름을 빼고 물어봤다.

"아마 다음에 만날 때는 적으로 만날지도 모르겠습니다."

"역시 그렇게 되었구나."

"사실 그대로 돌려보내긴 매우 위험한 인물이지만, 다른 이들의 눈도 있고 해서 순순히 보냈습니다."

"순순히? 네 성격이라면 암살이라도 시도했을 거 같은데, 아니야?"

"암살 말고 더 좋은 방법을 구상 중입니다."

최대한 합리적인 선택을 추구하는 제럴드답지 않았지만 카일은 굳이 토를 달지 않았다. 그렇게 스스로를 납득시키며 시선을 문 쪽으로 돌리는 도중 크레아와 눈이 마주쳤다.

"카, 카일. 저는……."

처음으로 입을 연 크레아는 끝내 말을 잇지 못하고 울먹였다.

그녀 본인은 그릇된 선택을 하지 않았지만, 결국 마르코가 제이블란트의 봉인을 풀도록 길안내를 한 거나 마찬가지였다.

차라리 그대로 폐인처럼 지냈다면, 빛의 용사 따위에 집착하지 않았다면 이런 결과가 나오지 않았을 거라며 크레아는 매번 자책했다.

카일은 고개를 숙인 채 양손으로 입을 가린 크레아에게 무슨 말을 해야 할지 막막했다. 크레아를 질타하는 건 쉽지만, 여전히 빛의 실험체라는 운명을 벗어나지 못한 그녀를 몰아붙여 봤자 의미가 없다는 생각만 들 뿐이었다.

"카트리나와 리에트하고… 잘 지내줘. 같은 여자끼리니."

여자 말고 또 다른 공통점을 알고 있었지만 카일은 굳이 언급하지 않고 배낭을 들어 올렸다.

"카일, 지금 헤어지만 또 한동안 만나기 힘들어질 텐데, 남길 말은 없습니까?"

"카트리나에게 전해줘. 자기 자신을 소중히 여겨달라고. 그렇게 말하면 알아들을 거야."

그녀의 몸에 이식된 시드의 효과가 다 떨어졌을 지금 최선의 선택은 말리는 것뿐이었다.

하지만 그 선택 자체는 이미 카트리나 쪽에서 먼저 제시했다. 그리고 그걸 거절한 건 다름 아닌 카일이었다.

"너나 페이서는 몰라도 내 말이라면 조금은 자제하겠지."

그 말을 끝으로 카일은 오두막을 나섰다.

그리고 마을 입구 쪽으로 걸어갔다. 그를 기다리고 있는 이들은 에르카이저와 안젤리카, 그리고 크로이드와 오르갈트였다.

"의외인데. 아직까지도 남아 있었다니."

카일은 아무런 성과도 거두지 못한 오르갈트가 왜 남아 있는지 의심스러웠다.

"넌 막상 여기까지 와서 하나도 얻어가는 게 없겠군."

"과연 그럴까요? 다시 만날 날을 기대하겠습니다."

'다시' 라는 단어에 내포된 묘한 뉘앙스가 기분 나빴지만 굳이 대꾸할 필요성을 느끼지 못했다. 그가 스승의 옛 이름을 알고 있다는 사실 역시 마음에 걸렸지만, 괜히 물어봤다가 꼬투리가 잡힐 걸 꺼려해 입을 다물었다.

공간이동마법으로 오르갈트가 떠나자, 남은 이는 셋이 되었다. 크로이드가 과거 크레이드 프리시온이었다는 걸 알게 된 두 마족 공작은 이전과 다른 의미로 긴장하고 있었다.

"스승님, 그러면 가보겠습니다."

"그래."

여전히 무뚝뚝한 표정과 어조로 짧게 대답한 크로이드는 이번에는 멀리서 오두막 옆 비석 쪽을 바라봤다.

"잠깐."

카일을 멈춰 세운 크로이드는 오른손을 내밀었다.

"그걸 줘봐라."

카일로부터 이름 없는 대검을 건네받은 크로이드는 검신 여기저기에 새겨진 금을 찬찬히 훑어봤다.

"이 검을 네 친구가 수리해 줬다고 했지?"

"그 녀석 아들에게도 맡겨봤죠."

"그리고 다크블로우라는 검을 만들어준 것도 그 친구였고?"

"그랬죠."

"그렇다면 그 친구는 널 엄청나게 걱정했음이 분명해. 단순히 수리만 한 게 아니라 이 검이 지니고 있는 잠재력을 너 몰래 억누르는 조치를 했던 거다."

"네?"

"그래서 이 검과 반대되는 개념으로 다크블로우를 만들었던 거라고 난 생각한다."

크로이드는 지면과 수평이 되도록 검끝을 내렸다.

"너에게 선택할 기회를 주겠다. 20여 년 전과 달리 이번에 만나게 될 암흑의 화신은 전에 비해 확연히 강해졌을 거다. 그에 대항하기 위해 어둠의 힘을 완전히 개방할지도 모르는 길을 택할 테냐? 아니면 지금처럼 자물쇠로 가두어서 쓸 것이냐?"

크로이드의 제안에 카일은 잠시 갈등했지만, 이내 특유의 미소를 지으며 팔짱을 꼈다.

"이제와 어둠의 힘이 두렵다고 도망치긴 꼴사납잖아요?"

"알겠다."

우두둑.

수십여 조각으로 갈라진 검신 표면이 아래로 후두둑 떨어지면서 그 안에 숨겨져 있던 또 하나의 검신이 모습을 드러냈다.

Chapter 45
뒤바뀐 선악

1

엘레힘 신성력 1328년 3월 20일.

타닥타닥…….

성벽을 휘감은 불길 위로 연기가 높이 피어올랐다.

성을 지키던 병력의 반은 시체가 되어 타오르는 불길 속에 산화되었고, 남은 반은 포로가 되어 불타오르는 성을 그저 바라만 봐야 했다.

베이루트 왕국의 수도 오그린트 성이 지옥으로 변하는 데 걸린 시간은 고작 반나절. 베이루트 왕국 측이 수도를 지키기 위해 남은 병력을 모두 성으로 집중시킨 것치고는 허무한 결

말이었다.

"그래, 좋아. 아주 좋아."

마르코는 잿더미로 변해가는 오그린트 성을 성벽 밖에서 지켜보며 사악한 미소를 지었다. 살과 뼈가 타들어가는 고약한 냄새조차도 그에겐 그 어떤 향수보다 향기로웠다.

어둠의 기운에 휩싸인 마르코가 몸을 돌려 포로들을 응시했다. 오그린트 성의 시민들과 포로로 잡힌 병사들은 그가 벌였던 무차별적인 살육을 떠올리며 공포에 빠졌다. 일부 시민들은 조용히 기도문을 읊거나 성호를 그으며 애써 침착함을 유지했다.

그 모습을 본 마르코의 미소는 악의로 바뀌었다.

"엘레힘 교단에선 순교자(殉教者)는 천국에 간다고 말했지?"

마르코는 뒷짐을 지고 왼쪽으로 몸을 돌려 걷기 시작했다.

걸음을 멈춘 그가 오른팔을 크게 휘두르자 어둠의 기운이 지면을 타고 긴 선을 그었다.

"천국으로 갈 놈들을 끌어내라."

"알겠습니다."

마르코의 지시가 떨어지기 무섭게 빛의 하수인들이 포로 사이로 헤쳐 들어갔다. 그들이 마르코가 그은 선을 기준으로 '왼쪽' 에 끌고 갈 사람들을 솎아내기 시작하자 아수라장이 펼쳐졌다.

"아, 안 돼! 아들만은 제발!"

"여보!"

"내 딸 대신 날 데려가시오! 부탁이오!"

지면에 그어진 선을 넘는 것이 무슨 의미인지 단번에 파악한 포로들은 빛의 하수인들을 붙들고 울며 사정했다.

"으아악!"

하수인의 발을 붙들며 제발 아들만은 봐달라며 사정하는 남자의 입에서 비명이 터졌다. 자신의 왼발을 붙들던 남자의 양팔을 하수인이 오른발로 찍어 으스러뜨렸기 때문이다.

"으… 아……."

살갗이 찢기고 뼈가 박살 난 남자는 고통을 이기지 못하고 결국 그 자리에서 기절해 버렸다. 넋을 잃어버린 소년의 오른손에서 로자리오가 피에 젖은 땅바닥 위로 툭 떨어졌다.

다른 하수인을 말리던 이들의 말로는 더 가혹했다. 서 있는 채로 검에 찔려 죽은 노인, 하수인의 손아귀에 얼굴이 으깨져 피투성이가 된 여성도 있었다.

결국 타인보다 자신의 목숨이 소중하다는 걸 깨달은 시민들은 입을 꾹 다물고 침묵을 지켰다.

"이제야 조용해졌군. 그래, 이런 분위기여야 하지."

마르코는 소년이 떨어뜨린 로자리오를 집어 들더니 손가락으로 가볍게 빙글 돌렸다.

"처리해라."

"알겠습니다."

빛의 하수인들은 마지막까지 희망을 놓지 않고 애걸하는, '왼쪽' 으로 끌려간 자들을 향해 검을 뽑아 들었다.

진한 피비린내와 비명 소리가 한데 뒤섞이며 마르코가 그어놓은 선 왼쪽은 순식간에 지옥으로 변했다. 빛의 하수인들은 일체의 표정 변화 없이 끌고 온 이들에게 계속해서 검을 찔러 넣었다.

온몸을 난도질당한 '왼쪽' 사람들은 피투성이가 된 채로 멀리 있는 가족이나 친구를 향해 손을 뻗었지만, '오른쪽' 에 있는 자들은 혹시라도 자신들까지 휘말릴까 봐 눈을 질끈 감은 채 아예 고개를 반대편으로 돌렸다.

일체의 감정 표현 없이, 지시하는 대로 군말 없이 따르는 빛의 하수인들을 보며 마르코는 가슴속 깊숙한 곳에서 차오르는 쾌감을 만끽했다.

"그래, 좋아……."

베이루트 왕국이 봉인이 있던 크로이저 요새에서 가장 가까운 국가임에도 봉인이 풀린 지 3개월을 넘긴 지금에서야 점령한 이유는 의외로 단순했다.

일부러 가장 먼저 공격하지 않고 시간을 보냄으로써 두려움에 빠진 자들에게 눈곱만큼의 희망을 선사했다. 그리고 그 희망이 가장 처절한 절망으로 바뀌는 바로 이 순간을 기대했고, 기대 이상의 쾌감이 지금 그의 눈앞에서 펼쳐지는 중이었다.

그가 죽일지 아닐지 결정하는 기준은 방금 전처럼 교단에 대한 믿음이 있느냐 아니냐였다. 단순히 신의 이름을 읊는 것만으로 모든 것이 해결될 거라 믿는 자들에 대한 경멸과 그런 자들을 어쩔 수 없이 지켜야 했던 성당기사단장 시절의 반동을 마르코는 이런 식으로 표출했다.

"교단 따위 믿지 마라. 내가 가진 힘만이 진리고 모든 것이다. 빛과 어둠의 힘 모두를 지닌 나야말로 진정으로 완성된 존재다."

마르코는 빛의 하수인들을 부리면서 동시에 암흑의 화신 제이블란트에 지배되지 않고 어둠의 힘만을 뽑아 쓰고 있는 자신이야말로 살아 있는 신이라 믿었다. 그리고 당연히도 남들에게도 그렇게 믿기를 강요했다.

하지만 그것은 마르코만의 착각이었다.

「그래, 그렇게 욕망이 이끄는 대로 행동해라.」

순간 마르코의 눈동자는 물론, 흰자위까지 검게 변하면서 이전과는 다른 목소리가 그의 입에서 흘러나왔다.

「네가 가진 증오와 욕망, 모두 나의 어둠을 더욱 강하게 만들어줄 테니까…….」

2

엘레힘 신성력 1328년 3월 24일.

"흐음, 진짜 사람… 아니지, 마족들이 우글거리는군."

안젤리카를 따라 마족 제5군단에 도착한 카일은 자신을 둘러싼 마족들을 둘러보며 혀를 내둘렀다.

여러 이해관계를 감안해 카일이 마족 부대에 합류하기로 결정한 지 열흘이 지나갔다. 하지만 시야에 빽빽이 들어선 마족들을 그냥 보고 있다는 사실 자체가 카일은 어색하기만 했다.

마족에 대한 증오와 적의가 상당히 줄어들긴 했지만, 만약의 경우를 대비해 등에 멘 대검의 검자루를 움켜쥐고 언제라도 뽑을 태세였다.

한편 그를 둘러싼 마족들은 얼마 전까지만 하더라도 그들에게 공포 그 자체였던 한 남자에게 주목했다.

"정말로 저 인간이 흑염의 카일인가?"

"눈초리가 매서운데… 진짜 우리와 손을 잡은 게 맞나?"

"어이! 머리 좀 옆으로 치워봐! 안 보이잖아!"

카일과 동행한 안젤리카를 믿어서일까, 가라앉았던 분위기가 달아오르기 시작하면서 카일을 향해 적의와 두려움이 한데 섞인 시선이 마구 쏟아졌다. 마족들은 카일과 눈이 마주치는 걸 극도로 꺼리면서도 막상 그에게서 눈을 뗄 수 없었다.

특히 카일의 바로 옆에 있는 안젤리카의 존재는 마족들이 서로 수군거리기에 좋은 흥밋거리였다.

"이런 식의 인기는 별로 안 좋아하는데……."

살짝 농이 섞인 말을 중얼거리며 카일은 뒤통수를 긁적거렸다. 이런 반응을 예상 못한 건 아니지만 더 이상 앞으로 나가기 힘들 정도로 마족들이 모여들 줄은 몰랐다.

"어이, 너희들. 난 그쪽 말을 할 줄은 모르지만, 알아들을 수는 있거든? 웬만하면 내 옆의 아가씨가 한마디 하기 전에 좀 비켜주지 그래?"

일반 병사들은 카일의 말을 알아듣지 못했지만, 인간의 언어를 습득한 일부 마족 장교는 깜짝 놀라며 뒤로 물러섰다. 카일의 말대로 안젤리카의 표정이 그리 좋지 않았기에 장교들은 고함을 지르며 몰려든 병사들을 급히 원래 위치로 돌려보냈다.

'제럴드가 만들어준 이거, 진짜 편리한데?'

카일은 왼쪽 귓불에 단 귀걸이를 살짝 매만지며 미소 지었다.

제럴드가 마족이나 몬스터들 고유의 말을 인간의 말로 바꿔주는 마법도구를 건네줬을 때 카일은 굳이 그럴 필요가 있냐며 시큰둥한 반응을 보였다.

하지만 막상 써보니 반드시 필요한 물건이 되어버렸다. 평소 껴본 적 없는 귀걸이 자체가 조금 번거롭게 느껴지긴 했지만.

'그런데 이런 걸 미리 만들어 왔다는 건, 내가 교단이 아닌 마족과 함께 행동할 거라 예측했다는 거잖아? 내 친구지만 가끔 무섭다니까.'

* * *

본진 내부에 빽빽이 들어찬 막사 사이를 지나 지휘관용 막사에 들어간 카일이 의자에 털썩 앉았다.

"어딜 가든 본진은 다 비슷한 분위기로군."

종족은 다르지만 결국 전쟁을 위한 장소라는 공통점 때문일까, 낯설면서 동시에 익숙한 느낌이 들었다. 물론 카일이 속했던 실버윙즈는 정예 병력으로 구성되었음에도 나름 가족 같으면서 느슨한 분위기가 있었기에 지금 그가 속한 마족 5군단은 진짜 군대라는 느낌이 들었다.

그와 같이 들어온 안젤리카는 눈썹 사이를 살짝 좁히더니 카일을 노려봤다. 정확히는 어느 부대로 갈 것인지 고르라는 에르카이저의 제안에 카일이 5군단을 택한 이후부터 그녀의 심기는 내내 불편했다.

'역시 나와 같이 다니는 게 불만이겠지. 당연하다면 당연

하달까…….'

이미 예상했던 반응이기에 카일은 딱히 기분이 나쁘다거나 불편하다는 느낌은 받지 못했다.

안젤리카 입장에서 카일은 철천지원수나 마찬가지다. 그녀가 아끼는 부하들을 잔혹하게 죽였고, 두 번이나 패배라는 굴욕을 겪게 만들었으니.

그럼에도 카일은 안젤리카의 5군단을 선택했다.

적이 아닌 같은 편이 된 이상, 적의를 지닌 그녀를 시야 밖이 아닌 안에 놔둬야 혹시라도 카일 몰래 수상한 움직임을 보이더라도 대응하기 용이하다.

'난 그렇게 비겁한 수는 부리지 않는다!'

5군단을 택한 이유를 카일이 말했을 때, 안젤리카는 그녀답게 대답했고 그것 역시 카일의 예상 범위 안이었다.

그런 개인적 이유 말고도 카일이 5군단에 들어온 데는 나름 합리적 이유 역시 존재했다.

카일이 마족과 함께 행동한다는 걸 보여주기 위해선 혼자가 아닌 제대로 된 부대에 속할 필요가 있었다. 하지만 공작들을 중심으로 결성된 다섯 군단은 의외로 변칙적인 형태로 구성되었다.

제2군단과 3군단은 사실상 마족 공작 한 명씩으로만 구성된 조직이었기에 처음부터 고려 대상에서 제외되었다. 데몬 공작 에르카이저가 이끄는 1군단은 카일 쪽에서 합류하길 거부했고, 웨어울프 공작이 이끌던 4군단은 막상 그 군단의 지휘관을 카일이 죽인 터라 그곳에 속하기 여러모로 곤란했다.

결국 카일의 남은 선택지는 안젤리카가 이끄는 5군단뿐이었다.

"어이."

카일은 내내 침묵을 지키고 있는 안젤리카를 불렀다.

안젤리카는 뭔가 말하려고 입을 벌렸다가 도로 다물었다. 그녀 나름대로는 그동안 쌓인 감정을 억누르며 카일을 대했지만, 그를 바라보는 시선에서 증오를 완전히 떨쳐 내기엔 불가능했다.

"그렇게나 날 죽이고 싶어?"

"……."

"이해 못하는 바는 아냐. 하지만 우선은 참아. 최소한 같은 편일 땐 서로의 등 뒤를 노리지는 말자고."

마르코의 몸을 빌어 제이블란트가 다시 등장한 현 시점에서 카일은 불필요한 감정싸움은 피하고 싶었다.

안젤리카 역시 마찬가지였지만 말처럼 쉽게 분노와 증오를 떨쳐 내기에는 힘겨웠다.

그녀 입장에서 카일은 어디까지나 가해자였다. 그런 그의 입에서 과거는 우선 잊자는 말이 나오니 억누르고 있던 분노가 다시금 가슴속에서 피어올랐다.

개인의 감정과 집단의 이익 사이에서 갈등하는 안젤리카에게 카일은 살짝 짜증이 일어났다.

"아니면 지금 결판낼까?"

우두둑.

의자의 팔걸이를 우그러뜨린 카일의 양손에서 어둠의 기운이 흘러나오고 있었다.

3

"공주님!"

막사 안에 어둠의 기운이 빠른 속도로 퍼져 나가자 밖에서 대기 중이던 안젤리카의 부하들이 다급히 안으로 들어왔다.

"다가오지 마!"

카일은 다크블로우를 꺼내 뒤로 내밀었다.

"말로만 끝낼 거라고, 말로만. 물론 내 말을 무시한다면 말로 끝내지 않겠어."

카일의 기백에 압도된 그녀들은 무기를 꺼내려던 손을 멈췄다.

막사 바닥에 깔린 어둠의 기운이 안젤리카의 발굽 위를 넘어 점점 차올랐다.

결코 잊을 수 없을 거라 여겼던, 하지만 같은 편이라는 생각에 잠시 잊었던 공포가 안젤리카를 덮쳤다.

카일은 여전히 다크블로우를 뒤로 향한 채 안젤리카를 응시했다. 만약 카일이 맘만 먹었다면 자신은 몰라도 부하들은 일순간에 죽였을지도 모른다는 생각에 안젤리카는 마른침을 꿀꺽 삼켰다.

"날 증오하지 말란 이야기는 아니야."

카일이 전개한 어둠의 기운은 그녀의 무릎 높이까지 올라왔다가 멈췄다.

"하지만 내가 마족과 함께 싸우겠다고 결단 내린 장소에 넌 분명히 있었어. 내 말이 틀려?"

"틀리지 않았다."

"만약 네가 부하들의 복수를 더 우선시했다면 내가 마족 군단에 합류하기로 결정한 그때 결단을 내렸어야 해. 마족을 떠나 날 계속 노리든가 하는 식으로 말이지."

아르키어스 평원 전투 이후, 자기 자신보다 동료들을 우선시한 카일이 실버윙즈를 떠나기로 결정했듯이.

"서로 사이좋게 하하호호 웃으며 대하자는 이야기가 아니야. 최소한 우리 둘 사이의 냉랭한 분위기를 부하들에게 보여주지는 말자는 거지. 아까도 이야기했지만 우리는 공동 지휘관이라는 점을 잊지 말아줘."

안젤리카가 카일이 마족에 들어오는 걸 침묵으로 긍정한 이상, 갈등조차도 타인이 알아챌 정도로 쉽게 드러내서는 안

되는 입장이었다.

"그래… 네 말이 옳다."

안젤리카의 입에서 길게 한숨이 새어 나왔다. 그러자 어둠의 기운이 빠른 속도로 카일의 몸 안으로 회수되었다.

"그런 의미에서 저기 모여 있는 네 부하들 좀 물러나게 해. 단둘이 마주 보고 이야기하는 것조차 남들에게 불안하게 보인다면 앞서 이야기한 건 말짱 헛거야."

활짝 열어놓은 막사의 입구 주위엔 안젤리카의 직속 부하들이 서성거리며 불안한 눈빛으로 막사 안을 바라보고 있었다. 안젤리카가 거듭 괜찮다고 말했음에도 그녀들은 머뭇거리며 제자리를 지켰고 결국 카일도 그냥 놔두라며 포기했다.

'남들에게 보일 수 있는 고민이 얼마나 행복한지 모르는군, 이 아가씨는…….'

정작 카일은 자신의 고민을 타인에게 밝힐 수도 없는 처지라 끝까지 홀로 안고 가야 하는 운명이었다.

"우선 혼자서 머리나 좀 식혀."

자리에서 일어난 카일은 안젤리카를 잠시 응시하더니, 가당찮은 듯 얼굴을 살짝 찌푸린 채로 막사 밖으로 나갔다.

카일은 안젤리카의, 부하를 아끼는 마음 자체를 폄하할 생각은 없었다. 부하를 단순한 소모품으로 여기며 눈 하나 깜빡하지 않는 인간들을 수두룩하게 봐온 카일으로선 그토록 복수심을 거두지 못하는 안젤리카의 모습이 되레 '인간적'으로 비춰졌다.

하지만 그런 인간적인 모습을 보기 위해 이곳에 온 건 결코 아니었다.

'이거야 원, 난 완전히 악역이 되었군.'

카일은 그녀의 부하들을 죽인 일에 대해 후회한 적은 단 한 번도 없었다. 서로 죽고 죽이는 일이 당연시되는 전쟁터에서 일어난 일이었고, 죽이지 않았으면 자신이 죽었을지도 모르는 상황이었다.

하지만 분노를 억지로 참고 있는 안젤리카를 상대로 끝까지 정론을 내세우진 않았다. 그저 군말 없이 자리를 뜰 뿐이었다.

4

전투 준비로 바삐 돌아가야 할 마족 5군단의 본진.

하지만 카일이 지나가는 곳마다 분주하기는커녕 병사들 한 명 다니지 않는 텅 빈 곳이 되어버렸다.

혹시라도 무슨 일을 벌일까 안젤리카의 부하들이 그의 뒤를 졸졸 따라다니는 걸 빼면 아군 본진이 아니라 급히 물자를 놔두고 철수한 적 본진을 돌아다니는 기분이었다.

"으… 으아악!"

미처 자리를 피하지 못한 마족 병사 한 명이 카일을 보자 소스라치게 놀랐다. 그는 떨어뜨린 무기를 급히 주워 들더니 카일의 시야가 닿지 않는 막사 사이로 급히 도망쳤다.

'그래, 이런 반응이 정상이겠지.'

다수가 함께 모여 카일을 구경할 때와 달리 홀로 그를 대면하게 된다면 물밀듯이 닥치는 두려움을 버티기 어렵다. 그렇게 가는 곳마다 텅 빈 공터로 만들어 버리자 카일은 쓴웃음을 지으며 막사 사이를 빠르게 걸어갔다.

"음?"

그리 멀지 않은 곳에서 병사들이 왁자지껄 떠드는 소리가 들리자 카일은 가던 걸음을 멈추고 왼쪽으로 몸을 돌렸다. 병사들이 모여 있는 곳으로 다가가자 코안으로 스튜 냄새가 스며들었다.

꼬르륵.

마침 허기졌던 그의 배가 곧바로 반응하자 카일은 입맛을 다시며 스튜 냄새가 흘러나오는 곳으로 걸어갔다.

"어……."

식사를 배급받기 위해 커다란 솥 앞에 모여 있던 마족 병사 중 한 명이 카일을 알아보고선 들고 있던 그릇을 툭 떨어뜨렸다.

"카, 카일이다!"

"뭐? 허억!"

평화로운 식사 시간을 즐기려던 병사들 사이에서 비명이

터져 나오더니 아수라장이 되어버렸다.

병사들은 한시라도 빨리 카일로부터 도망치려고 서로 뒤엉켰고, 배식을 담당하던 조리병은 국자를 솥 안에 내던지고 가장 먼저 종적을 감췄다.

"이거 왠지 미안한데……."

카일은 떨어진 그릇 중 하나를 집어 들더니 안에 남아 있던 스튜에 손가락을 담갔다 빼냈다.

"흐음, 생각보다 괜찮군. 의외인데?"

질 낮은 고기와 야채를 쓴 '통상적인' 전쟁터의 음식에 비하면 꽤 먹을 만한 수준이었다. 카일은 솥 앞으로 걸어가 직접 그릇에 스튜를 담더니 단체용 식탁에 앉아 먹기 시작했다.

금세 한 그릇을 비운 카일은 더 먹기 위해 솥으로 다가갔지만, 멀리서 자신을 바라보는 마족 병사들의 시선을 느끼고 이내 포기했다.

휙!

카일은 자신의 머리를 노리고 던져진 돌멩이를 오른손으로 잡아냈다.

"누구지?"

카일은 묘한 미소를 지으며 돌멩이가 날아온 방향으로 성큼성큼 걸어갔다. 같은 아군에게 이런 대접을 받기는 처음이라 화가 나기보단 신선한 기분이었다.

"모두 제자리에 멈춰!"

카일의 외침에 더 멀리 도망가던 병사들이 일제히 멈춰 섰다.

그의 말을 알아듣지 못했지만 기세만으로도 움직일 수 없었다.

제자리에 선 채로 부들부들 떠는 병사들 사이를 유유히 파고든 카일은 범인이라 짐작되는 마족을 발견하곤 다시 한 번 미소를 지었다.

모두 급히 도망가느라 등을 보였지만, 유일하게 정면을 바라보는 마족이 있었다. 마저 던지지 못하고 왼손에 쥐고 있는 또 하나의 돌멩이가 그 증거였다.

"너였냐?"

안젤리카와 똑같이 네 개의 다리를 지닌 켄타우로스 소녀였다.

하지만 카일이 의아한 표정을 지은 이유는 인간으로 치면 10대 중반으로밖에 보이지 않는 외양 때문이었다. 성인 마족들도 맞설 생각조차 못하고 도망치는 판국에 왜 이 어린 켄타우로스 소녀만이 그랬는지 이해하기 힘들었다.

"크흑……."

소녀는 분을 이기지 못하고 울음을 터뜨렸다.

카일의 시선이 소녀에게 집중된 사이, 다른 병사들은 들키지 않도록 조심스럽게 카일과의 거리를 벌렸다. 소녀를 제외하고 카일에게서 도망치지 않은 이는 안젤리카의 부하들밖에 없었다.

'왜 날 보고 울지?'

이렇게 어린 켄타우로스를 카일은 이전에 본 적이 없었다.

카일은 뒤를 돌아 안젤리카의 부하들을 바라봤다. 계속 그를 쫓아다니면서 두려워하던 모습이 아니라 아랫입술을 꽉 깨물고 뭔가 참는 분위기였다.

그들 중 한 명인 코르티가 카일과 소녀 사이에 다급히 끼어들었다.

"저 아이는 페리나의 동생입니다."

"페리나?"

"크로이저 요새로 가기 전에 사망했던… 제 동료입니다."

"아."

페이즈 2 상태에서 죽였던 안젤리카의 부하 중 한 명의 이름이었다. 유독 안젤리카가 그녀의 이름을 울부짖으며 외쳤기에 카일의 기억 한구석에 남아 있었다.

'이런 일이 있을 줄은 알았지만, 이렇게 빨리 접하게 될 줄은 몰랐어.'

마족 부대에 들어온 이상, 당연히 카일이 직접 죽인 마족과 혈연관계인 자들도 만나게 될 거라 예상했다.

그리고 예상대로 소녀는 카일을 바라보며 울분을 토했다.

카일은 언니의 죽음을 잊지 못해 울먹이고 있는 소녀를 상대로 무슨 말을 해야 할지 갈피조차 잡지 못했다.

어차피 전쟁터에서 일어났던 일이었기에 이제까지 그래왔던 것처럼 죄책감이나 동정심을 느끼진 못했다.

하지만 안젤리카와 이 소녀의 경우는 서로 달랐다. 상관과 부하 간의 관계가 아니라 언니와 동생이라는 혈육 관계는 이성적으로만 판단해선 안 된다. 오히려 감정적으로 느끼고 이해해야 한다.

"부탁드립니다! 용서해 주십시오! 이 아이는 아직 어려서 아무것도 모릅니다!"

코르티는 양팔을 확 펼치며 소녀의 앞을 막아섰다.

점점 굳어지는 카일의 표정에 코르티의 얼굴은 어느새 식은땀으로 범벅이 되어버렸다.

소녀 역시 뒤늦게 자신이 저지른 일이 얼마나 위험한지를 깨닫고 아까와는 다른 의미로 울먹이기 시작했다.

상대는 같은 인간들 사이에서도 미친개라 불렸던 카일, 자칫 잘못하면 코르티마저 언니처럼 죽을 수 있다는 두려움에 소녀가 온몸을 부들부들 떨기 시작했다.

"……."

카일은 제자리에 선 채로 입을 굳게 다물었다.

머릿속에선 무언가 말하기 위해 생각에 생각을 거듭했지만 혼란만 커질 뿐이었다. 안젤리카를 상대로는 강하게 나왔던 것과 달리 카일은 그답지 않게 망설였다.

"나는……."

카일이 입을 열려는 순간, 안젤리카의 다른 부하들도 소녀의 주변을 감쌌다.

"저도 부탁드리겠습니다! 이번 딱 한 번만 용서해 주십시오!"

"저 아이의 죄는 제가 대신 받겠습니다! 그러니 제발……."

그녀들은 고개를 깊게 숙이더니 카일에게 애원하기 시작했다.

소녀는 언니의 동료들 모두가 위험에 빠질까 두려워 안색이 새파랗게 질렸다. 자신이 잘못했다고 나서려는 소녀를 안젤리카의 부하들이 카일에게 접근하지 못하도록 붙들었다.

"보내줘라."

"아, 알겠습니다! 날 따라오렴."

코르티가 소녀를 끌고 멀리 가버리자 카일은 다시 걷기 시작했다. 그가 멀리 떠나가는 걸 확인한 병사들은 무슨 일이 있었냐는 듯 다시 솥 앞으로 몰려가 식사를 시작했다.

"휴우……."

카일은 한숨을 길게 내쉬면서 막사 사이를 지나갔다. 그사이 소녀를 다른 병사에게 맡긴 코르티가 급히 달려왔다.

"앞으론 저 소녀가 나와 다시 마주치지 않도록 해줘라."

"알겠습니다."

말을 마친 카일은 다시 입을 다물고 앞으로 걸어갔다.

아까처럼 카일이 지나갈 때마다 마족 병사들이 소스라치

게 놀라며 자리를 피했다.

카일은 두 손을 들어 얼굴 가까이 가져갔다.

무수한 격전을 거치며 많은 수의 마족을 죽인 자신의 손이 피에 젖어 있는 듯한 환영이 떠올랐다.

'내가 너무 쉽게 생각했어.'

카일은 앞서 안젤리카에게 늘어놓은 설교가 이론적으로는 옳을지 몰라도 감정적인 면에선 너무 가혹했다는 걸 깨달았다. 그리고 이곳에서는 자신이 '악역' 이 아닌 진짜 '악(惡)' 으로 인식된다는 사실 역시.

5

엘레힘 신성력 1328년 3월 31일.

무겁게 가라앉은 분위기가 계속 유지되던 5군단 본진은 3월의 마지막 날을 맞이해 분주해졌다. 크로이저 요새를 시작으로 세력을 확장하던 마르코의 군대가 드디어 마족 5군단의 본진 근처까지 진군했기 때문이다.

병사들은 막사 사이를 급히 뛰어가며 전투 준비에 여념이 없었다. 어제부터 내린 비 때문에 본진 안은 온통 진흙투성이로 변해 버렸다.

그러나 카일이 홀로 있는 막사 안의 분위기는 밖의 분주함과 완전히 격리되어 고요함만이 감돌았다.

카일이 마족 5군단 본진에서 보낸 일주일은 고독 그 자체였다.

그 누구도 그에게 다가가지 않았고 그 역시 누구에게 다가갈 수 없는 하루하루가 지겹게 이어졌다.

본진에 도착한 첫날처럼 그를 보자마자 겁에 질려 도망가는 병사들은 더 이상 없었다. 대신 조용히 그의 비위를 건드리지 않고 자리를 뜨면서 적의와 두려움이 섞인 시선으로 멀리서 바라봤다.

만약 카일이 자신에게 쏟아지는 적의를 견디지 못하고 감정대로 행동했다면 마족과의 얄팍한 협정은 순식간에 박살났을 것이다. 그러나 카일은 페리나의 동생과 마주했던 영향 때문인지 더 이상 위압적인 태도를 보이진 않았다. 그저 사방에서 쏟아지는 적의에 묵묵히 입을 다물 뿐이었다.

투둑투둑.

"비가 다시 오나?"

막사 위에서 들리는 빗방울 소리에 카일은 고개를 위로 들었다. 한 시간 후 전투가 시작되면 피와 비가 서로 뒤섞인 진흙탕에서 펼쳐질 혼전이 그의 머릿속에서 자연스럽게 떠올랐다.

하지만 전장이 어떻게 변하든 간에 카일에겐 상관없는 일이었다. 그가 할 일은 전직 한복판을 향해 홀로 돌파하는 것

뿐이었고, 그건 공동지휘관인 안젤리카와의 전략 회의에서 이미 결정된 내용이기도 했다.

카일은 앉고 있는 의자 옆에 비스듬히 세워놓은 대검을 쳐다봤다. 케이오스 마을을 떠나기 전 스승 크로이드가 그동안 이름 없이 썼던 대검을 '새롭게' 만들어주면서 했던 말이 그의 뇌리를 스치고 지나갔다.

'난 너에게 스승으로서 뭔가 제대로 된 선물 하나 해준 적이 없었다고 생각한다. 이게 첫 선물이자 마지막이라고 생각해라.'

크로이드는 어둠의 실험체로서 생을 마감한 동료의 이름을 카일의 대검에 붙여주었다.

엘트리안.

원래 쓰던 검의 명칭 대신 이전 사용자의 이름을 붙인 대검, 엘트리안의 검신은 순수한 검은색 그 자체였다. 블랙아웃 모드에 들어가지 않고 그저 쥐고 있는 것만으로도 사방에 어둠의 기운을 뿜어내는 무기였기에 아직 검집 안에서 한 번도 뽑질 않았다.

카일은 엘트리안의 검자루를 쥐고 등에 걸쳐 멨다. 그리고 막사 밖으로 나가려는 순간, 앞에서 기다리고 있던 코르티와 마주쳤다.

"저……."

"무슨 일이지?"

카일과 눈이 마주친 코르티는 자신도 모르게 한 발짝 뒤로 물러섰다. 카일의 시선은 그녀의 옆에 놓여 있는 커다란 나무 상자로 옮겨갔다.

"저걸 들고 왔나?"

"에르카이저 공께서 보내신 선물입니다."

"선물? 에르카이저가?"

같은 편이 되긴 했어도 선물 따위 주고받을 사이는 절대 아니었기 카일은 에르카이저의 의도에 고개를 갸웃거렸다.

"전투 전에 반드시 내용물을 확인해 보라고 전하셨습니다."

"알았다."

코르티를 돌려보내고 다시 막사 안으로 들어온 카일은 맨손으로 나무 상자를 뜯었다.

"이건?"

상자 안에 들어 있던 '물건'의 색을 본 카일의 입술 왼쪽 끝이 치켜 올라갔다.

"그래, 이걸 입고 싸우라 이 말이지? 하, 하하……."

오래간만에 웃음을 터뜨린 카일은 오른손으로 감싸 쥔 머리를 좌우로 흔들었다.

6

아침부터 다시 내리기 시작한 비는 본진을 떠난 마족 5군단의 뒤를 계속 따라다녔다. 오후가 되었음에도 비는 멈추지 않았고 몇 시간째 진군을 계속하던 병사들은 상당히 지쳐 있었다.

그런 그들보다 훨씬 앞서 진흙탕을 거리낌 없이 걸어가던 카일은 걸음을 멈추고 오른손을 지면과 수평이 되도록 옆으로 뻗었다. 그러자 카일과의 거리가 더 좁혀질까 봐 두려워한 병사들은 따로 명령을 내리지 않았음에도 알아서 진군을 멈췄다.

몸을 왼편으로 틀면서 뒤를 돌아본 카일은 멀찌감치 떨어져 있는 마족 병사들을 둘러보며 씁쓸하게 웃었다.

'처음 왔을 때의 분위기로 되돌아가 버렸군.'

지난 일주일간 카일이란 존재 자체에 나름 익숙해진 마족 병사들은 더 이상 그를 노골적으로 두려워하진 않게 되었다.

하지만 막상 전장에 서게 되니 이야기가 달라졌다. 병사들은 카일의 뒷모습을 보는 것만으로도 겁에 질려 그와 최대한 거리를 벌렸다. 그나마 안젤리카의 직속 부하인 10명의 켄타우로스 여기사만이 카일과 가깝게 일렬횡대로 서 있었다.

하지만 카일을 그들을 절대 비웃지 않았다. 혹시라도 빈틈을 보인다면 저들이 쥐고 있는 무기들이 적이 아닌 자신의 등 뒤를 노릴지 모른다는 생각을 한시도 떨쳐 낸 적이 없었다.

그 때문일까, 본진에서 보낸 일주일 동안 제대로 자본 적이 없었던 카일의 양쪽 눈 모두 상당히 충혈된 상태였다.

'역시 피곤해. 몸이 예전 같지 않아. 하지만 이 느낌, 참으로 오래간만이야.'

대신 카일은 한동안 잊고 있던 긴장감을 되찾았다.

케이오스 마을에서 크로이드와 함께 보낸 3개월은 혹독한 수련의 연속이었지만, 그것과 대조적으로 평화롭기만 한 마을 내 분위기 속에서 긴장은 풀릴 수밖에 없었다.

더 정확히 말하면 석화에서 풀려난 이후부터 카일 특유의 날이 선 감각은 조금씩 마모되어 갔다. 시간이 흐르면서 동료들과 재회하고, 흩어졌다가 다시 뭉치는 과정에서 카일 홀로 지내는 시간은 줄어들었고 조금씩이나마 타인에게 의지하게 되었다.

'돌이켜 보면 제이블란트를 봉인하기 전까진 깊게 잠든 적 자체도 드물었지. 본의 아니게 훨씬 더 옛날로 돌아간 기분이야. 혹시 어둠의 실험체로 재창조되었을 당시의 내가… 이랬을까?'

카일은 고개를 숙이며 이번 전투에서 처음 입어본 갑옷 흉부를 내려다봤다. 페이즈 3에 들어섰을 때의 자신의 모습을 그대로 그려낸 듯한, 칠흑으로 점철된 갑옷이었다.

'내 이미지에 딱이야.'

덕분에 이젠 아군인 마족 병사들의 두려움까지 되살렸지

만 이대로 적진 한복판으로 뛰어들었을 때의 파급력은 훨씬 더 강해질 거라 카일은 믿었다.

굳이 페이즈 2나 3에 들어가지 않아도 될 정도로.

"이제 오는군."

지평선 너머로 적 병력이 모습을 드러내기 시작하자 적진의 하늘 위에서 정찰을 마치고 온 안젤리카가 한 쌍의 날개를 펄럭이며 카일 옆에 천천히 착지했다.

"카일, 저들 사이에서 모르드 왕국의 깃발이 보였다."

"그래서?"

카일은 순간 의외라는 표정을 지었지만, 이내 아무렇지 않다는 듯 원래 얼굴로 돌아갔다.

"같은 인간이라서 부담되나?"

"아니, 오히려 매우 적절해."

여기서 조금이라도 주저한다면 그의 등 뒤에 있는 마족들은 카일에 대해 두려움을 넘어 불신을 가질 테고, 그것만큼은 있어서는 안 되는 일이다. 그렇기에 5군단의 지휘관으로서의 첫 전투 상대로 모르드 왕국군은 더할 나위 없이 좋은 먹잇감이었다.

안젤리카는 정찰 도중 넓은 시야를 확보하기 위해 벗었던 투구를 다시 썼다. 반면 카일은 갑옷과 함께 온 칠흑의 투구를 본진에 남겨두고 왔다.

"투구는 쓰지 않을 작정인가?"

"그래."

카일은 자신이 어둠의 기운에 휩싸였을 때 적에게 보여주는 광기 어린 표정은 투구로 가리기보다 드러내는 쪽이 효율적이라고 생각했다. 그리고 어둠의 기운으로 얼굴을 보호하던 터라 굳이 투구가 필요 없기도 했다.

그러나 지금은 그 이유가 달랐다.

"그래야 내가 누구인지 보여줄 수 있을 테니까."

제이블란트의 하수인들과 같이 행동하는 모르드 왕국의 병사들에게는 이전까지 미약하게나마 보여줬던 자비는 더 이상 필요하지 않았다. 자신이 카일이라는 걸 밝히고 널리 퍼뜨리며 죽음보다 더한 공포를 선사할 때였다.

스르릉.

카일은 검집 안에서 잠들어 있던 대검 엘트리안을 오른손에 쥐었다.

"비겁한 수를 부리지 않겠다는 말을 믿겠어."

등 뒤에 꽂힐 아군의 검은 절대 거부하겠다는 카일의 의지가 목소리에 실려 퍼져 나갔다.

"그리고 나에게 다가오지 마라. 이성을 잃진 않겠지만 지금의 나는 힘을 제어할 생각이 조금도 없어. 다시 한 번 말하겠어. 죽고 싶지 않다면 가까이 오지 마라."

카일을 중심으로 어둠의 기운이 사방으로 퍼져 나가기 시작했다. 그의 뒤에 서 있던 켄타우로스 여기사들은 무릎 위까지 차오른 어둠의 기운을 피해 황급히 물러섰고 병사들 사이에서 기겁하는 목소리가 터져 나왔다.

"모두 물러서라! 카일과의 거리를 최대한 벌려라!"

안젤리카는 큰 목소리로 병력을 후퇴시켰고, 카일은 멀리서 다가오는 적 병력을 향해 빠르게 돌진했다. 빗줄기를 뚫고 앞으로 달려가는 카일과 5군단과의 거리는 점점 벌어지기만 했다.

* * *

빛의 하수인을 대동한 모르드 왕국의 군대와 마족 5군단과의 전투는 시작부터 마족 측의 우세로 진행되었다.

전장 위에 뿌려지던 빗방울은 어느새 폭우로 변하며 양측 모두에게 불리한 조건으로 변했지만 어둠의 기운을 온몸에 감싸고 적진을 파고드는 카일의 존재는 그 어떤 변동 요소도 무의미하게 만들었다.

거침없이 인간들을 몰아붙이는 카일, 그리고 카일과는 별개로 행동하며 모르드 왕국군을 포위한 마족 5군단의 움직임은 승기를 조금씩 굳혀갔다.

"그래, 이거야. 이거였어."

데몬 공작 에르카이저는 폭우 속에서 펼쳐지는 전투를 멀리 떨어진 절벽 위에서 내려다보며 만족한 표정이었다.

물론 이곳에 오기 전까지는 불안한 마음을 감추기 힘들었다. 카일의 성격상 5군단에서 크고 작은 충돌을 피할 수 없을 거라는 우려 때문이었다.

그러나 우려와는 달리 전투에 돌입한 카일은 에르카이저가 기대한 것 이상의 모습을 보여주었다.

인간들의 비명 소리가 전장을 메웠고, 대지는 인간들의 피와 하늘에서 퍼붓는 비에 젖어 진흙탕이 되어버렸다. 예전에 카일을 상대하면서 느꼈던 공포가 인간들을 덮치고 있는 모습에 에르카이저는 짜릿함을 느꼈다.

"이전부터 생각했던 거지만… 역시 내 생각이 맞았어. 카일, 너는 역시 인간 편에 서서 싸우기보단 이쪽이 더 어울려."

과거 제이블란트가 마족을 위해 힘을 빌려줬던 시절, 에르카이저는 카일을 적으로 만났지만 당시에도 그가 인간보다 자신들과 더 가깝다는 느낌을 받았었다.

그리고 지금 자신이 선물한 칠흑의 갑옷을 걸치고 전장을 지배하고 있는 카일은 에르카이저의 눈에 어둠의 후예 그 자체로 비춰졌다.

"어찌 보면 우리는 그분의 힘보다 더 큰 걸 얻었을지도 모르겠군."

제이블란트가 마르코에 의해 풀려난 이후 에르카이저는 카일과 손을 잡는다는 극단적인 방법을 택했다. 거절당할 확

률이 높다는 걸 알았고, 설사 이뤄지더라도 문제가 많을 거라는 점을 잊지 않고 직접 이곳까지 찾아왔다.

그러나 그의 표정에서는 더 이상 근심을 찾아볼 수 없었다. 빛의 하수인이 내뿜는 빛을 카일의 어둠이 완전히 뒤덮는 장면에 흡족한 미소를 지을 뿐이었다.

Chapter 46
물러서서는 안 되는 전투

1

엘레힘 신성력 1328년 4월 1일.

아르키어스 평원 전투 이후, 모르드 왕국의 수도 케이브란스 성은 주민들에게 버림받은 죽은 도시였다.

거리는 텅텅 비었고 경비병들은 지킬 가치도 없는 성안을 무의미하게 돌아다니기만 했다. 밤만 되면 성 밖으로 도망치는 탈영병이 속출했고 군내 기강은 해이해질 대로 해이해져 대낮부터 술에 취해 비틀거리는 병사들이 넘쳐났다. 그들을 처벌해야 할 장교들은 아예 각자의 집무실에 틀어박혀 가족들을 데리고 어떻게 도망쳐야 할지만 궁리했다.

하지만 며칠 전부터 상황이 급반전했다.

성을 떠났던 이들이 대거 성문 앞으로 모여들더니 돈을 내면서까지 성안으로 들어가겠다고 애걸복걸했다. 탈영했던 이들은 중형을 각오하면서까지 부대로 복귀했고, 정세에 민감한 상인들은 막대한 물품을 수레에 싣고 성안으로 들어가 새 가게를 차리기 시작했다.

엘리제 3세는 갑작스레 일어난 케이브란스 성의 변화를 집무실 안 창문을 통해 내려다보는 중이었다. 그녀가 들고 있는 망원경의 동그란 시야 안엔 거리 안을 메운 시민들이 가득 들어왔다.

"폐하!"

자신의 결단이 성과를 내렸음을 만끽하던 그녀의 표정이 순간 일그러졌다.

엘리제 3세가 뒤를 돌아보자, 급히 달려온 트레스발드 재상이 가슴을 움켜쥐고 숨을 고르고 있었다.

"무슨 일인가?"

"이것은 결코 좋은 선택이 아닙니다!"

문을 열고 안으로 들어온 트레스발드 재상은 그답지 않게 흥분한 기색을 감추지 않았다.

"진정해라, 트레스발드."

"그 많고 많은 세력 중에 하필 '암흑의 군주'와 손을 잡다니… 지금이라도 당장 취소해야 합니다! 차라리 나라의 반을 주더라도 페이서의 실버윙즈와 함께하는 편이 낫습니다!"

스스로를 암흑의 군주라 칭한 마르코는 오만함이 물씬 풍기는 포고문을 각 나라에 보낸 터였다.

'나를 따르지 않는 자들에겐 죽음만을 선사할 것이다.'

마르코가 원한 것은 힘에 의한 지배, 그 지배를 원활하게 수행하기 위한 나라들이 필요했다. 그리고 엘리제 3세는 고민 끝에 마르코의 제안을 받아들였다.

"나라의 반을 준다고 페이서가 나에게 충성을 맹세할 것 같으냐? 이것 말고 다른 대안이 있다면 이 자리에서 경청하겠다."

"좀 더 시간을 주신다면 반드시……!"

"그 시간 동안 이곳은 사람 없는 유령도시나 마찬가지였다. 하지만 지금 밖을 봐라. 이렇게 활기찬 케이브란스 성을 전에 본 적이 있는가?"

"폐하!"

담담한 표정의 엘리제 3세와 잔뜩 흥분한 트레스발드의 표정은 너무나 상반되었다.

"그대도 알다시피 카일이 마족과 손을 잡았다. 이게 무슨 의미인지 귀공은 알 거라 믿는다."

카일이 실버윙즈에 속해 있을 때와 달리 마음껏 모르드 왕국을 향해 검을 내밀 수 있다는 이야기나 마찬가지였다. 아직까진 모든 인간 국가와 마족이 손을 잡지 않았기에, 마족 부대에 속한 카일이 인간을 공격할 가능성 자체는 분명히 존재했고 다수의 국가는 카일의 눈치를 봐야 했다.

결과적으로 카일의 힘을 두려워한 다른 인간 국가들은 모르드 왕국과의 연을 끊었다. 모르드 왕국의 귀족들 반수 이상은 신생 모르드 왕국을 내세운 크레아 공주 쪽에 합류했다. 진짜 크레아 공주가 대두하면서 빛의 용사 크레아는 입지를 완전히 잃어버렸다.

모든 상황이 모르드 왕국과 엘리제 3세에게 불리하게만 돌아간 이상 그녀는 더 이상 최선을 택할 수 없었다. 남은 선택지는 차악(次惡)뿐이었다.

"하다못해 저와 먼저 상담했어야 하지 않았습니까?"

"그러면 분명히 반대했겠지."

보름 전, 마르코가 보낸 서한을 앞에 두고 엘리제 3세는 고뇌에 빠졌다. 하지만 트레스발드는 급한 일이 있다며 케이브란스 성을 떠난 상태였고, 엘리제 3세는 그가 '왜' 자리를 비웠는지 알게 되자 거리낌 없이 결정을 내렸다.

"공포를 버텨낼 자신이 없다면, 그 공포 자체가 되는 쪽이 낫다."

주류에 밀려나 세상의 흐름대로 저물어갈 모르드 왕국은 엘리제 3세가 원하는 미래가 아니었다. 이제까지 선(善)을 빙

자해 선두에 나섰다면, 지금은 악(惡)에 모든 걸 맡길 차례라고 그녀는 판단했다.

"그대는 다시 성안으로 들어오려는 어리석은 인간들의 아우성이 들리지 않는가? 저것이 바로 공포의 힘이다. 우둔한 자들에겐 자비 따윈 필요하지 않아. 오직 힘만이 모든 것을 제자리로 되돌릴 수 있다."

"저건 일시적인 현상에 불과합니다! 폐하, 지금이라도 늦지 않았습니다!"

"그 아이가 이곳으로 쳐들어오기 전까지… 말인가?"

엘리제 3세는 서랍을 열더니 안에서 무언가를 꺼내 트레스발드의 얼굴 앞으로 내밀었다.

"트레스발드, 그대가 그 아이와 연락을 취하고 있다는 건 이미 알고 있다. 하지만 다 부질없는 짓이야. 여기서 발을 빼기엔 그대는 너무 깊게 빠져들었어."

"……."

"그대는 충성할 사람만 바꾸면 되지만, 난 그렇지 않다."

반쯤 불타 버린 편지의 남은 부분을 본 트레스발드의 낯빛이 순식간에 바뀌었다. 엘리제 3세는 손수 진짜 크레아와 트레스발드의 이름이 적힌 부분을 손가락으로 죽 그었다.

"지금 당장 목을 치진 않겠다. 그대의 가치는 아직도 유효하니."

강경하게 나오던 트레스발드는 도망치지 않고 제자리를

지켰고, 엘리제 3세는 손바닥을 치며 밖에서 대기 중인 병사들을 불렀다.

"폐하, 저는 어디까지나……."

"모르드 왕국을 위해서라고 대답해 봤자 아무런 의미가 없다. 짐은 짐을 위해 일하는 자만이 필요하다."

양팔을 병사들에게 붙들린 트레스발드의 어깨는 아래로 축 처졌다.

문이 닫히며 홀로 남게 된 엘리제 3세는 다시 창문 쪽으로 몸을 돌렸다. 망원경을 통해 보이는 시민들의 뒤바뀐 태도는 아무리 봐도 질리지 않았다.

"너무 재미있군. 너무나……."

그녀는 모르드 왕국을 한 번이라도 버린 자들을 편히 쉬게 놔둘 생각은 조금도 없었다. 이리저리 기회만 보며 왔다 갔다 하는 이들에게 걸맞는 최후를 선사하기 위한 모략이 그녀의 머릿속에 연달아 떠올랐다.

2

엘레힘 신성력 1328년 4월 20일.

"하아……."

막사 안으로 돌아온 카일은 한숨을 길게 내쉬며 의자에 앉왔다.

갑옷 위로 흐르던 피가 그대로 번져 의자까지 붉은색으로 바꿔 버렸다. 카일이 숙였던 고개를 들어 막사 입구 쪽을 바라보자 발자국과 함께 핏자국이 길게 이어졌다. 상처 하나 입지 않은 그가 온몸에 머금은 피는 인간의 것이었다.

카일이 걸친 갑옷의 칠흑, 그리고 죽인 인간들의 붉은 피.

그에게 허락된 색은 오직 두 가지뿐이었다.

"하나, 둘, 셋, 넷, 그리고……."

카일은 오른손을 펼쳐 엄지손가락부터 하나씩 접었다.

마족의 5군단으로서 첫 출전 이후, 다섯 번째 전투를 막 치르고 온 오늘도 언제나처럼 홀로 지내는 밤이 찾아왔다.

석화에서 풀려난 이후 3년간 이어진 전쟁은 의외로 카일에겐 강행군이 아니었다. 20여 년 전에 있었던 전쟁의 페이스는 그보다 훨씬 빨랐고, 지금 마족 5군단으로 온 이후의 전투 횟수가 딱 당시에 버금갔다.

카일은 검집 안에서 잠들어 있는 엘트리안의 검자루를 흘낏 쳐다봤다. 굳이 블랙아웃 모드로 들어가지 않아도 어둠의 기운을 맘껏 뿜어내는 엘트리안의 힘은 그에게 승리만을 선사해 주었다.

그만큼 그가 대지에 흩뿌린 인간들의 피는 결코 적지 않았다. 몇 시간 전 끝난 전투는 마르코 편에 붙은 베이루트 왕국군의 전멸로 마쳤다. 베이루트 왕국군을 이끈 지휘관의 목을 움켜쥐는 순간, 마지막으로 그가 내뱉은 말이 카일의 귓가에서 떠나지 않았다.

'너는… 악마야… 악마라고!'

"이젠 마족과 인간 구별 없이 모두에게 그렇게 불리게 되었군."

전투를 거듭할수록 원한이 가득 담긴 인간들의 비명과 신음 소리가 카일을 괴롭혔다.

하지만 그에 비례해 카일의 감각은 날카로워졌고, 거의 없다시피 한 수면 시간에도 아랑곳하지 않고 긴장감이 유지되었다.

대신 배고픔과 갈증이 항상 그를 떠나지 않았다.

그는 탁자 위에 놓인 물병을 집어 들더니 머리와 갑옷 위에 뿌려 피를 씻어냈다. 그리고 물병 안에 반쯤 남은 물을 그대로 벌컥벌컥 들이켰다. 그다음엔 허리 주머니 안에 있던 육포를 모조리 꺼내 한입에 넣고 깨물었다.

짜디짠 소금 맛에도 카일은 표정 변화 없이 우물우물 씹기만 했다. 정작 그를 불쾌하게 만든 것은 손에 배어서 떨어지지 않는 인간의 피 냄새였다. 덕분에 뭘 먹어도, 마셔도 피 냄새가 항상 입가에서 떨어지지 않는 듯한 착각이 들었다.

"누구냐?"

카일은 앉은 자세 그대로 다크블로우를 뽑아 든 오른팔을 뒤로 향했다.

"너였나."

카일은 갈색 머리칼의 켄타우로스 여성을 보고 검끝을 아래로 내렸다. 페리나의 여동생을 지키기 위해 가장 먼저 나선 점 때문에 그의 부관이 되어버린 코르티였다.

"무슨 일이지?"

"공주님께서 카일 님… 을 모시고 오라고 하셨습니다."

망설임 끝에 어쩔 수 없이 이름 뒤에 님을 붙이는 그녀를 보며 카일은 씁쓸하게 미소 지었다.

* * *

카일이 안젤리카의 막사 안으로 들어오자, 탁자에 빙 둘러 앉아 있던 마족 장교들의 안색이 확 변했다.

카일이 빈자리에 턱하니 앉자 양옆 자리에 있던 자들은 그에게서 풍기는 짙은 피 냄새에 코를 움켜쥐었다. 결국 신임 장교 몇몇은 구역질을 하며 막사 밖으로 나가 버렸다.

"무슨 일로 날 불렀지?"

카일의 물음에 맞은편에 앉아 있던 안젤리카는 말없이 탁자 위에 놓인 문서를 손끝으로 짚어 그를 향해 스윽 밀었다.

그녀는 서로 냉랭한 모습을 보이든 말든, 각자의 등에 검만 꽂아 넣지 않으면 상관없다던 카일의 말을 그대로 따랐다.

인간의 언어로 번역된 다음 전투의 계획서를 읽던 카일은 빨간색 잉크로 밑줄 쳐진 부분에서 페이지를 휙휙 넘기던 손을 멈췄다.

"텔릭 경?"

"역시 너와 아는 사이였나?"

카일은 혹시나 하는 생각에 성(姓)까지 확인했고, 눈을 잠시 감았다가 떴다.

"테르디어스 왕국 소속인 텔릭 로디안 경이라면 내가 알고 있는 그가 맞아. 결코 적으로 만날 사이는 아니었지만."

카일은 마르코에 의해 제이블란트가 다시 모습을 드러낸 이후 크로이저 요새가 과거 붙여진 이름대로 암흑의 대지로 변했다는 이야기를 이미 들어 알고 있었다. 하지만 그때 마르코가 시드로 만들어낸 빛의 하수인 중 텔릭이 있을 거라는 데까진 생각이 미치지 못했다.

'빛의 하수인이 되었다는 이야기는… 그때 결국 죽었구나, 텔릭 경이.'

가정이 확신으로 굳어지자 카일은 두 눈을 감더니 오른손 끝으로 지끈거리는 눈썹 사이를 꾹꾹 눌렀다.

"카일, 다음 전투에서 빠져도 상관없다."

"아니, 그렇기에 이 남자는 내가 맡겠어."

안젤리카가 했던 것과 똑같이 카일은 다 읽은 문서를 손끝으로 스윽 밀어 그녀 앞에 놔뒀다.

"정말로 문제없겠나?"

재차 확인을 요구하는 안젤리카의 질문에 카일은 인상을 살짝 찌푸렸다.

"아무래도 내가 이전까지 죽였던 마족 수만큼 인간을 더 죽여야 믿어줄 것 같군."

카일은 자리에서 일어나더니 안젤리카의 막사 밖으로 나왔다. 안젤리카는 손을 뻗어 그를 멈춰 세우려고 했지만 이내 포기하고 고개를 가로저었다.

입구에서 기다리고 있던 코르티는 항상 그래왔던 것처럼 일체의 질문을 하지 않고 말없이 그의 뒤를 따라갔다. 어두컴컴한 본진 안은 카일이 지나가자 침묵만이 감돌았고, 그를 알아본 병사들은 부동자세를 취하면서도 절대 시선이 마주치지 않도록 먼 곳으로 시선을 두었다.

3

그로부터 일주일 뒤.

크로이저 요새가 있던 암흑의 대지를 향해 동쪽으로 계속 이동하던 마족 5군단은 진군을 멈추고 전열을 정비했다.

카일은 언제나처럼 5군단 선두에 홀로 나서서 망원경으로 적 진영을 살펴봤다. 지평선 부근에 자리 잡은 언덕 위에는 마르코의 힘에 굴복해 전장에 나선 베이루트 왕국의 잔여 병력이 총집결해 있었다.

카일은 망원경을 내리고 두 눈을 감았다.

그 상태에서 뒤를 돌아보자 명령만을 기다리고 있는 마족과 몬스터들의 기운이 어둠으로 점철된 시야 안에 빽빽하게 들어찼다. 여전히 눈을 감은 채로 정면으로 몸을 돌리자 먼 곳에 빛의 하수인임을 나타내는 빛이 감지되었다. 그것도 세 곳에서.

'이젠 빛의 힘도 멀리서 알아챌 수 있게 되었군. 지난번 전투 때 본 게 착각이 아니었어.'

카일은 자신이 어둠의 실험체라는 걸 알게 된 이후 겪은 변화 중 하나를 마음속으로 읊었다. 아니, 어쩌면 지금까지 모르고 있었거나 무의식적으로 외면했을지도 몰랐다.

'그나저나 텔릭 경이라…….'

카일을 상대로 연전연패를 반복한 베이루트 왕국군이었지만 이번만큼은 달랐다. 빛의 하수인이 세 명이나 포함되어 결코 만만하게 볼 수 없었고, 그들 중 한 명은 최근 막강한 기세를 과시하는 텔릭이었기에 치열한 혈전이 예상되었다.

'시드는 생명체의 힘을 최대한도까지 이끌어내지. 단, 그만큼의 부작용을 어떤 형태로든 동반해.'

카일은 스승 크로이드가 케이오스 마을에서 했던 말을 떠올리며 그가 상대했던 빛의 하수인들과의 대결을 하나씩 곱씹었다.

하수인 한 명 한 명이 공작급에 버금갈 정도의 실력을 지녔다는 사실은 몸으로 직접 체험했다. 그리고 동시에 그들이 한결같이 감정이나 자의식을 가지고 전투에 임하지 않았다는 것을 알아챘다. 마치 마리오네트처럼 누군가에 의해 조종당한다는 느낌을 지우기 힘들었다.

'역시 설득 같은 건 포기해야겠지.'

크로이저 요새에서 텔릭에게 신세를 지기도 했고, 현재 실버윙즈에 소속된 레오나의 아버지라는 점을 완전히 무시할 수는 없었다.

하지만 카일은 이미 텔릭을 자신의 손으로 처리하겠다고 공언한 상태, 조금의 망설임이라도 보인다면 5군단 내부의 혼란으로까지 이어질 게 분명했다.

카일은 오른팔을 들어 올리더니 등에 걸쳐 멘 엘트리안의 검자루를 강하게 움켜쥐었다. 그러자 그를 지켜보고 있던 수많은 마족 병사가 일제히 움찔했다.

그러나 카일은 엘트리안을 뽑지 않고 시선을 하늘로 향할 뿐이었다. 적이 시야에 들어오기 무섭게 적진을 향해 마구 돌진하던 이전과 달리 침착하게 적 병력이 더 다가오기를 기다렸다.

이전까지의 전투와 다른 태도를 취한 카일을 보고 병사들이 수군거리기 시작했다. 멀리 있어서 제대로 들리지 않았지만, 무슨 이야기를 나누는지는 대충 짐작되었다.

휘이잉…….

마족 5군단과 베이루트 왕국군 사이에 강한 바람이 불면서 모래 먼지가 피어올랐다. 갑옷의 색과 맞춘 카일의 검은색 망토가 물결처럼 펄럭였다.

피유웅!

상공에서 활공하며 때를 기다리던 안젤리카가 적 진영 한복판을 향해 스피어를 투척했다. 파공음을 남기며 대각선 아래 방향으로 날아간 스피어가 적 진영을 둘러싸고 있던 마나의 장벽을 뚫고 지면에 깊숙이 박혔다.

콰아앙!

강력한 폭발음과 함께 사방으로 퍼져 나간 바람의 칼날에 베이루트 왕국군 병사들이 우수수 쓰러졌다. 팔과 다리가 잘린 병사들이 비명을 지르며 땅바닥에 나뒹굴며 진형이 완전히 뒤죽박죽 되어버렸다.

스르릉.

원래 둔탁한 검신이었던 부분으로 만들어진 검집에서 카일은 엘트리안을 뽑았다. 검신에서 뿜어져 나온 어둠의 기운을 몸에 두른 카일이 언덕을 향해 가장 먼저 돌진했다.

4

베이루트 왕국군 진형을 반으로 가르며 돌진한 카일은 언덕 가장 높은 곳에서 느껴지는 빛을 쫓아갔다.

빛의 하수인들은 과거를 완전히 잊고 무조건 마르코의 지시대로 행동한다고 알려져 있었다. 하지만 만약에라도 텔릭이 자신을 알아볼 일말의 가능성마저 포기하지는 않았다. 설득이 안 된다면 포로로라도 잡을 작정으로 카일은 언덕을 질주했다.

인간 병사들은 처음부터 그를 상대할 마음 따윈 없었기에 카일은 그 누구의 방해도 받지 않고 달려나갔다. 그리고 언덕 가장 높은 곳에서 카일은 빛의 하수인이 되어버린 텔릭과 조우했다.

"텔릭 경!"

카일은 엘트리안의 검끝을 아래로 내리고 텔릭을 불렀다.

"절 알아보겠습니까? 카일입니다!"

어둠의 기운까지 거둔 카일은 어떻게 해서든 텔릭이 자신을 알아보기를 기원했다. 5군단에 들어온 이후 많은 인간을 죽였지만, 같은 편이었다가 적으로 돌아선 인간은 처음이었기에 일말의 고민도 없이 죽이고 싶진 않았다.

하지만 텔릭의 표정엔 아무런 변화가 없었다.

"텔릭 경! 정말 모두 잊으셨단 말입니까?"

카일은 마지막이라는 심정으로 목소리를 높였다.

그에 대한 대답 대신 텔릭은 허리에 차고 있던 쌍검을 뽑아 들고 카일을 향해 돌격했다.

카앙! 캉! 카앙!

카일의 대검 엘트리안과 텔릭의 쌍검이 연달아 맞부딪히며 빛와 어둠의 혼합인 회색 기운을 흩날렸다. 아무런 표정 없이 검을 휘두르는 텔릭에 반해 카일은 여러 감정이 복잡하게 뒤섞인 표정으로 공격을 막아내고 있었다.

쿠웅!

검을 맞댄 두 남자가 거의 동시에 앞발을 내딛자 지면을 가르는 금들이 서로 교차하면서 넓게 퍼져 나갔다. 그 틈을 타고 카일로부터 흘러나오는 어둠의 기운과 텔릭이 뿜어내는 빛이 길게 이어지면서 어둠과 빛, 그리고 그 중간의 회색으로 변질된 공간이 두 남자를 둘러쌌다.

"역시 절 기억하지… 못하는군요."

엘트리안 너머에 있는 텔릭의 얼굴은 생전 그대로였지만, 카일의 말에 아무런 반응도 보이지 않았다. 그저 마르코에 명에 따라 싸우는 텔릭에 카일은 씁쓸함을 느꼈다.

하지만 지금 눈앞에 있는 텔릭이 어쩌면 자신의 모습이었을지도 모른다는 생각에 씁쓸함은 이제 섬칫함으로 바뀌었다.

콰아앙!

어둠의 기운을 폭발시킨 카일은 옆으로 몸을 굴리며 텔릭과의 거리를 벌렸다.

'아차! 위험했어.'

카일과 대치 중이던 텔릭이 검을 위로 올려 치는 순간 강렬한 빛이 반달 모양으로 뻗어 나갔고, 카일은 본능적으로 피했지만 갑옷 왼팔 부분이 박살 나버렸다. 부상을 입진 않았지만 드러난 오른팔엔 소름이 쫙 돋아 있었다.

잽싸게 일어선 카일은 엘트리안을 양손으로 움켜쥐고 왼쪽으로 천천히 이동했다. 텔릭은 그 반대 방향으로 움직이면서 카일과의 거리를 좁히지도 않고, 넓히지도 않으며 대치 상황을 계속 유지했다.

'이제까지 상대했던 빛의 하수인들과 격이 달라. 망설임 때문에 제대로 싸울 수 있을까 걱정했던 나 자신이 참으로 오만했어.'

텔릭이 얻은 빛의 힘은 카일의 예상을 뛰어넘었기에, 압도하기는커녕 포로로 잡을 엄두도 못 내는 상황이었다.

세 명의 빛의 하수인 중 한 명은 언덕에서 멀리 떨어진 곳에 감지되었고, 남은 하나는 멀리 떨어진 곳에서 안젤리카가 부하들을 이끌고 상대 중이었다. 하지만 셋 중 가장 강한 텔릭을 쓰러뜨리지 못한다면 전투를 이기기엔 무리라고 카일은 판단했다.

'더 이상 시간을 끌면 안 돼. 인간이었을 때의 정 때문에

내가 망설이고 있을 거라 오해할 거고…….'

그동안 인간들의 피로 쌓은 '어설픈 신뢰' 마저 날아가는 걸 카일은 원치 않았다.

"어쩔 수 없군요."

엘트리안을 지면에 꽂아 넣은 카일은 인간에 의해 마족들이 몰살당하는 환상을 떠올렸다. 그러자 그를 중심으로 짙은 어둠이 지면을 타고 빠르게 지면을 뒤덮었다.

"……."

어둠의 기운이 무릎 높이에서 허리, 그리고 머리 위를 넘어 사방을 온통 뒤덮었음에도 텔릭은 여전히 아무런 말도 하지 않고 무표정을 유지했다. 그를 둘러싼 빛은 어둠 속에서 조금도 움츠러들지 않았다.

"저, 저건… 설마!"

천마의 날개로 하늘을 활공 중이던 안젤리카는 적 진영 후방에서 퍼져 나가는 어둠을 보고선 공격을 급히 중단했다.

휘이잉!

안젤리카는 두 날개를 빠르게 접고 수직으로 하강하더니 지면과 몇 미터 안 되는 높이에서 도로 날개를 폈다. 지면에 미끄러지듯 착지에 성공한 그녀는 부하들을 급히 소집했다.

"지금 당장 후방에 배치된 병력을 후퇴시켜라! 카일의 어둠에 휩쓸리면 안 된다!"

카일은 페이즈 1을 뛰어넘어 곧바로 페이즈 2로 돌입하는 중이었다. 페이즈 2일 때의 카일이 뿜어내는 공포를 그 누구보다도 잘 아는 안젤리카는 목소리를 높이며 급하게 후퇴 명령을 내렸다.

"후퇴! 후퇴!"

"어둠의 기운에 휩쓸리면 안 된다! 모두 후퇴하라!"

카일과 텔릭, 둘이 지닌 어둠과 빛의 힘이 워낙 압도적이었기에 양측 병사들 모두 둘의 대결로부터 거리를 둔 상태이긴 했다. 하지만 카일이 페이즈 2에 들어설 경우 어둠의 기운에 휩쓸리는 것만으로도 죽음에 이를 수 있기에 후퇴밖에 방법이 없었다.

승기를 잡았음에도 마족 측에서 먼저 병사를 후퇴시키자 베이루트 왕국군 측은 당황한 나머지 쫓아갈 생각을 못하고 제자리를 고수했다. 멍하니 그들로부터 멀어져 가는 마족들을 바라만 보던 인간들의 등 뒤를 빠른 속도로 퍼져 나가던 카일의 어둠이 덮쳐 버렸다.

"으… 어?"

"뭐, 뭐야? 아무것도 안 보여!"

"도대체 어떻게 된 일이지?"

갑자기 시야가 온통 어둠에 휩싸이자 베이루트 왕국군 병사들은 혼란에 빠졌다. 그들은 방금 전까지만 하더라도 옆에 있던 동료를 찾기 위해 어둠 속을 마구 뛰어다녔지만 아무것도 보이지 않았다. 병사들은 홀로 격리되었다는 공포에 사로 잡혀 마구 소리를 지르거나 흐느끼기 시작했다.

우두둑.

뼈가 으스러지는 소리와 함께 병사들이 픽픽 쓰러지기 시작했다.

목이 부러져 즉사한 병사.

무릎 위로 잘려 나간 두 다리를 바라보며 실성해 버린 기사.

자신의 배를 관통해 등을 뚫고 나온 누군가의 손을 내려다보며 말을 잃어버린 지휘관.

어둠 속에서 뻗어 나온 수많은 손 아래로 피가 뚝뚝 떨어졌고, 인간들은 도망치지도 못하고 어둠 속으로 사라져 갔다.

"그래… 인간들이야말로 내가 죽여야 하는 존재였지."

페이즈 2에 들어서기 위해 억지로 받아들였던 환상은 더 이상 그에게 '환상'이 아니었다. 자신이 마족이 만들어낸 어둠의 실험체란 사실은 카일에겐 그 어떤 진실보다 가슴에 와 닿았고, 이전엔 힘겹게만 느껴졌던 페이즈 1에서 2로 넘어가는 과정이 너무나 순조롭게 진행되었다.

정작 예전에는 카일을 어둠 속에서 매번 유혹하던 목소리는 더 이상 들리지 않았지만.

"역시… 살아남았군, 텔릭."

페이즈 2에 완전히 돌입한 카일은 전개했던 어둠을 빠르게 거두어들였다. 어둠이 훑고 지나간 대지 위에는 잔혹하게 죽어간 인간들의 시체가 수북하게 쌓여 있었다.

하지만 텔릭은 어둠 속에서도 공포에 질리지 않았고, 반대로 더욱 강한 빛을 뿜어내며 어둠에 저항했다.

"이제부터… 진짜 시작이다."

카앙!

엘트리안이 텔릭의 검과 부딪히는 순간, 검게 물든 검신에서 어둠의 기운이 수십여 갈래의 촉수로 나뉘어 텔릭의 등 뒤를 노리고 휘어져 뻗어나갔다.

콰드득!

빛에 휘감긴 갑옷을 뚫은 어둠의 촉수가 텔릭의 몸을 관통해 가슴을 뚫고 튀어나왔다.

파아앗!

하지만 텔릭의 전신에서 뿜어져 나온 빛에 어둠의 촉수는 일순간에 소멸되었다. 무수히 자리 잡은 상처에서 흘러나온 피가 증발되듯 사라졌고 뻥 뚫린 가슴에 새살이 빠르게 돋아나며 구멍을 메웠다.

치이익.

텔릭의 쌍검 중 하나를 움켜쥔 카일의 왼손에서 회색 연기가 피어올랐다. 카일이 손에 힘을 주자 빛을 발하던 텔릭의 검에 금이 쫙쫙 그어지며 균열이 검신 전체로 퍼져 나갔다.

"빛의 힘 따위로… 날 쓰러뜨릴 수 있을 거라 생각하나?"

산산조각 난 검 조각이 아래로 흩어지며 빛의 잔상을 남겼다. 텔릭을 향해 검을 휘두를 때마다 카일이 겪었던 망설임은 조금도 남아 있지 않았다.

5

아침부터 시작된 전투는 오후를 넘어서 막바지에 달했다.

빛의 하수인 중 두 명이 쓰러지자 베이루트 왕국군의 잔여 병력은 수많은 손실을 뒤로하고 뿔뿔이 흩어졌다. 마르코의 힘에 눌려 억지로 전장에 나선 그들은 이미 패배로 기울어진 전투에 미련을 두지 않고 빠르게 도망쳤다.

생각보다 많은 피해를 입은 마족 5군단은 패잔병들을 추격하지 않고 그들이 점령한 언덕 위에 모여 '진정한' 전투의 끝을 기다리고 있었다.

카앙! 캉!

침묵 속에서 검과 검이 맞부딪히는 소리만이 전장에 울려 퍼졌다. 페이즈 2에 들어선 카일은 어둠 속에 모습을 감췄고, 텔릭을 향한 공격이 사방에서 계속 이어졌다. 블랙아웃 모드로 들어간 카일이 빛의 힘에 강렬한 증오를 쏟아내며 펼친 격전은 어느새 2시간을 훌쩍 넘겼다.

"그래… 아직도 버틴다 이건가?"

카앙!

목소리가 들린 쪽과 정반대 방향에서 카일의 엘트리안이

크게 휘둘러졌다. 텔릭은 반사적으로 공격을 쳐냈지만, 이미 그의 갑옷은 여기저기 찔리고 박살 난 부위가 대부분이었다.

슈우욱!

공기를 가르는 소리와 함께 어둠 속에서 뻗어 나온 가시들이 텔릭의 몸을 꿰뚫었다.

왼쪽 어깨와 양쪽 허벅지, 그리고 오른손과 허리를 관통한 어둠의 가시들은 다시 방향을 틀어 너덜너덜하게 변한 갑주를 완전히 박살 냈다.

하지만 텔릭은 항복하지도, 도망치지 않고 계속 카일과 맞섰다.

카앙!

텔릭이 마지막까지 쥐고 있던 오른손의 검이 아래로 툭 떨어졌고, 이내 산산조각 나 어둠 속으로 사라졌다. 빛에 휩싸여 부상과 재생을 반복하던 텔릭이 비틀거리더니 왼쪽 무릎을 꿇었다.

텔릭을 감싸고 있던 빛이 서서히 약해지자 카일의 어둠 역시 옅어지기 시작했다.

일대를 뒤덮은 어둠이 사라지자, 멀리서 포위망을 형성하고 있던 마족 병사들은 완전히 지옥 그 자체로 변해 버린 언덕을 바라보며 넋을 잃었다.

"저건… 지옥이야."

"보고 있는 것만으로도 미칠 것 같… 우, 우웩!"

카일과 텔릭을 중심으로 인간의 시체가 수없이 나뒹굴고 있었고 그 시체 중 온전한 것은 단 하나도 없었다. 완전히 붉게 물든 대지 위에 잘려 나간 병사들의 팔과 다리, 그리고 시체에서 터져 나온 내장이 널려 있는 모습을 본 병사 중 일부가 구토를 시작했다.

"으윽……."

망원경으로 카일 주위를 살펴보던 안젤리카는 왼손으로 입을 움켜쥐며 구역질을 참았다.

"공주님!"

안젤리카의 부하들이 비틀거리는 그녀를 급히 부축하며 일으켜 세웠다.

"괘, 괜찮다. 모두 그 자리에서 대기해라. 내가 직접 확인해 보겠다."

안젤리카는 부하들을 물러나게 한 뒤 크게 심호흡을 한 번 했다. 그리고 카일을 향해 천천히 걸어갔다. 한 걸음 앞으로 나갈 때마다 시야에 들어오는 인간 병사들의 참혹한 시체는 피와 죽음에 익숙한 그녀로서도 버티기 힘들 정도였다.

거대한 피 웅덩이 한가운데에 선 카일은 여전히 한쪽 무릎만을 꿇은 채로 버티고 있는 텔릭을 내려다보며 조소를 지었다.

"텔릭… 이대로 끝내주겠다."

카일은 엘트리안을 양손으로 움켜쥐고 머리 위로 높이 들어 올렸다. 그리고 고개를 숙이고 있는 텔릭의 목을 노리고 내려치려는 찰나, 카일이 이를 악물더니 부들부들 떨기 시작했다.

"크윽!"

오랫동안 페이즈 2를 유지한 탓에 다음 단계인 페이즈 3로의 진입이 강제로 시작되었다. 유혹의 목소리가 귓가에 속삭이지 않았음에도 카일은 다시 어두워지는 시야 속에서 괴로워했다.

"안 돼… 여기서 더 깊은 어둠에 빠질 수는 없어……."

빛에 대한 증오가 사라진 카일의 목소리는 원래대로 돌아갔지만 그의 의지와 달리 육체 안에서 어둠의 기운이 격하게 요동쳤다. 피부 아래 혈관의 색이 검게 변했고, 눈동자 주변에서 시작된 검은 실핏줄이 흰자위를 뒤덮기 시작했다.

시야가 마구 흔들리면서 텔릭의 몸에서 뿜어져 나오는 빛이 잔상처럼 카일의 눈앞을 뒤덮었다. 희미해져 가는 의식 속에서 카일은 앞니로 아랫입술을 강하게 깨물었다.

"안 된다고!"

고함 소리와 함께 카일로부터 흘러나왔던 어둠의 기운이 지면 아래로 스며들듯 사라졌다.

"허억, 허억……."

이마에서 솟아난 식은땀이 텔릭에게서 묻은 피와 뒤섞여 목을 타고 갑옷 안으로 흘러내렸다. 강하게 깨문 아랫입술에서 흘러내린 피가 턱에 고여 아래로 뚝뚝 방울져 떨어졌다.

카일이 고개를 왼쪽으로 돌리자, 정확하게 자신의 머리를 노리고 있던 안젤리카의 랜스 끝부분이 시야 정중앙에 들어왔다.

"치워."

날카롭게 변한 카일의 목소리에도 안젤리카는 계속 랜스 끝을 카일을 향했다. 그의 몸에서 더 이상 어둠의 기운이 흘러나오지 않는다는 걸 확인한 뒤에야 그녀는 천천히 랜스를 아래로 내렸다.

"카일, 난 네가 말한 대로 했을 뿐이다."

"알고 있으니 비켜."

만약 페이즈 3에 들어갈 경우 피하든가, 혹은 자신을 쓰러뜨리라고 말한 사람은 카일 본인이었기에 화를 낼 입장은 아니었다. 그러나 지끈거리는 머리 때문에 신경이 날카로워진 카일은 거친 손놀림으로 안젤리카를 밀쳐 냈다.

카일과 안젤리카는 입을 다물고 서로를 노려보며 적의를 드러냈다. 하지만 일이 완전히 끝난 것은 아니기에 둘의 시선은 텔릭을 향해 옮겨졌다.

"네가 끝내지 않는다면 내가 마무리 짓겠다."

안젤리카는 아직도 살아 있는 텔릭을 흘낏 바라보며 카일의 대답을 기다렸다.

카일은 대답 대신 떨어뜨렸던 엘트리안을 집어 들었다. 페이즈 2를 억지로 해제한 후유증 때문에 몸 여기저기 이루 말할 수 없는 고통이 엄습했지만, 여기까지 온 이상 텔릭의 처리를 남에게 맡길 수는 없었다.

"여긴… 어디지?"

"어……."

순간 카일은 자신의 귀를 의심했다.

이제까지 상대했던 빛의 하수인들과 달리 텔릭의 입에서 목소리가 흘러나왔기 때문이다.

"난 분명히 지하 던전에서……."

텔릭은 죽기 직전의 기억을 더듬으며 숙였던 고개를 천천히 들었다. 그러자 칠흑의 갑옷을 걸친 카일을 발견하곤 두 눈을 크게 떴다.

"카일… 님, 아니십니까?"

"텔릭 경! 절 알아보시겠습니까?"

"네, 당연히… 알아봐야죠. 그런데……."

텔릭은 자신의 양손을 들어 올리더니 그 위로 고개를 숙였다.

미약하긴 하지만 두 손에 감돌고 있는 빛이 환상처럼 느껴졌다. 하지만 그 손바닥 위로 주르륵 흘러내리는 피는 현실이 분명했다.

"목소리가… 잘… 안 나오는군요. 그리고……."

빛이 약해지면서 텔릭의 몸에서 힘이 빠져나갔다. 시야가 희미해지더니 빛의 하수인이 된 이후 저질렀던 일들이 주마

등처럼 뇌리를 스치고 지나갔다.

"기나긴 악몽을 꾸었던 것… 같습니다. 누군가의… 거역할 수 없는 명에 따라 많은 이를 죽이고……."

자신이 한 번 죽었고, 그 뒤 빛의 하수인으로 되살아나 무자비한 살육을 펼쳤다는 걸 텔릭은 모르고 있었다.

카일은 이제까지 있었던 일들을 악몽이라 더듬더듬 말하는 텔릭을 그저 안쓰러운 눈빛으로 바라보기만 했다. 그것이 악몽이 아닌 현실이라고 차마 밝힐 수 없었다.

"아… 지금이라도 크로이저 요새로 돌아가야… 그러지 않으면 딸이……."

"레오나 경은 잘 있습니다. 지금은 실버윙즈에 소속되었죠. 제이콥스 님도 함께 있을 겁니다."

"제이… 콥스?"

"케트란 장군님 휘하에 계실 때의 동료라고 들었습니다만."

카일은 최대한 감정을 억누르며 차근히 이야기를 이어나갔다.

"사실… 이었군요. 그가 실버윙즈에 합류했다는 이야기는… 이미 들었습니다. 하지만 딸도 그곳에 있을 줄은……. 그래… 레오나가… 다행이야."

딸이 무사함에 텔릭은 안도했고, 그 모습을 본 카일은 눈을 질끈 감았다가 천천히 떴다.

"그런데 카일 님… 지금 당신은……."

텔릭은 카일의 옆에 있는 안젤리카와, 그의 뒤에 대기 중인 그녀의 부하들을 보며 의아한 표정을 지었다.

"전 원래 이쪽이었나 봅니다."

카일은 여러 가지 의미가 함축된 대답을 했다.

텔릭은 여전히 모르겠다는 표정을 지었지만, 머리가 아닌 느낌으로 이해하며 고개를 끄덕거렸다.

"카일 님이라면… 반드시 이유가 있었겠죠. 그것보다… 졸음이 오는군요. 이번에야말로 진짜… 죽는 것일까요……."

텔릭은 이전에도 죽음에 가까워진다는 느낌을 받은 적이 있지만, 지금과는 확연히 다른 감각이었다.

마음이 편안해지면서 눈이 저절로 감기기 시작했다. 희미해졌던 빛이 다시 강해지면서 텔릭의 전신을 휘감았다. 순간 안젤리카는 움찔하며 랜스를 들어 올리려고 했지만, 뭔가를 느끼고 도로 내렸다.

"제 딸을… 레오나를……."

힘을 잃은 텔릭의 오른쪽 무릎이 천천히 굽혀졌다.

"아니, 그분의 딸인… 레오나 아가씨를… 잘 부탁……."

일순간 찬란한 빛이 사방으로 퍼져 나갔다.

죽기 직전, '진실'을 말한 텔릭은 평온한 표정으로 눈을 감았다.

"텔릭 경……."

카일은 무릎을 꿇은 채로 최후를 맞이한 텔릭을 향해 몸을 숙이더니 그의 양어깨에 손을 댔다.

마르코가 시드로 만들어낸 빛의 하수인, 즉 빛의 실험체 중 하나인 텔릭의 마지막 모습에 카일은 아랫입술을 질끈 깨물었다. 눈물은 나오지 않았지만, 가슴 한쪽이 텅 비어버린 느낌을 떨쳐 내기 힘들었다.

'나도 어쩌면…….'

빛의 대척점에 있다는 점을 제외하곤 카일 역시 텔릭처럼 실험체 중 하나였기에, 텔릭과 똑같은 최후를 맞을지도 모른다는 생각이 그의 머릿속에서 계속 맴돌았다.

안타까움과 허탈함.

그리고 두려움과 자괴감.

여러 감정이 서로 뒤섞여 카일의 가슴속에서 떠나질 않았다.

「자, 이걸로 만족할 생각은 아니겠지?」

"크윽!"

갑자기 들린 유혹의 목소리에 카일은 양손으로 머리를 움켜쥐었다.

가까스로 가라앉힌 어둠의 기운이 몸 안에서 다시 요동치기 시작했다. 하지만 아까와 달리 의지로 어둠의 기운을 거두어들일 수 없었다.

"카일! 무슨 일이지?"

"물러서! 나에게 다가오지 마!"

카일은 왼손을 뒤로 내밀며 멀리 물러나라고 손짓했다.

"빨리!"

그의 외침에 안젤리카의 부하들은 물론 마족 병사들은 또한 번 다급히 후퇴했다. 안젤리카는 마지막까지 망설이며 자리를 지켰지만, 거듭된 카일의 외침에 뒤로 물러서기 시작했다.

무릎을 꿇은 카일은 감싸쥔 머리를 마구 흔들었다. 눈동자의 흰자위는 검게 물들어갔고 그를 중심으로 어둠의 장막이 짙게 깔렸다.

「지금 네 눈앞에서 눈을 감은 저 인간처럼, 너도 운명을 받아들여라.」

"운… 명?"

운명이라는 단어에 카일은 감았던 눈을 번쩍 떴다.

오랫동안 풀지 못했던 매듭이 단번에 풀리듯, 목소리의 주인이 누구인지 카일의 머릿속에서 선명하게 떠올랐다.

"그래, 너였어… 왜 이제야 알아챈 걸까……."

자신의 손으로 쓰러뜨린 '자'가 했던 말을 기억해 낸 카일의 눈매가 매섭게 변했다.

"데미트리……!"

카일은 과거 20여 년 전 전쟁에서 구(舊) 5공작이었던 그의 이름을 강하게 외쳤다. 그러자 어둠이 일그러지면서 허공에 기분 나쁜 미소를 그려냈다.

「그래, 나다.」

6

짙은 어둠이 아래에서 위로 피어오르며 카일의 발끝부터 머리 위까지 완전히 뒤덮었다.

이전 같았으면 그대로 페이즈 3으로 돌입했겠지만, 유혹의 목소리가 다름 아닌 스펙터(Specter) 공작 데미트리였다는 걸 안 카일은 의식의 끈을 붙들고 놓지 않았다.

"크흑……."

어둠을 거부하는 육체에 고통이 엄습하자 카일의 입에서 신음 소리가 흘러나왔다.

왜 데미트리가 카일에 의해 쓰러진 지 20년이 지난 지금에 와서야 나타났는지, 그리고 그 긴 시간 동안 무슨 이유로 정체를 감추고 카일의 의식 속에 숨어 있었는지에 대해 카일은 여전히 파악하지 못했다.

하지만 지금 페이즈 3로 돌입해 완전히 이성을 잃어버린다면 그것이야말로 데미트리가 원하는 것이라는 확신에 카일은 커져만 가는 어둠의 기운을 억누르기 위해 혼신의 힘을 다했다.

"데미트리, 네가 아직도 살아 있을 줄이야……."

카일은 과거 있었던 데미트리와의 마지막 전투를 떠올리며 천천히 일어섰다. 어둠의 힘을 얻은 이후 처음으로 블랙아웃 모드를 경험했고, 페이즈 3까지 돌입했던 혈전이었기에 잊으래야 잊을 수 없었다. 그리고 그 기억 속에서 데미트리는 분명히 그의 눈앞에서 소멸되었다. 그러나 지금 그의 귓가에서 속삭이고 있는 목소리의 주인공은 분명 데미트리였다.

믿기지 않는 현재를 받아들여야 할지, 아니면 부정된 과거를 믿어야 할지 카일은 혼란에 빠졌다.

「살아 있다는 말은 틀렸다. 난 처음부터 영혼으로만 존재했었으니 소멸하지 않았다는 쪽이 맞다.」

어둠 속에서 명암의 차이로 형성된 미소가 점점 커지며 카일의 시야 정 가운데를 차지했다.

「두려워하지 마라. 난 네가 잊었던 과거를 다시 일깨워 주려는 것뿐이다.」

"과거?"

「그래, 진정한 과거. 네가 어둠의 실험체였을 때의 과거.」

"데미트리! 너, 어떻게 그걸……."

「어떻게 알고 있냐고? 당연한 이야기다. 널 창조한 내가 그걸 모를 리가 있겠나?」

창조라는 단어가 언급되는 순간, 카일이 간신히 붙잡고 있던 이성의 끈이 툭 끊어졌다.

이제까지 느꼈던 그 어떤 것보다 강한 분노가 그를 사로잡았다. 몸 안에서 들끓는 증오에 카일의 눈이 완전히 검게 물들어 버렸다.

"데미트리이이--!"

* * *

데미트리의 일그러진 미소를 향해 돌진하던 카일은 더 이상 앞으로 나가지 못하고 멈춰 섰다.

꿈이라는 걸 알리는 어둠이 카일 앞에 펼쳐지자 그를 지배했던 분노와 증오가 천천히 사그라들기 시작했다. 옛 숙적의 이름을 처절하게 외쳤던 입은 침묵을 지켰고, 검게 변했던 눈이 검은색 눈동자를 제외하고 원래의 흰색으로 천천히 돌아갔다.

화르륵.

어둠 저 멀리 무언가가 불타오르면서 밝게 빛났다.

카일은 점점 커져 가는 불길을 향해 이끌리듯 터벅터벅 걸어갔다.

마을 전체가 불길에 휩싸여 활활 타오르며 연기가 위로 피어올랐다. 그 마을을 뒤로하고 인간 병사들이 행렬을 이루면서 어둠 속으로 사라져 갔다. 그들이 들고 있는 검과 창 아래로 핏방울이 뚝뚝 떨어지면서 긴 혈흔을 남겼다.

불타는 마을 안으로 들어온 카일은 참혹하게 살해된 마족들을 내려다봤다. 유혹의 목소리였던 데미트리가 지겹게 보여줬던 '환상' 과 조금도 다를 바 없었다.

하지만 흐릿하게만 보였던 시체들의 얼굴이 선명해지면서 동시에 잊었던 이름이 하나둘씩 기억나기 시작했다.

'탈리스.'

땅바닥에 쓰러진 그녀의 등 뒤에는 인간들이 찌른 창이 다섯 개나 꽂혀 있었다. 아직 어린 뱀파이어였던 그녀의 갈색 머리카락이 피에 젖어 완전히 붉게 물들어 버렸다.

'베르티느.'

죽기 직전까지 탈리스와 손을 꼭 붙잡고 있던 소녀의 가슴은 검으로 마구 난도질되어 있었다.

'그래, 그랬어. 너희들과 나는…….'

데미트리가 설치한 지하 깊숙한 비밀 연구소에서 가까스로 탈출했던 세 명 중 하나였다는 사실을 카일은 뒤늦게 기억해 냈다. 그 뒤 마족 마을로 숨어들어 힘들지만 평화롭게 하루하루를 보내며 암울했던 과거를 조금씩 잊어갔다.

그러나 그 평화는 오래가지 못했다.

'페르간트, 필립, 카이어, 앨런… 으윽!'

탈출하지 못하고 비밀 연구소에 남겨진 이들의 이름을 계속 읊던 카일은 머리를 움켜쥐며 괴로워했다. 이름 하나하나에 얽힌 여러 감정이 마구 뒤섞이며 그를 혼란에 빠뜨렸다.

'허억, 허억…….'

머릿속을 휘젓는 기억의 홍수를 카일은 가까스로 버텨내며 거칠게 숨을 내쉬었다.

그렇게 얼마나 시간이 흘렀을까, 의식 아래 봉인되어 있던 기억의 파편들이 위로 떠오르면서 하나둘씩 서로 연결되었다. 그러나 너무나 잘게 나뉜 기억들이었기에 탈리스와 베르티느에 대한 기억을 제외하곤 여전히 흐릿하게만 연상되었다.

결국 카일은 데미트리가 보여주는 참혹한 장면에 집중했다.

마을은 완전히 불타 잿더미만 남아버렸고, 시체들 역시 그 잿더미의 일부가 되어버렸다. 혼란이 사라진 대신 탈리스와 베르티느를 살해한 인간에 대한 증오가 마구 피어오르며 카일을 서서히 지배했다. 이전과 달리 훨씬 구체적이며 원인이 확실한 증오였다.

「그래, 진정한 과거를 이제야 받아들였나?」

카일은 등 뒤에서 들리는 데미트리의 목소리에 어금니를 질끈 깨물었다. 그와 그녀들에게 어둠의 실험체라는 운명을 짊어지게 만든 데미트리에 대한 적의가 인간에 대한 증오 못지않게 가슴속에서 피어올랐다.

「내가 증오스럽나?」

'그렇지 않을 거라 생각해?'

「하지만 내 제안을 받아들인 건 카일, 바로 너다. 너보다 먼저 간 두 소녀 역시 마찬가지고. 분명 그 기억도 같이 떠올랐을 텐데, 내 말이 틀리나?」

데미트리의 지적에 카일은 입을 다물었다.

되살아난 기억 중에는 어린 소년이었던 카일이 데미트리와 만나는 장면과 함께 그를 따라 비밀 연구소로 들어가는 모습이 분명히 있었다. 억지로 끌려가지 않았고, 오히려 카일이 앞장서서 비밀 연구소 안으로 들어가기까지 했다.

「혼란스러운가? 아직 진정한 기억이 모두 돌아오지 않았으니 당연한 일이다. 그래, 이번에는 좀 더 옛날로 거슬러 올라가도록 하지. 네가 왜 내 제안을 받아들였는지, 어떻게 나와 만나게 되었는지를 알게 해주겠다.」

불길이 가라앉으며 잿더미만 남아버린 마을 터가 희미해지더니 어둠 속으로 사라졌다. 그리고 이번에는 두터운 쇠창살이 아래에서 위로 솟아오르며 카일을 사방으로 둘러쌌다.

「이런, 하필 이럴 때…….」

데미트리의 목소리에 당혹함이 묻어 나왔다.

강렬한 빛이 데미트리의 환상을 지우고 어둠을 몰아내기 시작하더니 쇠창살이 도로 아래로 내려가며 하나씩 사라졌다.

「나의 옛 친구가 훼방을 놨군. 어쩔 수 없지.」

데미트리가 어둠 속에 만들어낸 미소가 빛에 밀려 모습을 감췄다. 그러나 그의 목소리에는 여전히 여유가 넘쳐흘렀다.

「카일, 넌 내가 원하는 대로 훌륭히 성장했다. 이제 남은 건 완성된 너를 취하는 것뿐이겠지. 그러면… 다음을 기약하겠다.」

7

"카일!"

누군가의 외침에 눈을 뜬 카일은 멍하니 정면만을 응시했다.

"아……."

피로 점철된 대지가 시야 안을 가득 메웠고, 코안으로 강한 피비린내가 파고들었다. 고개를 옆으로 돌리자 그가 쓰러뜨린 텔릭의 시체가 보였다.

"꿈이… 아니구나."

현실로 돌아온 카일은 오른손을 천천히 폈다. 몇 번이나 강하게 움켜쥐었던 손바닥에서 흘러내린 피가 바닥으로 뚝뚝 떨어졌다. 하지만 꿈속에서 봤던 것 역시 현실이었다는 걸 깨달은 카일은 다시 오른손을 움켜쥐었다.

"카일! 괜찮은가?"

"그래."

안젤리카의 물음에 카일은 평상시와 다를 바 없이 무뚝뚝하게 대답했다. 아직까지 가라앉지 않은 혼란을 드러내고 싶지 않았기에 일부러 고개를 숙이며 시선을 회피했다.

"정말 위험했다. 때마침 헤리온 공께서 오지 않았다면 우리는 널 포기했을 거다."

"헤리온 공? 그 드래고뉴트 공작이?"

카일은 실버윙즈와 함께 카르노사 왕국을 방문했을 때의 기억을 떠올리며 주변을 둘러봤다. 하지만 메르키어스 성을 마치 자신의 둥지처럼 여기던 거대한 드래곤은 어디에서도 찾을 수 없었다.

대신 카일은 안젤리카의 뒤편에 서 있는 마족에게서 범상치 않은 기운을 감지했다. 처음엔 리자드맨으로 착각할 뻔했지만, 인간과 도마뱀을 반쯤 섞어놓은 듯한 외모는 드래고뉴트가 확실했다.

"드디어 만나게 되었군."

헤리온은 양손에 남아 있던 빛의 기운을 거두며 카일에게 가까이 다가왔다.

"흑염의 카일, 아니… 어둠의 실험체."

순간 카일은 벌떡 일어서더니 헤리온을 강렬하게 노려봤다.

분위기가 험악하게 돌변하자 안젤리카는 둘 사이에 끼어들려고 했지만, 헤리온이 오른팔을 내밀며 그녀를 제지했다.

"안젤리카 공, 걱정 말게. 지금의 카일은 어둠의 힘을 쓸 수 없으니."

"하지만 그래도……."

"그리고 나에게 뭔가 물어보기 전엔 함부로 행동하지 않을 걸세. 그렇지 않나, 카일?"

그의 말대로 카일은 머리끝까지 치밀어 오른 분노를 가까스로 억누르며 어떻게든 말을 하려 노력 중이었다.

그러나 막상 자신에 대해 물어보려고 하니 망설여졌다. 상대가 어디까지 알고 있는지 모르는 상황에서 정체를 드러내는 질문은 쉽사리 내뱉을 수 없었기에.

"어떻게 알고 있냐는 얼굴 같은데, 아까 그 어둠 속에서 데미트리를 만났나?"

"…그렇다."

"데미트리 혼자 어둠의 실험체에 대해 연구하기란 거의 불가능했지. 이 정도면 대답으로 충분한가?"

"너!"

가까스로 가라앉혔던 분노가 다시 치솟아오르며 카일의 얼굴이 험악하게 일그러졌다. 마음 같아서는 어둠의 힘으로 헤리온의 웃는 얼굴을 갈기갈기 찢어버리고 싶었다.

그러나 블랙아웃 모드에서 벗어난 직후라 어둠의 기운은 다시 모이지 않았고, 분노만이 증폭될 뿐이었다.

"흥분하지 마라. 난 단지 협력 관계였던 그에게 자료를 제공해 줬을 뿐이고, 그것이 어떤 결과물로 나올지는 당시엔 관심조차 두지 않았다."

그러나 그 결과물이 눈앞에 있는 지금, 헤리온은 그 어느 때보다 흥미롭다는 얼굴로 카일의 현재 모습을 관찰 중이었다.

그 시선에 카일은 더욱 흥분하여 땅바닥에 떨어뜨린 엘트리안을 주워 들었다.

카일과 헤리온이 서로를 마주 보며 대치하자 어찌할 줄 모르는 쪽은 안젤리카였다. 카일을 어린아이 대하듯이 여유로운 태도를 취하고 있는 헤리온과, 그 헤리온을 죽일 듯한 눈초리로 노려보고 있는 카일은 결코 융화될 수 없는 사이로만 비춰졌다.

"카일! 진정해라! 이분의 힘은……."

"휴우, 그래. 지금의 난 널 이길 수 없겠지."

카일은 현실을 깨닫고 뜨겁게 달아오른 머리를 천천히 식혔다.

"하지만 헤리온, 명심해 둬라."

데미트리에 의해 되살아난 기억은 그가 어둠의 실험체라는 사실에 못을 박았다. 그렇기에 타인에게 그렇게 불리고 싶지 않았다.

"다시는 나를 실험체라 부르지… 마라."

카트리나가 빛의 실험체라 불리는 걸 전적으로 거부한 것만큼이나.

Chapter 47
진정한 과거

1

베이루트 왕국의 잔류 병력을 몰아낸 마족 5군단은 지난 전투에서 점령한 언덕 위에 새로이 본진을 설치했다.

기세를 살려 베이루트 왕국의 수도 오그린트 성까지 진격한다는 계획은 지난 전투에서의 피해가 적지 않았기에 보류되었고, 마르코가 거점을 암흑의 대지에서 모르드 왕국으로 바꿨다는 첩보에 따라 병력을 재정비하는 쪽으로 방침을 선회했다.

일주일 동안 진행된 본진 구축 작업이 끝나자 안젤리카는 그동안 고생한 병사들의 노고를 치하하는 의미로 술을 제공했다. 그러나 그런 것치곤 병사들은 흥겨워하긴 고사하고 눈치를 보며 술잔을 홀짝거렸다.

병사들의 시선은 본진 정중앙에 설치된 지휘관용 막사에 집중되었다. 지휘관용 막사 주위엔 중무장한 경비병들이 잔뜩 늘어서 긴장한 자세로 경계를 펼쳤고, 그것으로도 모자라 막사를 마법의 장벽으로 둘러싸 밖으로 숨소리조차 새어 나가는 걸 막고 있었다.

그 막사 안에선 마족 2군단을 홀로 이끌고 있는 드래고뉴트 공작 헤리온이 맞은편에 앉아 있는 카일을 넌지시 바라보고 있었다. 카일은 탁자 위에 수북하게 쌓인 문서들을 아무 말 없이 읽는 데 집중했고, 둘 사이에 낀 안젤리카는 기나긴 침묵이 끝나기만을 초조하게 기다렸다.

툭.

세 시간 넘게 한자리에 앉아 있던 카일이 다 읽은 마지막 문서를 자신의 오른편에 내던지며 눈을 깜박거렸다. 충혈된 양쪽 눈을 비비는 그의 얼굴은 살짝 찡그러져 있었다.

"그러니까 데미트리는 자신에게 없는 육체를 얻기 위해 나를… 만들었다, 이 말이야?"

카일은 길었던 독서를 한 문장으로 요약하며 물 잔을 집어 들었다. 헤리온이 직접 인간 언어로 번역해 준 문서들을 다 읽자 목이 말랐다. 연달아 물을 마셔도 갈증은 쉽게 풀리지 않았다.

벌컥벌컥.

수통의 물까지 다 마신 카일은 스스로에게 '만들었다' 라는 표현을 써야 하는 현 상황에 자괴감을 떨쳐 낼 수 없었다. 일주일 전, 자신을 거리낌 없이 실험체라 부르는 헤리온에게 드러낸 적의가 무의미하게 느껴질 정도였다.

"하지만 솔직히 믿기 힘들어. 단지 육체를 얻기 위해서 나에게 일부러 패하고, 그것으로도 모자라 20년 넘게 내 몸속에 머무르고 있었다니……."

"데미트리는 자신이 소유하지 못한 것에 대해 집착이 심한 편이었다. 아니, 심했다는 표현만으로는 부족하다. 자신의 영혼이 들어가기에 적합한 육체를 얻기 위해 한창 전쟁 중이던 인간들과, 그것도 엘레힘 교단에 몰래 접촉할 정도였다면… 이해가 되겠나?"

애초에 육체가 없었던 적이 없는 카일로선 데미트리의 집착을 받아들일 수 없었다. 반면 오랜 시간을 살아온 헤리온은 데미트리의 심정을 이해한다면서 고개를 끄덕거렸다.

"하지만 그는 집착만큼이나 완벽을 추구했다. 어설픈 육체 따윈 아무런 조건 없이 준다 해도 원하지 않았을 거고, 강탈해 봤자 의미 없기도 했다. 그가 지닌 어둠의 힘을 인간이든 마족이든 버텨낼 자가 거의 없었으니까. 그리고……."

"조용히 해. 머리가 지끈거려."

카일은 손을 휘저으며 헤리온의 설명을 도중에 끊었다.

너무 많은 정보를 한꺼번에 받아들인 머리 안을 정리할 시간이 필요했기에 두 눈을 감고 입을 다물었다. 고요함이 감도는 막사 안에서 카일을 포함해 나머지 두 명도 움직이지 않고 제자리를 지켰다.

안젤리카는 카일이 어둠의 실험체라는 사실을 최근에 알았기에 그가 어떤 반응으로 나올지 긴장한 표정이었다. 반대로 헤리온은 카일이 어떻게 나올지에 대해 기대가 가득 담긴 시선을 보냈다.

'읽느라 지루했지만 확실히 그만큼 알아낸 건 많아. 데미트리가 날 어떤 길로 유도하는지에 대해서도 알 것 같고.'

문서의 내용 덕분에 아직 연결되지 않고 각자 분리되었던 진정한 과거의 파편이 짜 맞춰지는 중이었다.

그러나 아직까지도 부족한 부분이 남아 있었다. 작은 파편으로 나뉘었던 기억들이 몇 개의 큰 덩어리로 뭉치긴 했지만, 완전히 하나가 되진 못했다.

다시 한 번 기억을 찬찬히 떠올릴 기회가 필요했다. 데미트리의 도움 없이 옛 기억을 찾아낼 수 있는 방법을 고심하던 카일은 돌연 눈을 크게 뜨며 고개를 들었다.

"그곳으로 가고 싶다는 얼굴이로군."

카일의 속내를 파악한 헤리온은 탁자 위에 두 팔을 올려놓더니 깍지를 꼈다. 그는 손가락을 까닥거리며 카일의 대답을 기다렸다.

"개인적으로 너무 많은 정보를 한꺼번에 얻는 건 권하지 않는다. 하지만 진정한 너의 과거를 조금이라도 더 빨리 알고 싶겠지. 그 심정을 이해 못하는 바는 아니다."

헤리온은 의자에서 일어서더니 막사 입구로 걸어갔다.

"데미트리의 비밀 연구소 위치는 내가 알고 있다. 날 따라오겠나?"

카일의 입술은 굳게 닫힌 채 미동도 없었지만 마음속에선 어떻게 행동할지 이미 정한 터였다.

2

엘레힘 신성력 1328년 5월 10일.

화사하게 피어난 꽃밭의 향기.

날개를 퍼덕이며 날아다니는 새들의 지저귐.

비밀 연구소의 입구에 도착한 카일은 돌아온 기억과 전혀 들어맞지 않는 평화로운 장면에 이질감을 강하게 느꼈다.

"여기가?"

데미트리의 눈을 피해 두 소녀의 손을 꼭 잡고 탈출했던 기억을 다시 떠올려 봤지만 지금 눈앞에 펼쳐진 평화로움과는 여전히 거리가 멀었다.

"어……."

긴장이 풀리면서 카일의 몸이 비틀거렸다.

간신히 몸을 추스른 카일은 나무에 등을 기댔지만, 그래도 몸을 지탱하지 못하고 미끄러지듯 주저앉고 말았다. 물 먹은 솜처럼 축 처진 몸에 힘을 주었지만 좀처럼 일어서기가 힘들었다.

"무리하지 마라."

드래곤의 형상에서 다시 드래고뉴트로 돌아온 헤리온은 담쟁이넝쿨로 뒤덮인 건물 입구로 걸어갔다.

"이 정도는 괜찮… 으윽!"

나무를 붙들고 힘겹게 몸을 일으키던 카일이 다시 주저앉으며 신음을 내뱉었다. 지난 전투에서의 피로가 풀리지 않은 상태에서 드래곤으로 변신한 헤리온을 타고 5일 밤낮을 가리지 않고 날아온 피로까지 더해진 탓에 몸을 가누기 힘들 정도였다.

위이잉.

헤리온의 오른손에서 흘러나온 마나가 입구 정중앙에 새겨진 룬문자와 공명하더니 빛을 발했다.

"난 먼저 들어가 있겠다."

카일은 열린 입구를 통해 지하로 내려가는 헤리온을 그저 바라만 보고 있었다. 당장에라도 따라가야 한다는 압박감에 기를 쓰고 몸을 일으켰지만 움칫거렸다가 주저앉기만을 반복했다.

"휴우……."

몸 상태는 물론이거니와 피폐해진 정신 때문에 조급해졌던 카일의 뇌리에 문득 석화에서 풀려나 지하 신전 밖으로 나온 직후의 일이 떠올랐다.

그때 역시 지금처럼 화사한 꽃들에 둘러싸인 자신이 어색하게만 느껴졌다. 하지만 수십 년이 흐른 이상 과거의 기억과 다른 장소가 되어야 마땅하다.

그렇게 생각을 바꾸니 주변에서 느껴졌던 이질감이 사라지면서 조급해진 마음이 서서히 안정되었다.

"어차피 서두를 필요도 없으니, 천천히 가보자."

카일은 아까와 달리 천천히 나무를 붙잡고 조금씩 몸을 일으켰다.

* * *

건물 안으로 들어선 카일은 헤리온이 앞서가며 밀어놓은 책장을 보자마자 순간 움찔했다.

'책장 너머에 있었던 비밀 통로…….'

그곳을 통해 지하에 있는 비밀 연구소로부터 도망친 과거가 머릿속에 펼쳐졌다.

책장 너머의 지하 계단을 발견한 카일은 한 발씩 조심스럽게 아래로 내려갔다. 화사한 들꽃이 만발한 지상과 달리 어두컴컴한 지하가 계속 이어지자 탈출하던 당시의 기억이 역순으로 떠올랐다. 조금이라도 더 빨리 도망치기 위해 숨을 헐떡이며 계단을 뛰어 올라갔던 당시엔 천천히 비밀 연구소를 향해 내려가는 일이 있을 거라곤 전혀 상상하지 못했다.

'탈리스, 베르티느.'

누구 한 명이라도 뒤처질까 봐 서로 손을 붙들고 계단을 달려 올라가던 세 명의 소년소녀 중 결국 카일 혼자만 살아남았다. 단지 비밀 연구소를 탈출하는 것만으로 모든 일이 해결될 거라 믿었던 순진했던 시절은 그에게 씁쓸한 웃음만을 선사했다.

'너희들만은 끝까지 살아남았어야 했는데…….'

비밀 연구소에 있던 아이는 사실 수십 명에 달했다.

그러나 깊은 지하에 갇혀 살아야만 했던 아이들은 어둠의 공포를 이기지 못하고 발광하기 일쑤였다. 그리고 그 정신적 불안정은 자신보다 약한 아이들을 괴롭히며 스스로가 공포의 대상이 되는 선택으로 이어졌다. 단순한 구타로 끝나지 않고 성인으로부터 배운 욕설과 모멸을 약자에게 쏟아냈다.

괴롭히거나 괴롭힘 당하거나.

둘 중 하나의 선택을 강요당한 아이들은 급기야 서로 죽고 죽이기까지에 이르렀다. 결국 비밀 연구소를 관리하던 자들은 아이들을 일정 숫자로 나눈 후 서로를 쇠창살로 격리시켰다.

"그래, 여기였어."

최하층에 도착한 카일은 긴 통로 양쪽에 쇠창살로 가로막힌 아이들의 방을 하나씩 훑어봤다. 그 방들 중 통로 가장 깊숙한 곳의 왼쪽 방을 찾아내고선 녹이 잔뜩 슨 쇠창살에 손을 가져갔다.

후두둑.

살짝 힘을 줬을 뿐인데도 쇠창살이 부서지며 아래로 떨어졌다.

카일은 돌 벽을 손끝으로 더듬으며 뭔가 찾기 시작했다.

오른쪽에서 아래로, 그리고 왼쪽으로 가다가 다시 아래로…….

허리를 굽히면서 벽을 더듬던 카일의 손이 멈췄다.

숟가락으로 힘들여 새겼던 세 아이의 이름이 이젠 흔적만 남아 손가락 끝에 걸렸다. 탈리스와 베르티느의 이름은 어림잡아 파악할 수 있었지만 카일의 '원래' 이름이 적힌 부위는 찾을 수 없었다.

이곳에서의 기억은 추억으로 여기기엔 너무나 처절했기에 20여 년 만에 고아원을 방문했을 때와는 전혀 다른 느낌이었다.

'나는 23번이었고, 탈리스는 10번, 베르티느는 15번이었지.'

정체를 알 수 없는 약물과 마법 시료들을 억지로 먹였던 마법사들이 쇠창살 너머에서 아이들을 관찰하며 기록했던 기억에 카일은 벽을 강하게 움켜쥐었다. 어렸을 적의 그에겐 너무나 단단해서 뚫고 탈출하기엔 무리였던 벽이 지금은 허무하리만치 쉽게 뜯겨 나갔다.

'아, 그때 날 앞에 두고 했던…….'

데미트리가 데려온 마법사들의 이야기가 하나둘씩 기억났다. 어렸을 때엔 그저 듣기만 했을 뿐 도무지 알아들을 수 없었던 내용들이 성인이 된 지금은 충분히 이해되었다. 그리고 그때 품었던 궁금증이 분노로 바뀌었다.

'그래서였어!'

스펙터였던 데미트리는 자신의 영혼을 담을 그릇을 어떻게 만들지 오랫동안 궁리한 끝에, 과거 빛의 화신을 봉인하는 자물쇠로써 창조되었던 어둠의 실험체 쪽으로 방향을 급선회했다.

그러나 수백 전 년의 기록에는 어린 생명체로 창조하는 쪽이 효과적이라고 적혀 있었지만, 어떤 종족이 어울리는지에 대해서는 누락되었다. 그래서 데미트리는 인간이든 마족이든 가리지 않고 적합하다 판단된 아이들을 모았고, 마지막으로 선택된 자는 바로 카일이었다.

'하지만 그들은 나를 실패작이라고 불렀는데?'

일주일에 한 번씩, 쇠창살 밖으로 아이들을 꺼내 옷을 죄다 벗기고 검사하던 마법사들이 어린 자신을 보고 했던 말을 카일은 기억해 냈다.

'아… 나중에는 말을 바꿨어.'

역순으로, 혹은 순서대로 떠오른 기억들이 헤리온의 문서에서 읽었던 기록과 연결되면서 카일은 왜 데미트리가 자신을 택했는지에 대해 더 자세히 알게 되었다.

3

자신의 영혼이 안착할 수 있는, 어둠에 최적화된 육체를 갈구하던 데미트리는 어둠의 후예와 인간, 두 세력의 아이들을 엄선해 어둠의 힘에 버틸 수 있도록 비밀 연구소에서 육성시켰다.

하지만 그가 원하던 육체는 좀처럼 나타나지 않았다. 많은 아이가 땅속에 묻히지 못하고 죽어나갔으며 데미트리의 마음은 초조해져만 갔다.

그러던 도중, 그는 새로운 진리를 깨달았다.

빛과 어둠은 서로를 집어삼키는 개념.

하지만 그 어둠과 빛은 밀접해 있을수록 상대적으로 약한 쪽을 부각시킨다. 어둠 속에서 빛은 더욱 밝게 느껴지고, 찬란한 태양 아래 드리워진 그림자는 그 어떤 어둠보다 선명하다.

강한 어둠을 품을 수 있는 육체의 완성을 위해서는, 그 대척점에 서는 빛의 힘을 필요로 했다. 때마침 어둠의 후예와 인간 사이에서 진행되던 전쟁은 그에게 있어서 최고의 실험 장소였다.

데미트리는 어둠의 힘을 어느 정도 버틸 수 있게 된 아이들을 육성했고, 뱀파이어 종족들이 구사하는 기억의 조작을 이용해 비밀 연구소에서의 기억을 봉인시켰다. 그 뒤, 아이들을 풀어주고 비밀 연구소를 봉인한 후에 5공작으로서의 임무에 충실했다.

데미트리가 육성했던 아이 대부분은 전쟁의 소용돌이 속에서 허무하게 죽어갔다. 하지만 그가 필요로 하는 육체는 단 하나뿐이었기에 거듭된 실패 속에서도 오직 한 번의 성공만 있으면 그걸로 충분했다.

그렇게 성공을 기다리던 데미트리의 앞에 빛의 용사가 성검 레디언스를 들고 나타났다. 그리고 빛의 용사 옆에 서 있던 또 한 명의 청년을 본 데미트리의 입가엔 미소가 절로 자리 잡았다.

빛의 용사 페이서와 함께 나타난 그의 성공작은 5기 23번 실험체, 바로 카일이었다.

*　　*　　*

"……."

데미트리의 진정한 목표를 알아낸 카일은 입을 굳게 다물었다.

카일과의 대결에서 지는 대신 그의 육체 안으로 스며든 데미트리는 유혹의 목소리로 변했다. 그리고 카일이 더 강한 어둠의 힘을 원할 때마다 귓가에서 속삭이며 페이즈 3으로의 돌입을 부추겼다.

"결국 페이서와 함께 있었기 때문에… 어둠의 힘이 더 커진 걸까?"

데미트리가 원래 구상하던 계획은 빛의 용사와 맞서 싸울 어둠의 실험체였다. 만약 실험체 쪽이 빛을 집어삼키고 승리한다면 데미트리의 육체로서 부족함이 없을 거라 여겼기 때문이다.

그렇기에 어둠의 힘에 적합하다고 판단했지만 어둠의 후예가 아닌 인간이었던 카일을 실패작으로 간주했었다. 인간이라고 해서 반드시 어둠의 후예와 대적하리란 보장은 없었지만, 같은 인간과 손을 잡을 쪽이 더욱 높았기에.

그러나 어둠의 실험체 중 인간으로서 살아남은 카일은 빛의 용사 페이서와 전장을 누비면서 어둠에 적합한 육체로 계속 성장했다. 그래서일까, 카일은 빛과 어둠의 힘이 봉인되어 있던 고대 신전에서 거리낌 없이 어둠의 힘을 먼저 택했고 결국 데미트리가 원하는 육체에 거의 근접해 갔다.

그가 예상치 못한 '즐거운 오산' 이었다.

"그렇다. 반대로 페이서 쪽 역시 빛의 힘을 키울 수 있었지. 빛과 어둠은 가까우면 가까울수록 서로를 더욱 부각시키는 존재이기 때문이지."

자신의 등 뒤에서 들려온 헤리온의 대답에 카일의 눈이 가늘고 매섭게 변했다. 비밀 연구소의 문헌을 가져온 이가 헤리온 본인이긴 했지만, 카일의 과거까지 알고 있지 않는 한 나올 수 없는 대답이었다.

"헤리온, 너는 이미 알고 있었던 거냐?"

"어디까지나 추측이었지 확신은 아니었다. 경험에 의한 예상보다는 당사자 본인의 기억이 더 확실할 테니 말하지 않은 것뿐이다."

"그래, 그렇겠지……. 하지만 왜! 데미트리는 내 육체를 완전히 지배하지 않았음에도 정체를 드러낸 거지?"

유혹의 목소리로 존재할 때의 데미트리는 자신의 정체를 지적한 카일의 외침을 일체의 부정 없이 긍정했다. 만약 그때 유혹의 목소리가 입을 다물었거나 조금이라도 부정했다면 카일은 데미트리가 아직도 존재한다고 여기진 않았을 것이다.

"왜! 왜?"

아무것도 모른 상태에서 지배당한 것보다 앞으로 점령당할 거라는 예측이 카일로 하여금 격한 감정을 불러일으켰다.

"더 이상 도망칠 수 없는 사냥감을 앞에 둔 맹수가 계속 으르렁댈까? 전력을 다해 숨통을 끊을 것 같나?"

카일의 옆을 지나 앞에 멈춰선 헤리온은 어두컴컴한 방구석에 있는 쥐를 발견하곤 물끄러미 바라봤다.

"성격에 따라 다르겠지만, 가지고 놀고 싶은 충동이 강하게 일어나지. 데미트리는 그런 존재였다. 그와 싸워본 네가 모르지는 않을 텐데?"

"……."

카일이 상대했던 데미트리는 강하면서도 교활했고 동시에 다른 이의 고통을 즐기는 고약한 취미의 소유자였다.

"확실히 지금의 날 보고 있다면… 상당히 즐거워하겠군."

헤리온에게 거칠게 소리를 지르며 자신을 주체하지 못한 방금 전 자신을 떠올리며 카일은 감정을 가라앉혔다. 지금 이 순간에도 의식의 저편에서 다시 나타날 때만을 기다리는 데미트리를 기쁘게 만들 순 없었다.

"그리고 데미트리가 네 육체를 완벽히 지배하기 위해선 널 더욱 혼란에 빠뜨릴 필요가 있다. 기억을 되찾기 전, 이미 자신이 어둠의 실험체라는 걸 알게 된 너에게 지금 이것보다 더 큰 혼란이 있을까?"

헤리온의 지적에 뜨겁게 달궈졌던 카일의 머리가 차갑게 식어가면서 서투르게 감정을 토해냈던 입이 닫혔다. 이렇게 감정적으로만 모든 걸 받아들일 때가 아니었다. 카일에겐 현재 자신이 어떤 상황에 처해 있는지에 대한 냉철한 판단이 그 어느 때보다 필요했다.

'잠깐, 이거…….'

카일은 헤리온의 기세가 심상찮지 않다는 걸 깨닫고 급히 뒤로 물러섰다. 이전까지 보여주지 않았던 강한 살기가 헤리온의 전신에서 흘러나오는 중이었다.

아니, 정확히는 카일의 말에 처음 대답할 때부터 흘러나왔던 살기였다.

"아쉽게도 너의 혼란은 네 개인의 문제로 끝나지는 않는다. 데미트리에 의해 완전히 지배당하지 않은 상태임에도 블랙아웃 모드, 특히 페이즈 3는 너무나 위험하다."

카일은 본능적으로 대검 엘트리안을 검집에서 꺼내 오른손에 쥐었다. 하나 먼저 공격하지 않고 헤리온이 어떻게 나오는지를 침착하게 기다렸다. 왠지 모르지만 헤리온이 일부러 적의와 살기를 감추지 않고 드러냈다는 느낌을 지우기 힘들어서였다.

"이런 상황에서 네가 데미트리에게 육체를 빼앗기고, 데미트리가 네 몸 안에 있는 어둠의 힘을 맘껏 사용할 수 있게 된다면… 마르코의 몸을 빌린 제이블란트와 다를 바 없다."

카일 쪽으로 몸을 돌린 헤리온은 그의 머리를 향해 오른손을 내밀었다. 어둠과 대척점에 서 있는 빛의 힘이 헤리온의 오른손을 둘러쌌다.

"그걸 막기 위한 가장 손쉬운 방법은 지금 당장 널 죽이는 일이겠지만……."

카일은 엘트리안의 검끝을 아래로 내리고 굳은 표정으로

헤리온을 응시했다. 점점 가까워지는 헤리온의 오른손에도 카일은 눈 하나 깜빡이지 않고 시선을 정면으로 고정시켰다.

“그럴 경우 네 육체라는 한정된 공간에 머물고 있는 데미트리가 어디로 도망칠지 모르니… 관두겠다. 어차피 널 놔두고 다른 육체로 옮겨갈 리는 만무하지만 만약의 경우라는 걸 항상 염두에 둬야 하겠지. 이제까지의 어둠의 후예와 인간과의 전투가 그러했듯이.”

헤리온의 오른손이 카일의 코에 닿기 직전 멈췄다.

카일은 엘트리안을 움켜쥔 손에 힘을 불끈 주면서 이번에는 자신이 밀어붙여 볼까 잠시 고민했다. 상대의 기세에 밀린 상태로 물러서기엔 자신답지 않다고 생각하며 검끝을 들어 올렸지만, 이내 관두고 검집 안으로 도로 집어넣었다.

“카일, 내가 어설프게 나왔다고 생각하나?”

“날 죽이려고 했던 것치곤 확실히…….”

“데미트리가 바라는 대로 혼란에 빠져 허우적댔다면 어설프게 나서진 않았을 거다.”

카일은 헤리온의 빛에 소멸되었을지도 모르는 ‘만약의’ 자신을 떠올리며 피식 웃었다.

“그러면 더 이상 이곳에 볼일은 없겠지? 이만 돌아가겠다.”

헤리온은 빛의 힘을 거두고 출구 쪽으로 걸어갔다. 그러나 카일은 한 발도 움직이지 않고 제자리를 고수했다.

"잠깐만."

카일은 천장을 향해 고개를 들더니 틈 사이에서 뚝뚝 떨어지는 물방울을 바라봤다.

"조금 더 여기 있고 싶은데, 괜찮겠어?"

이대로 밖으로 나간다면, 다시는 여기를 찾을 수 없을 거란 예감이 카일을 사로잡았다.

"좋은 추억 같은 건 별로 없는 곳이지만, 이곳에서 하루 정도는 머물고 싶어졌어. 나에겐 나름 의미 있는 곳이니까."

실험체라는 단어의 의미조차 제대로 알지 못했던 어린 시절이었지만 타인에 의한 공포와 영원히 이곳에 갇혀 나올 수 없을지도 모른다는 절망만큼은 뼈저리게 느껴지던 곳이었다. 이곳에 있고 싶다는 마음 반대편에선 당장에라도 떠나고 싶다는 충동이 머물렀다.

그러나 그곳에서도 카일에게 하루하루 살아갈 수 있는 희망을 주던 두 소녀만큼은 잊어버리고 싶지 않았다. 그리고 그녀들과 같이 있었던 어두컴컴한 방에서 조금이라도 더 있고 싶었다.

"맘대로 해라."

헤리온이 출구 밖으로 나가자 벽에 걸려 있던 횃불들이 서서히 약해지더니 동시에 꺼졌다. 완벽한 어둠이 드리워진 비밀 연구소 최하층이 카일에겐 오히려 익숙했다.

그때처럼 어둠을 무서워하는 아이들의 울부짖음은 더 이상 들리지 않았다. 대신 계단을 천천히 올라가고 있는 헤리온의 발걸음 소리가 천장에서 조용히 들려왔다.

"휴우……."

카일은 길게 숨을 내쉬며 등에 걸쳐 멘 두 개의 검을 모두 풀어 바닥에 내려놓았다. 그러자 벽 아래 조그만 틈을 통해 나온 쥐들이 검 주위에 몰려들었지만, 먹을 수 없다는 걸 알고선 도로 틈으로 모습을 감췄다.

"하아……."

카일은 울적한 기분과 함께 몸이 다시 축 처지는 느낌에 고개를 설레설레 저었다.

역시 감정을 계속 억누르기란 무리였다. 그게 데미트리가 의도했을지 모르는 일이더라도 지금 이 순간만큼은 감정에 솔직해지기로 결심했다.

두 소녀와 함께 머물렀었던 방 안으로 다시 들어온 카일은 옛날에 그랬던 것처럼 벽 모서리에 등을 기댔다. 하지만 무릎 사이에 얼굴을 파묻지는 않았다. 고개를 들고서 주변을 둘러보자 그때는 그렇게 넓어 보이기만 했던 방 안이 지금은 좁게만 느껴졌다.

"탈리스… 베르티느."

카일은 더 이상 만날 수 없는 두 소녀의 이름을 천천히 읊었다.

처음에는 자기와 다른 마족이라며 그녀들을 꺼려했던 어릴 적의 자신이 부끄럽게 느껴졌다. 혼자 있고 싶다며 이렇게 벽 모서리에 혼자 웅크리고 앉아 있을 때에도 양옆에서 자신을 감쌌던 그녀들의 따스함이 그리워졌다.

하지만 그녀들이 살아 있을지도 모르는 '만약'은 상상하지 않기로 마음먹었다. 지금 할 수 있는 건 그녀들의 자취가 남아 있는 벽을 손으로 더듬는 일뿐이었다.

"나, 돌아왔어."

눈을 감자 억지로 눌러놨던 피로가 다시 몰려들면서 카일의 의식은 꿈속으로 빨려 들어갔다.

4

끼이익.

거친 마찰음과 함께 녹슨 철제문이 열렸다.

한 치 앞도 보이지 않은 어둠 속에서 헤리온은 오른팔을 들어 크게 휘둘렀다. 그러자 벽에 매달려 있던 꺼진 횃불들에 다시 불이 붙으면서 안이 환하게 밝아졌다.

"깼나?"

통로 가장 안쪽의 왼쪽 방으로 들어간 헤리온은 방 모서리에 앉아 있는 카일을 물끄러미 내려다봤다.

"으음……."

갑자기 밝아진 시야에 적응이 안 되는 듯 카일은 눈을 찡그리며 자리에서 일어섰다. 차갑고 습한 지하에서 잠을 잔 탓에 뻐근해진 어깨를 주무르며 카일은 통로를 걸어갔다.

문을 닫고, 계단을 계속 오르며 지하에서 벗어난 카일은 비밀 통로를 통해 지상으로 나왔다.

어제와 마찬가지로 비밀 연구소 주위는 화사하게 피어난 꽃들로 만발했다.

수십여 년 전, 이곳을 탈출했을 때는 엄청난 폭우가 쏟아지던 날이었다. 혹시라도 데미트리가 쫓아올까 봐 뒤도 돌아보지 않고 두 소녀의 손을 꼭 잡고 하염없이 뛰어가던 과거와는 전혀 어울리지 않는 장소였다.

카일은 양손의 장갑을 벗었다. 얼굴 앞으로 가져간 그의 손은 어린 옛날과 달리 거칠어졌고 크고 작은 흉터가 가득 남긴 어른의 것으로 변해 버렸다.

헤리온은 과거의 감상에 젖어 있는 그를 잠자코 옆에서 지켜보기만 했다. 카일로부터 느껴지는 감정의 급격한 변화가 신경 쓰이긴 했지만 데미트리에게 집어삼켜질 정도는 아니었기에 가만히 놔두었다.

“이제 마음의 정리는 끝났나?”

“어느 정도는.”

카일의 대답이 떨어지자 헤리온은 오른팔을 천천히 들어 올리더니 비밀 연구소의 출입 건물을 향했다. 이전에 보여준 빛이 아닌, 뜨거운 화염의 기운이 그의 오른팔을 나선형으로 감싸면서 소용돌이쳤다.

"이미 이곳의 자료는 모두 다른 곳으로 옮겨놨다. 하지만 내가 모르는 어디인가에 숨겨져 있을지도 모른다. 너에 대해 많은 이에게 알려지는 것도 좋지 않고, 어둠의 실험체 자체가 널리 알려져서는 곤란한 입장이니……."

"내가 하겠어."

카일은 엘트리안을 뽑아 들고 오른손에 쥐었다.

순수한 어둠이 아닌 오래간만에 흑염의 기운을 이끌어낸 카일은 검은 불길에 휩싸인 엘트리안을 아래에서 위로 크게 휘둘렀다. 대각선을 그리며 뻗어나간 흑염이 들꽃들을 불태우고 지나가 건물을 빠르게 덮쳤다.

화르륵.

슬픔과 고통, 하지만 절대 잊을 수 없는 이들과 함께했던 그의 과거가 검은 불길 속에서 서서히 타들어갔다.

3년 전 페이서의 부탁을 받고 그의 생가를 직접 불태웠던 당시의 모습이 지금과 겹쳐지면서 카일의 가슴속에 뭐라 형용할 수 없는 복잡한 감정이 피어올랐다.

페이서의 집을 태우던 그때와 달리 웃음은 나오지 않았다. 하지만 왜 페이서가 직접 하지 않고 자신에게 부탁했는지 이해하게 되었다.

"정말 괴로운… 일이었군."

이제까지 그는 몰락한 친구들을 이끌어주는 데 주력했다.

때로는 강압적으로, 어쩔 땐 친구들의 선택을 존중하되 언젠가는 다시 자신과 동등한 입장에 올라오도록 잡아끌었고 결과적으로 페이서와 제럴드, 카트리나 모두 원래의 위치로 돌아올 수 있었다.

그러나 그 과정에 있어서 카일은 친구들의 아픔에 공감했지만 같은 입장에 처하진 않았기에 그들을 완전히 이해하는 건 불가능했다. 그리고 지금은 과거의 아픔이 현재 어떻게 영향을 끼치는지 뼈저리게 느끼고 있었다.

"탈리스, 베르티느. 미안해."

커져만 가는 불길을 정면에 둔 카일은 눈을 감고 희미해져 가는 어젯밤의 꿈을 회상했다.

같은 입장에 선 아이들에게 괴롭힘을 당하며 매일 눈물만 훌쩍거렸던, 어렸던 그를 두 소녀가 두 팔로 감싸서 보호해 주었다.

꿈이라는 걸 알면서도, 그리고 과거의 일이라는 걸 알면서도 카일은 웃으면서 그녀들을 대했다. 그리고 연구소를 도망칠 때로 장면이 바뀌자, 그 뒤에 닥칠 미래를 알면서도 열심히 앞만 보고 달려갔다. 그때와 마찬가지로.

그렇게 과거와 똑같은 꿈이 이어졌고, 불타는 마을과 함께 사라져간 두 소녀에게 손을 뻗으면서 꿈에서 깨어났다.

"너희들과 함께 있었던 곳이지만 없애야만 해. 그러니 날

이해해 줘."

검은 불길에 휩싸인 건물이 서서히 무너져 내리며 연기가 하늘 높이 올라갔다.

5

매서운 바람이 카일의 뺨을 스치고 지나갔다.

카일은 바람에 마구 머리가 헝클어지는 것에 아랑곳하지 않고 고개를 옆으로 돌렸다. 거대한 드래곤으로 변신한 헤리온의 등에 올라탄 카일은 멀어져 가는 비밀 연구소 쪽을 계속 응시했다.

휘이잉!

헤리온이 거대한 두 개의 날개를 크게 펼쳐 강하게 휘젓자 카일의 시야가 흔들리며 희미해졌다. 동시에 그를 덮친 강렬한 바람에 카일은 몸을 숙이며 헤리온의 등에 바짝 달라붙었다.

"으윽……."

바람이 가라앉자 카일은 지끈거리는 머리를 어루만지며 뒤를 돌아보았다. 더 이상 비밀 연구소는 그의 시야에 들어오지 않았다. 순식간에 먼 거리를 이동한 헤리온은 유유히 상공을 가르며 마족 5군단의 본진을 향해 날아갔다.

"후회되나?"

"아니."

헤리온의 물음에 카일은 조금의 망설임도 없이 대답했다.

어차피 비밀 연구소는 존재해서는 안 되는 공간이기에 누군가는 그곳을 없애야 했다.

"단지 아련할 뿐이야."

그러나 가슴속에 영원히 채워지지 못할 빈 공간이 생겼다는 것만큼은 부정할 수 없었다. 페이서를 비롯한 동료들이 겪었던 상처가 만들어낸 것처럼.

"그러고 보니 크리프도 너와 비슷한 아픔을 겪었다고 들었다. 모르고 있진 않았겠지?"

"크리프?"

처음 듣는 이름에 카일은 고개를 갸웃거렸다.

"몰랐다니 의외로군. 원래 이름은 크레이드였다. 나와 만났을 땐 크리프였고. 지금은 크로이드라 불리던가?"

"스승님 말이야? 만난 적이 있어?"

돌연 자신의 스승이 언급되자 카일은 눈을 살짝 크게 떴다.

그러나 정작 말을 꺼낸 헤리온은 입을 다물더니 침묵을 지켰다. 수백 년 전에 있었던 기억을 다시 떠올리며 하나씩 연결하기엔 드래곤의 두뇌로도 시간이 걸릴 수밖에 없었다.

"잊으래야… 잊을 수 없다. 그 인간 하나 때문에 다른 대륙의 마족들이 씨가 말랐다는 설명 정도면 충분하지 않나?"

헤리온의 말투엔 여전히 여유가 넘쳤지만 표정은 굳어 있었다. 그러나 드래곤으로 변신한 상태라 카일은 그의 미묘한 감정 변화를 눈치채지 못했다.

"단지 과거의 복수를 위해 대륙 하나를 완전히 바꿔놓은 그를 보고 나는 느꼈다. 인간이야말로 가장 위험한 존재라고. 내가 어둠의 후예 편에 선 것도 그런 경험 때문이다. 넌 너의 스승과 달리 현명한 선택을 하길 바란다."

계속 날개를 펄럭이던 헤리온은 잠시 공중에서 멈춰 서더니 천천히 고도를 내린 뒤 다시 날아가기 시작했다. 뭔가를 감지하고 일부러 고도를 낮춘 헤리온의 의도를 카일은 알아채지 못했다.

"스승님이라……."

다시 재회하기 전까진 스승과 자신은 서로 성격도 다르고 공통된 점은 거의 없다고 생각해 왔었다. 하지만 마족 5군단에 온 이후부턴 왠지 모르게 스승과 닮아가는 느낌이 들었다.

지금이야 헤리온과 이야기를 주고받는 중이지만, 5군단에 온 이후로 말수 자체가 확 줄어든 것은 분명했다. 말투 자체도 이전보다 딱딱하게 변하면서 스승 크로이드와 비슷해져 갔다.

"잠깐, 속도를 줄여봐."

카일은 몸을 엎드리더니 헤리온의 두꺼운 비늘 사이에 왼손을 집어넣었다. 그렇게 자세를 고정시킨 상태에서 망원경을 꺼내 지상을 살펴봤다.

카일이 이동하는 북쪽과 반대 방향으로 이동 중인 부대의 깃발이 망원경의 동그란 시야 안에 포착되었다. 깃발에 수놓아져 있는 문양은 모르드 왕국의 것과 비슷하면서도 미묘하게 달랐다.

"신생 모르드 왕국의 군대다."

"신생(新生)? 그렇다면 그 공주의 부대로군."

카일은 노골적으로 표정을 찡그리더니 다시 망원경에 집중했다. 하지만 헤리온의 속도가 워낙 빨랐기에 신생 모르드 왕국의 부대는 이미 남쪽으로 멀어진 터였다.

이대로 그냥 지나칠 수도 있었지만, 카일은 어찌 되었든 간에 '모르드'라는 이름을 단 집단 자체를 그냥 보내기엔 껄끄러웠다.

"어떻게 할 작정인가?"

"……."

"모르드 왕국이 아닌 신생 모르드 왕국군이라는 점을 염두에 둬라."

크레아 공주가 그녀를 따르는 귀족들과 함께 결성한 신생 모르드 왕국은 당연히 현 모르드 왕국과 대척 상태였다. 아직까진 페이서가 이끄는 실버윙즈와 직접 충돌한 적은 없었지만, 크레아 공주가 직접 참여했음에도 협상이 결렬된 탓에 실버윙즈와 언제 싸울지 모르는 상황이기도 했다.

'내가 너무 감정적이 되었나? 이젠 모르드라는 이름만 들

어도 분노가 끓어올라.'

카일은 20여 년 전, 젊은 청년이었던 페이서 옆에 있던 엘리제 공주를 떠올렸다. 그리고 그녀와 너무나 많은 부분에서 닮은 진짜 크레아 공주는 보자마자 본능적으로 반감을 느낄 수밖에 없었다.

그러나 감정에 휩싸여 행동하기엔 지금의 카일은 너무 많은 것을 어깨에 짊어진 상태였다.

"마족… 아니, 어둠의 후예 측과 신생 모르드 왕국과의 충돌이 있었나?"

"아직은 없다."

"그렇다면 나 역시 그냥 저들을 보내줄 수밖에 없겠지."

북쪽으로 이동하지 않고 허공에 멈춰선 헤리온은 거대한 얼굴을 옆으로 틀어 카일을 응시했다. 카일이 고개를 끄덕이자 세로로 길게 뻗은 금색 눈동자가 가늘게 변했다.

"데미트리가 의도한 운명에는 조금 멀어진 것 같군. 널 다시 봤다."

"그래?"

카일은 보통 사람이라면 마주 보는 것만으로도 혼절해 버리는 드래곤의 눈동자를 보며 피식 웃었다.

"난 운명 따위 질색이야."

실험체라는 단어 자체가 내포한 운명이라는 요소에 카일은 강한 거부감을 느꼈다.

"나에게 정해진 운명이 있다면 바꾸겠어. 그것이야말로 날 끝까지 이용하려는 데미트리에게 해줄 수 있는 최고의 선물 아니겠어?"

"결코 쉽지 않을 거다."

"어차피 이제까지 내가 걸어온 길은 쉽지 않았어."

"쓸데없이 시간을 지체했군. 그러면 꼭 붙잡도록."

휘이잉!

다시 한 번 강렬한 돌풍이 카일을 휘감았다.

붕 떠오른 망토가 마구 펄럭거렸고, 카일의 앞머리는 다른 머리카락들과 함께 바람이 지나가는 방향과 수평을 이뤘다.

빠르게 변화하는 시야를 버티지 못하고 카일은 눈을 질끈 감았다. 어둡게 변한 시야 속에서 카일은 혹시라도 들릴지 모르는 '유혹의 목소리'에 미리 마음속으로 경고해 둘 필요성을 느꼈다.

'데미트리, 넌 지금도 내 의식 너머에서 깨어날 순간만을 기다리겠지?'

카일은 과거 데미트리의 유혹에 페이즈 3에 몇 번이나 돌입했다. 만약 페이서의 빛의 힘이 없었다면 그의 육체는 이미 오래전에 데미트리의 것이 되었을지도 모른다.

'하지만 난 절대 네가 원하는 운명 따위 받아들이지 않겠어. 탈리스와 베르티느를 위해서… 그리고 그 녀석들과 다시 만나기 위해서라도 난 네가 원하는 성공작은 될 수 없으

니까!'

카일은 헤리온의 비늘을 움켜쥔 손에 힘을 강하게 쥐었다.

그러자 헤리온은 날개를 더욱 크게 휘저으며 속도를 높였다.

Chapter 48
생각보다 이른 해후

1

인간과 마족, 그리고 마르코의 세력이 끼어들어 삼파전이 되어버린 대륙의 전쟁 판도는 서로 밀고 밀리는 각축전의 양상으로 전개되었다. 그 와중에 모르드 왕국은 마르코와 손을 잡았고, 크레아 공주를 위시한 신생 모르드 왕국은 실버윙즈와는 개별적인 세력을 형성해 전쟁 양상을 더욱 복잡하게 만들었다.

삼파전에서 사파전으로, 혹은 그 이상의 혼전으로 전개될지도 모르는 전쟁 속에서 카일의 전투는 계속 이어졌다. 봉인되었던 옛 기억을 되찾은 이후에도 숨 돌릴 틈 없이 적들의 피가 마를 날이 없는 칠흑의 갑옷을 걸치고 전장에 뛰어들었다.

그렇게 4개월이란 시간이 흘러갔다. 멈출 줄 모르던 마족 5군단의 진격은 기어이 신생 모르드 왕국과의 경계선에서 중단되었다.

*　　*　　*

엘레힘 신성력 1328년 7월 25일.

마족 5군단의 지휘관 전용 막사 안에는 평소 모이지 않았던 중요한 인물들이 대거 모습을 드러냈다.

마족의 실질적인 총지휘관인 데몬 공작 에르카이저 양옆으로 헤리온과 안젤리카가 자리했다. 그리고 그 셋의 맞은편에는 마족 군단의 유일한 인간으로 카일이 참석했다.

몸을 살짝 옆으로 비튼 자세에서 등받이에 왼쪽 팔을 걸친 카일은 이전과는 약간 달라진 마족 공작들의 표정을 간파하고 씁쓸하게 웃었다.

'후우, 이젠 날 보고도 얼굴을 찌푸리지 않는군.'

대부분의 마족들은 카일에게 다가가는 것조차 꺼려해 느끼지 못했지만, 어쩔 수 없이 그와 밀접히 지내야 하는 마족들은 그의 몸에서 흘러나오는 동족의 피 냄새에 거부감을 느낄 수밖에 없었다.

그러나 막사 안이라는 밀폐된 공간 안에 있음에도 마족 공작들은 더 이상 인상을 찌푸리지 않았다. 그동안 카일의 몸에 덧씌워진 인간의 피가 마족의 피 냄새를 완전히 지워 버렸기 때문이다.

하지만 그것과 상관없이 마족 지휘관들끼리의 대화는 카일의 개입 없이 순수한 마족 공작들만으로 진행되었다. 카일은 어디까지나 용병의 개념으로 마족과 같이 싸우고 있었고, 카일 본인조차도 그 용병이라는 입장을 강하게 고수했기에 그저 자리에 참석하는 것만으로 만족했다.

"…알겠습니다. 그러면 이제 남은 것은 신생 모르드 왕국 측의 답변뿐이로군요."

회의를 진행 중이던 안젤리카는 왼쪽 눈에 고정시킨 외눈 안경을 만지작거리며 다음 안건이 적힌 문서를 찬찬히 읽어 내려갔다. 항상 하늘 높은 곳에서 시력을 인위적으로 증폭시켰던 영향 때문인지 요 근래부터 근접한 물건을 살펴볼 땐 어쩔 수 없이 안경의 도움을 받아야 했다.

"늦었군."

막사의 입구가 펄럭이더니 여송연을 태운 특유의 냄새가 막사 안으로 흘러 들어왔다.

순간 탁자에 둘러앉아 있던 에르카이저와 헤리온이 자리에서 벌떡 일어섰다. 이런 자리엔 단 한 번도 참석하지 않았고, 이번 역시 빈자리만 텅하니 남을 거라 생각했던 이였기 때문이다.

"디케이드?"

물론 카일 역시.

2

"내가 참석하면 안 되는 자리인가? 내 기억에는 분명히 날 부른 건 너희들이었는데……."

"그, 그런 건 절대 아닙니다."

안젤리카는 당황하면서도 디케이드의 자리로 남겨놓은 의자를 가리켰다.

디케이드는 입에 문 여송연의 연기를 뻑뻑 뿜어내며 카일의 왼쪽에 앉았다. 고개를 옆으로 돌린 시선이 카일과 마주치자 여송연을 질끈 깨물며 눈썹을 꿈틀거렸다.

"왜? 날 죽이고 싶나?"

디케이드의 노골적인 도발에 카일의 눈매가 날카롭게 변했다. 제럴드의 두 눈을 앗아간 장본인이었다는 걸 뒤늦게 떠올리자 가라앉혔던 분노가 가슴속에서 스멀스멀 피어오르기 시작했다.

"그러고 싶긴 해."

"그래? 그렇다면……."

디케이드가 자리에서 벌떡 일어서자 분위기가 순식간에 차갑게 얼어붙었다. 한술 더 떠 러스티 블레이드에서 부의 기운이 흘러나오자 막사 안은 일촉즉발의 상황으로 악화되었다.

"디케이드 공!"

안젤리카가 급히 디케이드를 제지하려고 나섰으나, 한발 먼저 카일이 손을 내밀며 그녀를 멈춰 세웠다.

카일 역시 검을 뽑아 들긴 했지만, 디케이드를 찌르지 않고 그가 내민 러스티 블레이드의 검끝을 위에서 아래로 찍어 눌렀다.

"전쟁이 끝난 뒤에 결판을 내도록 하지."

"시시하군."

"남은 눈 하나는 언젠가 반드시 받아낼 테니 각오해."

카일은 오래간만에 뽑아 든 다크블로우를 다시 검집 안에 집어넣었고, 디케이드는 한동안 러스티 블레이드를 계속 쥐고 있다가 부의 기운을 서서히 거두었다. 그러자 잠자코 둘을 지켜보던 에르카이저와 헤리온도 탁자 아래 내린 양손에 응축시켰던 불의 기운과 얼음의 기운을 동시에 거두었다.

카일의 얼굴에는 여전히 언짢아하는 표정이 남아 있었지만 앞서 진행되었던 회의와 마찬가지로 입을 꾹 다물었다. 덕분에 안젤리카는 디케이드를 부른 이유를 상세히 설명하며 이야기를 다시 이어나갔다.

여전히 긴장을 풀지는 못했지만.

"…그런 이유에서 귀공의 참석을 요구했던 것입니다. 신생이라 하나 모르드 왕국이란 이름을 단 이상 귀공의 의견을 듣지 않고 일을 진행할 수 없었습니다."

"신생 모르드 왕국이라. 하… 같잖은 이름이로군."

디케이드가 길게 뿜어낸 여송연 연기가 탁자 위 한가운데를 향해 날아갔다.

카일 역시 그의 의견과 똑같았지만 굳이 말로 표현하지는 않았다. 그가 품고 있는 모르드 왕국에 대한 증오와 분노는 디케이드의 것에 비하면 아무것도 아니었기에 어설픈 공감은 드러내고 싶지 않았다.

"지금까지는 다른 공작분들의 합의하에 귀공의 단독 행동을 묵인했습니다. 하지만 앞으로의 진행 상황에 따라 일어날 변수를 감안한다면 가급적 다른 마족 군단과 디케이드 공과……."

디케이드의 목적은 모르드 왕국의 멸망 그 자체였고, 그것에 조금이라도 방해되는 기미가 보일 경우 인간이든 마족이든 구별하지 않고 쓰러뜨렸다.

그러나 제어하기 힘든 변수나 마찬가지인 카일이 마족 군단에 합류한 이상, 이제까지 제어 그 자체가 불가능했던 변수인 디케이드의 움직임에 어느 정도 제한을 가할 필요성이 부각되었다.

"할 말은 그걸로 끝인가?"

"네, 그렇습니다."

안젤리카는 얼굴에 흘러내린 식은땀 때문에 살짝 아래로 내려간 외눈 안경을 조심스럽게 고쳐 꼈다.

"그러면 가능한 한 너희들의 진격로와 내 행동반경이 겹치지 않도록 노력은 해보겠다."

"네?"

항상 단독으로 움직이며 그 누구의 제어도 거부했던 디케이드의 입에서 '노력' 이라는 단어가 너무나 쉽게 나오자 안젤리카는 자신의 귀를 의심했다.

"그걸로 부족한가?"

"아, 아닙니다. 아무쪼록 지금 하신 말을 꼭 지켜주시길 당부합니다."

"그러면 난 돌아가겠다."

자리에서 일어난 디케이드는 거의 다 피운 여송연을 땅바닥에 떨어뜨리고 발로 짓눌렀다.

디케이드가 막사 밖으로 나가자 카일은 그의 뒤를 따라갔다. 카일의 등장에 병사들은 알아서 아무 소리 없이 물러섰고, 자연스레 디케이드와 카일 근방엔 아무도 다가오지 않았다.

그렇게 한참을 계속 걸어가던 디케이드는 본진을 벗어나 들판 한가운데에서 걸음을 멈췄다.

"여기에서 결판내자는 의미인가?"

디케이드는 카일에게 여전히 등을 보인 자세로 러스티 블레이드의 검끝을 천천히 들어 올렸다.

"그건 아니야. 너에게 꼭 해야 하는 이야기가 있어서 그래."

"할 이야기는 아까 다 하지 않았나?"

디케이드가 옆으로 내민 러스티 블레이드의 검신 아래로 녹색의 액체가 뚝뚝 떨어졌다. 하지만 카일은 허리에 양손을 댄 자세를 유지하며 검을 뽑을 생각조차 없었다.

"당신의 옛 부하와 딸에 대한 이야기야."

순간 디케이드가 멈칫하며 고개를 옆으로 돌렸다.

"3개월 전 전투에서 나는 너의 부관이었던……."

"텔릭이 죽은 건 나도 익히 들어서 알고 있다. 그렇다고 널 원망하려는 건 아니다. 빛의 하수인이 된 텔릭은 이미 죽은 거나 마찬가지고, 이런 몸이 된 이후부터 난 더 이상 텔릭의 상관도 아니었으니까."

디케이드는 별일 아니라는 말투로 카일의 말을 도중에 끊었다. 지금 와서 옛 부관의 죽음에 분노하며 카일을 질책하기엔 너무도 멀리 왔고, 그럴 자격이 없다는 걸 잘 알고 있었기 때문이다.

"레오나 경에 대해서는?"

다시 걷기 시작하려던 디케이드는 이번에는 아예 몸을 돌려 카일을 정면으로 바라봤다.

"내 자식은 모두 죽었다. 부인도 마찬가지고. 너는 모르드 왕국의 어설픈 술책을 아직까지 믿고 있나?"

"텔릭 경은 숨을 거두기 전에 그녀가 네 딸이라고 고백했어."

잠시 침묵이 이어지더니 디케이드의 입에서 가벼운 웃음이 터져 나왔다.

"넌 타인의 근거 없는 말을 너무나 쉽게 믿는군."

"그러면 너는 왜 그때 레오나 경을 그냥 지나치지 않았지?"

자신의 진정한 과거를 알았기 때문일까.

카일은 그가 제럴드에게 저지른 짓과 별개로, 과거를 묻으려고 같은 대답만 반복하는 디케이드를 그냥 보내기 힘들었다. 이전 제이콥스로부터 몰래 받았던 부탁도 있었고, 텔릭까지 레오나가 디케이드의 딸이 분명하다고 말한 이상 결과야 어떻든 사실은 전달해야 했다.

그렇다고 카일 쪽에서 먼저 찾아가서 이야기를 할 상황은 아니었다. 그래서 이렇게 디케이드가 모습을 드러낸 '있을 수 없는' 기회를 그냥 보내고 싶지 않았다.

무엇보다 텔릭이 죽기 직전 했던 말을 이대로 혼자만의 진실로 남겨두는 게 싫었다. 그 이야기를 반드시 들어야 하는 상대가 디케이드라 할지라도.

"……."

입을 다문 디케이드는 새 여송연을 하나 꺼내 들었지만 불도 붙이지 않고 그저 손가락 사이에 끼고 있을 뿐이었다.

"네가 어떤 기분으로 서 있는지는 그래, 솔직히 다 알지는 못해. 그래도 알아야 할 건 알아야 하지 않겠어? 다른 것도 아니고 너의 유일한 혈육에 대한 이야기야. 나도 상대가 레오나 경이 아니었다면 이렇게 널 붙잡고 말 질질 끌고 싶지도 않다고."

"그래서 그 여자가 내 딸인지 아닌지 직접 만나서 확인해 보란 말인가? 지금? 그것도 나에게?"

"그건 아니야. 난 부탁대로 행동했을 뿐이야. 네가 어떻게 행동할지는 전적으로 네 선택이지."

아무리 복수를 위해서라지만, 무수한 인간을 죽인 디케이드가 레오나의 아버지라는 사실이 타인에게 알려진다면 부녀 양측 모두 입장이 곤란해진다.

그나마 가장 가능성이 높은 상황은, 전쟁이 끝난 후에나 두 부녀가 상봉하는 경우다. 둘 다 전쟁 속에서 살아남아야 하고, 무엇보다 부녀라는 사실 자체를 양쪽 모두 알아야 하지만.

"내 부인과 자식들은 내가 인간이었을 때에 이미 죽었다."

"난 분명히 너에게 사실을 전했어."

"더 이상 같은 말을 반복하게 만들지 마라. 인간이었던 케트란은 예전에 죽고 사라졌다. 이 자리에 있는 나는 어둠의 후예, 디케이드일 뿐이다."

여송연을 쥔 손을 천천히 얼굴로 가져간 디케이드는 부싯돌로 불을 붙이고 깊게 한 모금 빨아들였다.

"나답지 않게 너무 말이 많았군. 너도."

말을 마친 디케이드가 등을 돌린 채로 걸어가기 시작했다.

카일은 이런 사실을 전해야 하는 입장에 있었음에 심한 자괴감을 느끼며 표정을 일그러뜨렸다.

3

다음 날 아침.

신생 모르드 왕국 측에서 답변이라고 보내온 상자가 탁자 정중앙에 놓여 있었다.

개봉하지는 않았지만 상자로부터 흘러나오는 피 냄새만으로도 무슨 일이 일어났는지 카일은 충분히 짐작할 수 있었다. 사신으로 파견된 마족 대신 그와 동행했던 병사 중 한 명만이 새하얗게 질린 얼굴로 상자를 가져왔을 때부터 예측된 일이긴 했지만.

"내가 열겠어."

모두 심각한 표정으로 입을 다물고 있는 공작들을 대신해 카일이 나섰다. 입구를 살짝 열자 은은하게 흘러나오던 피냄새가 본격적으로 그의 코안으로 비집고 들어왔다. 입구 안쪽에 붙어 있던 종이를 뜯어낸 카일은 입구를 다시 닫으며 피식 웃었다. 거부를 강조하기 위해 사신의 머리만 잘라 보내는 방식은 너무나 고전적이었기 때문이다.

종이에 적혀 있는 신생 모르드 왕국 측의 답변은 쓸데없이 긴 문장으로 자신들의 입장을 일방적으로 주절주절 떠들 뿐이었다. 결국 단 하나의 문장만으로 압축될 내용이었다.

'신생 모르드 왕국은 그 어떤 마족과도 손을 잡을 생각이 없다.'

헤리온과 안젤리카, 마지막으로 에르카이저에게 돌아간 종이는 붉은 불길 속에서 새까맣게 타들어가면서 최후를 장식했다.

애초에 인간을 제외한 수많은 종족으로 구성된 마족에 비해, 단일 종족으로만 구성된 인간은 극한의 상황에 처할지라도 인간 외의 종족과의 협력을 극도로 꺼려했다.

하지만 이렇게 고전적이면서 감정이 듬뿍 담긴 반응이 나올 줄은 마족 공작 중 누구도 예상하지 못했다. 반면 카일은 문장 곳곳에 숨어 있던 의도를 단번에 파악하며 입술 왼쪽 끝을 살짝 올렸다.

'그 여자에 그 딸이로군. 나 때문이겠지?'

카일이 실버윙즈를 탈퇴한 이후, 나름 정성을 들였던 크레아 공주의 계획은 물거품이 되어버렸다. 단순히 실버윙즈와 손을 잡는 것을 떠나 페이서 개인에 대한 호의마저 거부당한 그녀는 이 모든 결과의 원인인 카일을 극도로 혐오했다.

그런 카일을 품고 있는 마족 측이 신생 모르드 왕국과의 동맹을 먼저 제시한 이유는 전략적 문제 때문이었다. 실버윙즈와 아직 손잡지 않는 인간 측 독립 세력을 마르코가 재빠르게 점령해 가며 전쟁이 장기화될 양상이 보였고, 이는 카일이라는 불안한 변수를 안고 있는 마족 측에서 원하는 구도가 결코 아니었다.

그렇기에 신생 모르드 왕국과의 동맹은 카일 입장에서는 내키지 않는 일이었지만 그는 반대하지 않고 공작들 전체의 의견을 따랐다.

"그래서, 어떻게 할 거야?"

며칠 동안 계속 이어졌던 회의 내내 의견 한 번 제시하지 않았던 카일이 입을 열자 다른 마족 공작들의 표정이 분노에서 의아함으로 순식간에 바뀌었다.

"나 같으면 상대가 도발한 만큼 그대로 돌려주겠어. 물론 내 역할은 아니고."

신생 모르드 왕국에 파견된 사신은 에르카이저의 부하였으니 이 도발에 대한 맞대응은 에르카이저의 몫이었다.

"알았다."

자리에서 벌떡 일어선 에르카이저는 상자를 양손으로 들더니 지휘관용 막사를 벗어나 바로 근처에 있던 막사 안으로 들어갔다.

비명 소리가 짧게 울려 퍼지는 동시에 뜨거운 열기가 옆 막사를 순식간에 집어삼켰다.

에르카이저가 다시 지휘관용 막사로 들어오자 피 냄새 대신 살갗이 타들어가면서 만들어낸 고약한 냄새가 막사 안에 진동했다. 그의 양손엔 여전히 아까의 그 상자가 들려 있었지만 안의 내용물은 다른 이의 '것' 으로 바뀌어 있었다.

탁.

신생 모르드 왕국에서 파견된 사신의 머리가 담긴 상자를 탁자 정중앙에 내려놓은 에르카이저는 원래 자리로 돌아가 앉았다. 불의 기운이 미약하게 남아 있는 그의 양손이 의자의 팔걸이 부분을 움켜쥐자 '치이익' 하는 소리와 함께 연기가 피어올랐다.

"안젤리카 공, 회의 주제를 변경하겠다. 신생 모르드 왕국군이 점령하고 있는 세브로아 성 공략 작전에 대해서로."

"알겠습니다."

안젤리카는 탁자 모서리에 쌓아둔 문서 중 가장 하단에 위치한 문서를 빼내 맨 앞 장을 휙 넘겼다. 탁자 위에 펼쳐져 있던 지도를 지휘봉으로 가리키며 안젤리카는 미리 기획되었던 작전을 설명했다.

기묘하게도 에르카이저가 내려놓은 상자의 위치는 구(舊) 모르드 왕국의 수도 케이브란스 성이 표기된 자리와 절묘하게 들어맞았다. 공략 대상인 세브로아 성은 상자가 가린 부위 남서쪽에 위치했고, 안젤리카는 상자를 건드리지 않도록 조심스럽게 지휘봉으로 병력의 배치 상태를 가리켰다.

"…이상입니다."

세브로아 성 공략 작전의 설명을 마친 안젤리카는 손등으로 이마의 땀을 훔치며 숨을 길게 내쉬었다.

"안젤리카 공, 난 앞서 말한 대로 엘레힘 교단의 움직임을 파악하기 위해 단독으로 움직이겠다. 이전처럼 중요한 전투에서 빠지게 되는 점, 양해 바란다. 고로 1군단의 지휘를 포함해 이번 작전의 총지휘권은 자네 몫이다."

"절대 실망시켜 드리는 일 없이 최선을 다하겠습니다, 에르카이저 공."

4

엘레힘 신성력 1328년 8월 1일.

20여 년 전 전쟁에서 세브로아 성은 빛의 용사 페이서 일행과 케트란 장군의 맹활약에 힘입어 마족의 침략을 막아낸 장소로 잘 알려져 있다.

험난한 산맥과 넓은 강으로 보호받고 있는 케이브란스 성을 공략하기 위해선 그 케이브란스 성으로 통하는 입구에 자리 잡고 있는 세브로아 성의 공략은 필수적이었다.

카일은 목숨을 걸고 지켰던 세브로아 성을, 이번에는 본인의 손으로 함락시키기 위해 드래곤으로 변신한 헤리온의 등을 타고 높은 상공에 떠 있었다.

대각선 아래 저 멀리, 마나의 장벽으로 겹겹이 둘러싸인 세브로아 성을 카일은 복잡한 심정으로 내려다보았다.

1년 전만 하더라도 카일이 쓰러뜨려야 할 대상은 어디까지나 마족과 몬스터들이었다. 그러나 그 1년 동안 여러 일을 거치면서 카일의 많은 것이 바뀌었다.

어둠의 실험체로서의 재창조.

봉인되었던 고아원 이전의 과거.

그리고 의식 너머에 숨어 있던 데미트리의 등장은 지금의 카일을 인간이 아닌 마족 5군단의 지휘관으로 있게 만들어 버렸다. 카일은 결국 자신의 손으로 무너뜨려야 하는 성을 과거에는 왜 그렇게 필사적으로 지켰는지에 대해 허무함마저 느꼈다.

하지만 단 하나에 대해서만은 확고하게 결심을 굳혔다.

"이번 상대는 마르코와 손을 잡지 않은, '순수한' 인간 병력들이다. 망설여지지는 않는가?"

"전혀."

헤리온의 우려를 카일은 일말의 망설임도 없이 부정했다.

"신생(新生)이란 수식어가 앞에 붙든 안 붙든, 모르드 왕국이든 아니든 간에 그쪽에서 먼저 싸울 의향을 표시했잖아? 게다가 모르드 왕국과의 전투는… 그 녀석은 할 수 없는 일이기도 하니.”

세상을 구하고, 그 구해준 세상에 배신당하고 아픔을 겪었다 해도 페이서의 근본은 변하지 않았다. 빛의 용사라는 호칭이 가지는 의미 그대로 어둠 속에서 밝게 빛나는 인간 측의 희망으로 존재했다.

게다가 아직까지 신생 모르드 왕국은 실버윙즈와의 전쟁을 선포하지도 않았으므로 그들과의 전투는 자신의 몫이라며 카일은 스스로를 납득시켰다.

계속 상공에 머무르며 세브로아 성내를 관찰하던 카일의 시야 구석에서 하얀 날개가 펄럭거렸다. 빠른 속도로 헤리온 옆으로 날아온 안젤리카가 공성전 준비가 완료되었음을 보고했다.

“그러면 내 차례지?”

언제나처럼 단독으로 움직이던 카일이 이번에는 성을 둘러싼 마나의 장벽을 뚫고 성 한복판에서 싸우기로 결정했다. 그리고 그것을 기점으로 공성전을 시작하기로 사전에 이야기가 되어 있었다.

“그러면 안으로 들어갈 수 있는 길을 뚫어주겠다. 꽉 붙잡도록.”

헤리온은 커다란 입을 벌리고 그사이에 마나를 응축시키

기 시작했다. 거대한 구 모양으로 형성된 마나는 화염의 기운으로 변하면서 붉게 불타올랐다.

화르륵!

직선 형태로 헤리온의 입에서 뿜어진 화이어브레스가 대각선 아래 방향으로 뻗어나가더니 마나의 장벽에 막혀 넓게 퍼져 나갔다.

"크윽!"

헤리온이 브레스를 뿜으며 생긴 반동 때문에 몸이 뒤로 확 재껴진 카일이 헤리온의 비늘을 붙잡고 떨어지지 않도록 버텼다.

계속 뿜어져 나간 화이어브레스에 마나의 장벽 일부분이 서서히 녹아내렸고, 헤리온은 그 부분을 놓치지 않고 거대한 두 날개를 접더니 수직으로 급강하했다.

"카일! 지금이다!"

휘이잉!

도로 날개를 펴면서 지면에 수평을 이루며 날아간 헤리온의 주변으로 강렬한 바람이 뿜어져 나왔다. 신호에 맞춰 비늘에서 손을 뗀 카일이 마나의 장벽에 뚫린 구멍을 통해 지상으로 빠르게 내려갔다.

쿵!

짙게 피어오른 모래 먼지가 성 한복판에 떨어진 카일의 주변을 감쌌다. 헤리온의 마법으로 무사히 착지한 카일은 굽혔던 무릎을 펴면서 엘트리안을 검집에서 천천히 꺼냈다.

"기습이다! 재빨리 포위해라!"

신생 모르드 왕국의 수비병들은 지휘관에 외침에 아직도 가라앉지 않은 모래먼지 주변을 빠르게 포위했다. 그리고 포위망의 한가운데를 향해 창을 마구 찔러 넣었다.

콰앙!

검은 불길이 폭발하며 모래 먼지를 밀어냈다.

카일을 향해 찔렀던 창은 모조리 불타 버렸고, 폭발에 휩쓸린 병사들은 시커멓게 타들어간 채로 건물 벽에 깊게 처박혔다.

"흐, 흑염의 카일이다!"

검은 불길 속에서 유유히 걸어 나온 카일을 알아본 병사들은 겁에 질려 뒷걸음질만 쳤다. 포위망은 순식간에 와해되었고, 기사들만이 억지로 두려움을 참고 돌진했지만 그의 상대가 되기엔 역부족이었다.

캉! 카앙! 캉!

카일은 양손으로 쥔 대검 엘트리안의 검자루를 높이 들어 올리더니 검신을 옆으로 뉘였다. 어둠의 기운을 마구 뿜어내는 엘트리안은 자신에게 부딪히는 모든 무기를 산산조각 내 버렸다.

쾅! 콰앙!

성 밖의 투석기에서 발사된 마법 암석이 마나의 장벽 앞에서 연달아 폭발했다. 폭발의 여파로 지면까지 진동이 전달되자 모두의 시야가 아래위로 뒤흔들렸다.

"와아아아!"

마족 병사들의 함성 소리가 크게 울려 퍼지며 공성전의 본격적인 시작을 알렸다. 성 밖에서의 예상된 공격에, 성안에서의 예상 못한 공격이 더해지자 그동안 마르코가 이끌던 빛의 하수인들까지 막아내던 신생 모르드 왕국의 수비 병력은 극심한 혼란에 빠졌다.

"으아아악!"

무기를 내던지고 도망치려던 기사 한 명이 땅바닥에 쓰러진 채로 비명을 질렀다. 기사의 갑옷 흉부를 짓밟고 있는 카일의 왼쪽발이 점점 더 안으로 파고들자 비명 소리가 더욱 커졌다.

"으아악! 사… 살려줘!"

"크레아 공주는 어디 있지?"

발의 힘을 살짝 뺀 카일은 고개를 좌우로 돌리며 신생 모르드 왕국의 수장을 찾기 시작했다.

우드득.

"커… 크흑……."

카일이 다시 왼발에 힘을 주자 갑옷과 뼈가 으스러지는 소리에 기사의 신음 소리가 뒤섞였다. 투구와 부서진 갑옷 사이에서 피가 줄줄 흘러나왔고, 카일은 신음 소리마저 내지 못하게 된 기사의 가슴에서 발을 뽑아냈다.

"크레아 공주! 당장 모습을 드러내라!"

4개월.

마르코와 손을 잡음으로써 공공의 적으로 돌아선 모르드 왕국과 카일이 싸워온 기간이자, 신생이란 수식어만 덧붙인 크레아 공주의 새 왕국을 건드리지 않은 시간이기도 했다.

적이라면 이제 인간도 가차 없이 죽일 수 있다는 경고 기간으로는 너무나 길었고, 더 이상 줄 생각도 없었다. 그럼에도 아직까지도 모르드 왕국 아래 있는 자들이라면 카일이 자비를 베풀 이유는 완전히 사라졌다.

"나오지 않는다면, 네가 사랑하는 백성들은 이 자리에서 모두 죽는다……."

지금까지 절반에 불과했던 모르드 왕국에 대한 복수가 부족했던 나머지 반쪽을 서서히 채우기 시작했다.

5

콰앙!

폭발음과 함께 아래로 푹 꺼진 지면 주위로 균열이 마구 퍼져 나갔다. 검은 불길이 균열을 타고 빠르게 뻗어나갔지만 세브로아 성 한가운데에 높이 솟아 있는 탑 앞에서 소멸해 버렸다.

"제길……."

연달아 뿜어낸 흑염의 기운이 탑 주위를 둘러싼 마나의 장벽을 뚫지 못하고 가로막히자 카일의 입에서 욕설이 흘러나왔다. 무려 다섯 겹의 마나의 장벽으로 둘러싸인 탑은 마법이나 흑염의 기운을 포함해 투석기의 물리적 공격까지 모조리 막아내고 있었다.

블랙아웃 모드로 돌입한다면 마나의 장벽을 돌파할 가능성은 높아지겠지만, 크레아 공주가 모습을 드러냈을 때 쓰기로 마음먹은 터라 계속 아끼는 중이었다.

"와아아아!"

등 뒤에서 들린 함성 소리에 카일이 몸을 옆으로 돌렸다.

완전히 허물어진 성문을 통해 마족 병력이 계속 성안으로 진입 중이었다. 카일 주변은 신생 모르드 왕국 병사들의 시체로 피바다를 이뤘고, 성안으로 들어오는 마족 병력에 의해 수성 측의 피해는 늘어만 갔다. 그럼에도 탑을 둘러싸고 있는 마나의 장벽은 카일의 심기를 불쾌하게 만들었다.

"분명히 저 안에 크레아 공주가 있을 텐데… 젠장!"

두 명의 마족 공작, 헤리온과 안젤리카에 카일까지 더해진 마족 측 병력은 세워진 이래 단 한 번도 뚫린 적 없었던 세브로아 성의 성문을 세 시간 만에 파괴시켰다.

앞서 성 한복판으로 홀로 돌파하는 데 성공한 카일은 거침없이 적 병력을 도륙했고, 그가 지나가는 자리엔 인간의 시체만이 수북하게 쌓였다. 그러나 저항할 생각조차 안 하고 급히 탑 안으로 도망친 병력만큼은 카일도 어찌할 수 없었다.

화르르륵!

세브로아 성 위를 빠르게 날아가던 헤리온의 입에서 화이어브레스가 탑을 노리고 길게 뿜어졌다. 미처 탑 안으로 대피하지 못하고 마나의 장벽 앞에서 발버둥 치던 인간 병사들을 거대한 불길이 뒤덮었고, 남은 것은 잿더미뿐이었다.

그럼에도 탑을 둘러싼 마나의 장벽은 2단계까지만 소멸되더니 이내 빛을 발하며 원래대로 복구되었다.

"하아아앗!"

하늘 높이 날아올랐던 안젤리카가 탑을 향해 대각선 아래 방향으로 빠르게 돌진했다. 앞으로 내민 랜스를 중심으로 푸른색의 소용돌이가 몰아쳤고, 안젤리카는 그 소용돌이에 휘말리지 않도록 두 개의 날개를 접으며 자세를 낮췄다.

쿠웅!

안젤리카의 일격에 마나의 장벽은 물론 지면까지 흔들릴 정도로 충격이 넓게 퍼져 나갔다. 하지만 그녀의 공격은 마나의 장벽을 세 개까지 돌파하는 데 그쳤다. 날아온 반대 방향으로 튕겨져 나간 안젤리카는 연이어 공격을 시도했지만 마나의 장벽은 뚫리지 않고 견고함을 유지했다.

"발사! 발사해라!"

사정거리를 넓힌 수십여 기의 투석기에서 일제히 마법 암석이 발사되어 탑을 향해 포물선을 그리며 날아갔다.

쾅! 콰앙!

암석 파편이 마나의 장벽을 파고 아래로 우수수 떨어지자 탑 가까이 접근했던 마족 병사들이 다급히 포위망을 넓히며 뒤로 후퇴했다. 재장전을 마친 투석기에서 계속 마법 암석을 발사했지만 마나의 장벽은 여전히 건재했고, 마족 마법사들이 마나의 장벽 주위를 둘러싼 거대 마법진의 마법식을 해석하느라 구슬땀을 흘렸다.

'잠깐, 이거… 혹시?'

아무리 공격해도 뚫리지 않는 마나의 장벽.

예상외로 성안으로의 진입 자체는 쉬웠던 공성전.

이전까지 느끼지 못했던 지하 깊숙한 곳에서의 강렬한 마나.

'그래, 그때의 전투였어!'

카일은 지금 세브로아 성을 둘러싸고 벌어지는 이 전투가 과거 다른 곳에서 벌어졌던 전투의 양상과 흡사하게 전개되고 있음을 뒤늦게 깨달았다. 이 사실을 알리기 위해 주변을 둘러봤지만, 항상 그의 말을 대신 통역해 주던 안젤리카의 부하들은 보이지 않았다.

삐이익--

카일은 안젤리카를 호출하기 위해 작은 뿔피리를 힘차게 불었다. 그러자 투석기에서 발사된 암석들을 피해 안젤리카가 급히 지상에 착지하더니 카일을 향해 빠르게 달려왔다.

"무슨 일인가?"

"지금 당장 병력을 후퇴시켜! 성 밖으로 아예 나가라고 명령해!"

카일이 크게 손을 휘저으며 퇴각을 명령하자 안젤리카는 부하들을 시켜 빠르게 마족 병사들에게 물러서라고 지시했다. 그리고 그가 이런 '지시'를 내릴 때마다 했던 일을 떠올리며 카일을 쳐다봤다.

"블랙아웃 모드로 들어갈 작정인가? 지난번에 넌 분명히 어둠의 기운에만 몰두하는 방식은 자제하기로……."

"그게 아니야! 성안으로 들어오게 한 건 신생 모르드 왕국 측의 작전이라고! 이런 방식으로 당해본 적이 있어서 난 알아!"

「그래, 내가 썼던 작전이었다. 인간치고는 꽤 흉내를 잘 냈군.」

데미트리의 목소리가 그의 뇌리를 스치고 지나갔고, 불안한 추측이 확신으로 바뀌면서 카일의 마음은 더욱 다급해졌다.

"위험하다! 모두 물러서라!"

박살 난 성문 주위에 모여든 마족 병사들은 갑자기 마구 흔들리는 성벽을 발견하고서 다급히 뒤로 물러섰다. 지면이 요동을 치면서 병사들의 시야가 위아래로 마구 흔들렸고, 동요하지 말라고 소리치던 장교들마저 마구 쓰러졌다.

쿠웅! 쾅!

세브로아 성의 성벽이 일시에 와르르 무너지며 뻥 뚫렸던 성문이 막혀 버렸다. 어쩔 수 없이 성벽의 잔해 위를 타고 넘어가려던 마족 병사들은 또 한 번 이어진 진동에 기겁하며 굴러떨어졌다.

파아앗!

성벽이 있던 자리에 빛의 장벽이 새롭게 솟아나며 마족 병사들을 가두었다.

"젠장! 너무 늦었어! 이렇게 된 이상… 크윽?"

탑의 공략을 포기하고 빛의 장벽을 뚫기 위해 달려가려던 카일이 강력한 힘에 짓눌려 무릎을 꿇었다. 카일이 서 있던 자리를 중심으로 갑자기 떠오른 마법진이 그를 옭아맸다.

과거 데미트리와의 공성전에선 없었던 일이라 카일은 혼란에 빠졌다.

"이, 이게 뭐지?"

지면에서 뿜어져 나오는 빛의 힘에 카일의 얼굴이 일그러졌다.

탑을 포위했던 마족 병력은 반대로 자신들이 거대한 빛의 장벽에 둘러싸이자 혼란에 빠졌고, 각 부대의 지휘관들과 장교들의 외침만이 어수선한 분위기 속에서 울려 퍼졌다.

우르릉.

세브로아 성 지면에서 피어오르는 빛과 반대로 탑 위의 하늘엔 구름이 끼면서 어두워지기 시작했다. 상황은 과거 어둠의 힘만을 믿고 돌격만을 감행하던 카일에게 뼈저린 아픔을 선사했던 처절했던 공성전과 흡사한 구도로 진행되고 있었다.

콰광!

탑을 중심으로 수십여 개의 벼락이 지상을 향해 내리쳤다.

벼락이 떨어진 자리에 마족 병사들의 비명과 신음 소리가 울려 퍼졌고, 운 좋게 벼락을 피한 이들은 굉음에 고막이 터져 양쪽 귀로 피를 줄줄 흘리고 있었다.

콰광!

탑 위 하늘에서 발사된 벼락이 쉬지 않고 지상을 강타했다. 마족 마법사들이 급히 마나의 장벽을 펼쳤지만 혼란에 빠진 마족 병사들과 몬스터들은 우왕좌왕 갈피를 잡지 못하고 굉음과 강렬한 빛 속에서 시커멓게 타버렸다.

덜컹.

여전히 마나의 장벽에 보호받고 있던 탑의 입구 네 곳이 동시에 열리면서 중무장한 기사와 병사들이 마족 병력을 향해 돌격을 시작했다. 그들이 걸치고 있는 갑옷에는 전격마법의 대상에서 벗어나게 하는 마법이 걸려 있었고, 그들은 쉬지 않고 발사되는 벼락을 신경 쓰지 않고 마족 병사들의 목을 베어냈다.

"마족의 편에 선 인간이여, 빛의 힘은 어떠한가?"

탑 최상층에서 한 여성의 목소리가 지상까지 울려 퍼졌다.

목소리의 주인공은 양손에 구 형태로 만들어진 마나 코어를 하나씩 들고서 미소를 지었다. 그녀의 양쪽 옆에는 엘레힘 교단의 성직자 두 명이 서 있었고, 그들이 걸치고 있는 백색 법의에는 고위 성직자임을 나타내는 문양이 수놓아져 있었다.

"으윽… 너는……."

카일은 자신이 서 있는 자리에서만 유독 강하게 뿜어져 나오는 빛에 몸을 가누기조차 힘들었다. 자신을 옭아맨 마법진에서 벗어나려고 굽혀졌던 무릎을 펴며 앞으로 한 걸음 내디뎠지만, 빛의 힘을 이기지 못하고 다시 무릎 꿇고 말았다.

마법진 밖으로 벗어나지 못하게 된 카일은 엘트리안을 움켜쥐고 사방을 둘러봤다. 자신에게 다가올 적들이라도 해치울 심산이었지만, 그녀에게 미리 지시를 받은 신생 모르드 왕국의 정예 병력들은 아예 카일을 무시하고 다른 마족 병력들만 상대했다.

"나의 사랑하는 백성들이 이 자리에서 모두 죽는다고… 말했었나?"

신생 모르드 왕국의 새로운 군주, 크레아는 카일이 외쳤던 말을 반복했다. 흥분에 젖어 미세하게 떨리는 그녀의 목소리에 카일은 이를 악물었다.

"그건 틀렸다, 카일. 이제부턴 더러운 마족들과 몬스터들… 그리고 그것들과 손을 잡은 네가 죽을 차례다."

뒤집어쓴 후드 사이로 흘러내린 금발이 마나 코어에서 흘러나오는 마나의 흐름에 따라 흔들렸다.

콰쾅!

"으아악!"

머리 위에서 내리꽂힌 벼락에 카일의 입에서 비명이 터져나왔다.

"그 남자에게 너의 목을 보내서… 날 거부한 걸 후회하게 만들겠다!"

* * *

유일하게 세브로아 성 전체를 둘러싼 빛의 장벽 안에 갇히지 않았던 헤리온이 어둡게 변한 상공 위에서 성안을 내려다보고 있었다.

"마나 코어가 저렇게 많이 있었을 줄이야……."

헤리온은 세브로아 성내 전황이 갑작스레 돌변한 원인을 파악하고선 놀람을 금치 못했다.

어두워진 하늘 아래로 연달아 내리치는 뇌전의 근원, 그리고 성 전체를 하나의 거대한 마법진으로 만들어 버린 마나의 원천은 모두 마나 코어(Mana Core)였다.

엄청난 양의 마나를 축적해 놓을 수 있는 마법도구 마나 코어는 많은 마법사의 마나를 필요로 한다. 뛰어난 마법사라면 혼자서 마나 코어 하나쯤은 만들어낼 수 있지만, 헤리온이 뒤늦게 감지한 탑 아래의 마나 코어의 크기와 개수는 아무리 봐도 비정상에 가까웠다.

"왜 이렇게 마나의 장벽을 튼튼하게 구현했나 싶었더니, 마나 코어를 숨기기 위해서였군."

세브로아 성의 성벽 아래에 그려져 있던 마법진을 멀리 떨어진 하늘 위에서 분석하던 헤리온의 입에서 가벼운 탄식이 터져 나왔다. 만약 탑 지하에 다량의 마나 코어가 숨겨져 있다는 걸 미리 알았다면 카일을 성안으로 단독으로 투입하는 작전 따위 받아들이지 않았을 터이기에.

과거 20여 전 전쟁에서 이와 비슷한 방식의 계략을 한때 그의 전우였던 스펙터 공작 데미트리가 구사한 적이 있었다. 그러나 데미트리가 빛의 용사 일행과 싸우던 그 당시의 헤리온은 용혈을 진정시키기 위해 깊은 수면에 빠져 있었고, 당연히 이런 식의 계략 자체를 모를 수밖에 없었다.

"인간은 매번 내 상식을 항상 뛰어넘어. 옛날이나, 지금이나."

헤리온은 이전 아르키어스 평원에서 제럴드를 상대하며 얻은 교훈을 다시 떠올리며 침착하게 상황을 파악했다.

그는 지금 당장에라도 세브로아 성을 향해 내려가고 싶은 충동을 억누르며 허공에 뜬 채로 명상에 들어갔다. 마나 코어로 인해 형성된 마나의 장벽은 보통의 브레스로는 뚫기 힘들뿐더러, 앞서 연달아 브레스를 쏜 탓에 마나를 다시 응축하려면 좀 더 많은 시간을 필요로 했다.

6

콰콰쾅!

"으아아악!"

비명을 지르는 카일의 머리 위에서 연거푸 벼락이 내리쳤다.

그가 서 있는 자리 주변은 완전히 새까맣게 타버렸고 연기가 끊이지 않고 피어올랐다. 어둠의 기운을 뚫고 들어오는 벼락은 이제까지 카일이 겪었던 그 어떤 고통보다 그를 괴롭혔다.

블랙아웃 모드로 돌입하고 싶어도 그를 둘러싼 빛의 마법진이 어둠의 힘을 억눌렀고, 계속 내리치는 벼락이 분노와 증오를 끌어낼 여유조차 주지 않았다. 번개의 빛과 벼락의 굉음, 그리고 전신을 강타하는 고통만이 카일이 보고 듣고 느낄 수 있는 유일한 감각이었다.

"크윽……."

손가락 마디까지 파고드는 격렬한 고통에 카일은 몇 번이나 기절할 뻔했지만 의식의 끈을 놓지 않았다. 호시탐탐 그의 육체를 노리는 데미트리 입장에서 지금 카일이 기절해 버린다면 페이즈 3로 곧장 돌입할 게 분명했기 때문이다.

"하앗!"

카일은 엘트리안을 땅속 깊숙이 찔러 넣더니 검자루를 양손으로 움켜쥐고 지팡이 삼아 천천히 몸을 일으켰다. 그리고 검자루를 쥔 손에 남은 힘을 모두 불어넣으며 천천히 뽑아내려했다.

콰앙!

지금까지 그를 공격했던 번개보다 훨씬 더 큰 빛이, 하늘과 지면을 잇는 굵직한 선이 되어 카일을 집어삼켰다. 허리가 굽혀지고, 무릎이 아래로 내려가면서 다시 원래 자세로 돌아가 버렸다.

"죽고 싶나?"

탑 최상층에서 카일을 응시하고 있는 크레아 공주의 눈은 그 어느 때보다 생기를 머금고 있었다.

"하지만 고작 이 정도 고통만 주고 죽이기엔 너무 아깝지. 널 제외한 모든 마족을 죽인 뒤에 내 손으로 친히 너의 목을 베어내겠다, 카일."

크레아 공주는 양손에 움켜쥐고 있던 마나 코어를 손가락 끝으로 살며시 돌렸다. 그러자 한동안 카일을 중점적으로 공격하던 벼락이 세브로아 성내에 광범위하게 내리치기 시작했다.

"하하, 하하하하!"

굉음이 사방으로 퍼져 나가는 세브로아 성 정중앙에 높게 자리 잡은 탑 위에서 크레아 공주의 광소가 터져 나왔다.

당장에라도 쓰러질 듯한 몸을 엘트리안의 검자루를 움켜쥐며 간신히 버틴 카인의 눈에는 쉬지 않고 내리치는 번개만이 보일 뿐이었다. 그리고 그 현란한 빛 속에서 '과거의 전투' 가 떠오르며 서로 겹쳐졌다.

벼락이 아닌 짙은 어둠이 넓게 깔린 과거의 전투에서 인간 병사들의 비명 소리가 메아리치듯 사방에서 들렸다. 페이서와 카트리나가 펼친 빛의 장막은 모든 병사를 보호하기엔 너무나 비좁았고, 어둠 속에서 마구 뻗어 나온 데미트리의 팔이 병사들의 심장을 뽑아내 그 자리에서 터뜨렸다.

'그래, 그때의 나는…….'

처음으로 블랙아웃 모드에 돌입했다. 그리고 페이즈 2의 공격 방식은 다름 아닌 데미트리가 했던 방식의 모방이었다. 그 당시에는 몰랐지만, 진정한 과거를 알게 된 지금은 왜 데미트리가 그런 식으로 공격했는지 알게 되었다.

어차피 나중에는 자신의 육체가 될 카일에게 어둠의 힘을 어떻게 사용하는지를 직접 보여주며 가르쳤던 것이다.

"으윽!"

머리가 깨질 듯한 고통이 엄습하자 카일은 고개를 마구 저으며 눈을 질끈 감았다. 천천히 눈을 뜨자 바들바들 떨리는 눈꺼풀 사이로 과거의 회상이 사라지고 천둥벼락이 내리치는 현실만이 나타났다.

"모두 마나의 장벽 안으로 피신해라! 버텨라! 계속 마법을 시전하진 못할 것이다!"

안젤리카는 마족 마법사들이 펼친 마나의 장벽 안으로 병사들을 계속 이끌면서 지휘를 멈추지 않았다. 그녀는 카일과 달리 허공을 맴돌면서 벼락을 피해 빠르게 날갯짓을 했다. 지상의 특정 지역만을 골라 떨어지는 전격마법의 특성을 간파한 안젤리카는 최대한 버티면서 마나 코어의 마나가 떨어지기만을 기다렸다.

콰쾅!

"으윽!"

미처 피하지 못한 번개가 왼쪽 날개를 검게 태우자 안젤리카는 비틀거리며 지상으로 하강했다.

휘이잉!

다행히 착지 직전에 바람의 힘을 전개하면서 다시 천마의 날개를 구현해 하늘로 날아올랐지만, 세브로아 성 전역을 강타하는 번개는 멈출 기색조차 보이지 못했다.

그 번개 사이를 뚫고 마족 병사들을 쓰러뜨리는 신생 모르드 왕국의 정예병들을 내려다보며 안젤리카는 아랫입술을 질끈 깨물었다. 마족 마법사들이 구현한 마나의 장벽 안으로 마족 병사들이 피신하자, 이번에는 마족 마법사들을 향해 적들의 공격이 퍼부어졌다. 공중에서 지원 공격을 하고 싶어도 끊임없이 퍼부어지는 번개에 맞지 않게 피하는 게 고작이었다.

"저 마법진을 어떻게든 파괴해야……."

그러나 가장 큰 문제는 아까부터 움직이지 못하고 마법진 안에 사로 갇힌 카일이었다. 이러한 혼전이야말로 카일이 지닌 어둠의 힘이 위력을 발휘할 거라 믿었지만, 신생 모르드 왕국 측에서 그 어둠의 힘 자체를 아예 쓰지도 못하게 만드는 방법을 구사할 줄은 그녀도 예측하지 못했다.

결국 안젤리카가 할 수 있는 일은 번개를 피하면서 탑 최상층의 크레아 공주를 노려보는 것밖에 없었다.

* * *

"후훗, 제가 꽤 원망스럽나 보군요."

크레아 공주는 멀리서 자신을 지켜보고 있는 안젤리카의 독기 어린 시선을 즐기면서 고개를 왼쪽으로 돌렸다.

"페브로드 추기경, 카일을 봉쇄한 마법진의 유효 시간은 앞으로 얼마 남았죠?"

"20분 정도입니다."

"이런… 더 즐기고 싶었는데 안타깝게 되었군요."

그녀는 반대편에 선 또 한 명의 추기경 켈펜에게 세브로아 성을 둘러싼 빛의 장벽이 언제까지 버틸 수 있는지를 확인했다.

"1시간이라, 카일을 서서히 죽이면서 즐기기엔 부족하지만 어쩔 수 없겠지요. 그러면 전 남은 여흥을 만끽하러 먼저 내려가겠습니다."

크레아 공주는 아쉬움을 감추며 오른쪽 손으로 움켜쥔 마나 코어를 천천히 돌렸다. 그러자 탑 최상층에서 그녀의 모습이 순식간에 사라졌고, 그녀가 다시 나타난 장소는 다름 아닌 카일의 앞이었다.

카일과 크레아 공주와의 거리는 3미터 남짓.

카일이 맘만 먹는다면 금세 좁히고도 남을 거리였지만, 그를 옭아맨 마법진은 시야 한복판에 떡하니 나타난 그녀를 그저 지켜보게 만들었다.

"남자란 정말로 어리석은 족속들이다. 날 거부했던 그 남자도 그랬고, 인간이면서 마족과 손을 잡은 너 역시도."

그녀의 왼손에는 또 하나의 마나 코어 대신 모르드 왕국을 탈출할 당시 훔쳐왔던 왕가의 보검이 쥐어져 있었다.

"너의 목을 베어 그 어리석은 남자에게 보내겠다는 약속을 지키러 왔다. 하지만 지금의 네 표정은 너무나 맘에 들지 않아."

카일의 고통으로 일그러진 얼굴 따위로 만족할 생각은 없었다.

좌절에 짓눌려 모든 걸 포기한 표정이나, 목숨을 구걸하며 울먹거리는 표정일 때 검을 휘둘러 그 모습 그대로 페이서에게 선사하고 싶은 욕망이 피어올랐다.

「호오, 저 인간 여자의 몸에선 특이한 마나가 잡히는군. 자신의 것이 아닌 타인의 마나가, 그것도 종족이 다른 여러 개가 마구 뒤섞여 있어. 흥미로워.」

돌연 데미트리의 속삭임이 카일의 귓가에 맴돌다 사라졌다.

카일은 눈을 감고 시야를 어둠으로 가두었다. 그런데 특이하게도 순수한 인간이 분명한 크레아에게서 마족의 기운처럼 무언가가 보였다. 마족이나 몬스터의 선명한 붉은 기운이 아닌 탁한 적색을 확인하고 카인을 눈을 다시 떴다.

"혹시 너……."

"마지막으로 하고 싶은 말이라도 있는 거냐?"

"마족의 마나라도 흡수했어?"

카일의 지적에 후드 아래로 드러난 크레아 공주의 안색이 확 바뀌었다.

"아니, 마족이 아니라 '마족도'라고 정정해야겠지?"

100명의 마법사를 희생해 단 한 명의 강한 마법사를 만드는 편이 낫다는 사고방식은 그녀의 어머니 엘리제 3세의 사고방식과 판박이였다. 어떤 방식으로 집어삼켰는지에 대해서는 굳이 물어볼 필요를 느끼지 못했다.

"큭큭, 역시… 그 여자에 그 딸이로군."

"닥쳐라!"

여유롭던 표정이 싹 사라지고 대신 노기 어린 얼굴로 변해 버렸다.

우르릉.

크레아 공주가 마나 코어를 든 오른손을 위로 들어 올리자 하늘을 뒤덮었던 회색 구름이 탑을 중심으로 서서히 모이기 시작했다. 위험을 직감한 카일은 몸을 일으켜 세웠지만 마법진에서 벗어나지 못하고 다시 한쪽 무릎을 꿇었다.

콰르릉!

벼락이 연이어 카일을 향해 내리쳤고, 엄청난 굉음이 일대에 울려 퍼졌다. 멀리 떨어진 곳에 있던 마족 병사들은 물론 크레아의 정예병들까지 소리를 버티지 못하고 제자리에 풀썩 쓰러졌다.

"아하하하! 고통 속에서 몸부림쳐라! 카일!"

천둥소리가 끊이지 않는 가운데 크레아 공주는 웃음을 마구 터뜨리며 마나 코어를 강하게 움켜쥐었다. 그녀의 기다란 손톱이 마나 코어 안을 파고들었고, 마나 코어는 곧 금이 쫙쫙 이어지며 여러 조각으로 나뉘었다.

콰광!

성 전체를 밝게 비춘 마지막 벼락이 끝나자 크레아는 시커멓게 타들어갔을 카일의 시체를 기대하며 주변에 피어오른 연기가 가라앉기만을 기다렸다.

"너는… 언제?"

하지만 카일은 여전히 살아 있었고, 그의 옆에는 안젤리카가 핼버드를 들고 크레아를 노려보고 있었다. 그녀와 그의 주변을 맴돌고 있는 푸른색의 바람이 반투명한 장벽을 형성해 벼락을 튕겨냈던 것이다.

"카일! 일어설 수 있겠나?"

지상으로 내려온 크레아 공주를 하늘 위에서 주시하던 안젤리카는 카일에게 벼락이 집중되는 순간 빠르게 내려와 바람의 장벽을 펼쳤다. 그러나 바람의 장벽은 벼락을 막아주긴 했지만 지면에 깔린 마법진까지 무효화시킬 수 없었다.

"나에게 오지 마… 저 여자의 목표는 나 하나뿐이니까……."

카일은 비틀거리며 천천히 몸을 일으켰다. 아직 검을 쥘 수 있는 힘이 남아 있다는 사실에 가벼운 웃음이 흘러나왔지만, 전황은 여전히 그에게 불리하기만 했다. 어둠의 기운을 어떻게 해서든 이끌어낼 타이밍을 노렸지만 그보다 먼저 크레아 공주가 또 하나의 마나 코어를 꺼내 오른손에 쥐었다.

바로 그 순간.

번쩍!

번개의 빛이 아닌 순수한 빛이 포물선을 그리며 세브로아 성안으로 빠르게 날아왔다. 다섯 겹으로 둘러싸인 마나의 장벽을 꿰뚫은 빛의 화살이 크레아 공주가 들어 올린 마나 코어에 명중했다.

"아악!"

비명을 지르며 쓰러진 크레아 공주는 피투성이가 된 오른팔을 붙들고 인상을 찌푸렸다. 그녀 입장에서는 다행히 카일을 옭아맨 빛의 마법진이 여전히 작동 중이었지만 안젤리카의 핼버드가 크레아 공주를 노리고 크게 휘둘러졌다.

"크윽!"

단거리 순간 이동마법인 블링크로 공격을 피한 크레아 공주는 연달아 블링크를 시전하며 탑 안으로 피신했다. 그리고 공간이동마법을 빠르게 구현해 탑 최상층으로 올라갔다.

그러나 그녀에게 숨 돌릴 틈은 주어지지 않았다. 마나의 장벽에 가까이 다가온 거대한 드래곤의 입이 탑을 향해 크게 벌려지는 걸 보고 기겁했다.

화르륵!

빛의 화살이 만들어낸 틈을 비집고 뿜어져 나온 헤리온의 브레스가 탑을 완전히 뒤덮었다. 탑을 둘러싼 마나의 장벽이 서서히 녹아내렸고, 탑 안을 메운 뜨거운 열기에 크레아 공주의 얼굴은 사색이 되어버렸다.

"어떻게 된 거지? 마나의 장벽이 이렇게 허무하게 뚫리다니!"

그녀는 양손을 앞으로 펼치며 탑을 보호하던 마나의 장벽을 서둘러 복구했다. 그러나 성 전체를 둘러쌌던 마나의 장벽에 서서히 균열이 퍼져 나가며 허물어져 버렸다.

멀리서 날아온 한 발의 화살을 떠올린 크레아 공주는 시선을 먼 곳으로 돌렸다. 마법으로 증폭된 시력 한가운데에 은색의 날개가 그려진 깃발이 바람에 펄럭거렸다.

"실버윙즈!"

7

"빛이여!"

페이서의 외침에 높이 들어 올린 검이 사방으로 강렬한 빛을 뿜어냈다.

세브로아 성을 둘러쌌던 빛의 장벽이 페이서의 빛에 밀려나기 시작하더니 성문이 있던 자리를 시작으로 원을 그리며 소멸하기 시작했다.

찬란히 빛나는 빛의 검을 움켜쥔 페이서가 선두로 나섰고, 실버윙즈의 지휘관인 포르칸과 부지휘관 레이크가 양옆에서 그를 따라갔다.

하얀 법의를 걸친 카트리나는 리에트와 또 한 명의 빛의 용사였던 '크레아'를 대동하고 세 남자의 뒤를 차분한 걸음걸이로 걸어갔고, 실버윙즈의 정예 병력 200명이 그 누구도 그녀들에게 다가오지 못하도록 엄중한 경계를 펼쳤다. 비록 수는 적었지만 수많은 전투를 겪으며 단련된 노병들의 위세에 눌려 마족과 신생 모르드 왕국 정예병들 간의 전투가 중지되었다.

"페이서… 왔구나……."

멀리서도 확연히 느껴지는 빛의 힘에 카일이 뒤를 돌아봤다.

신생 모르드 왕국의 병력은 물론이고 마족들조차도 페이서라는 존재 자체에 압도되어 옆으로 길을 터주었다. 20여 년 전에는 질리게 봐왔던 장면이 이렇게 신선하게 느껴질 줄은 카일은 미처 몰랐다.

단순히 빛의 용사로 다시 각성한 것을 넘어서서 실버윙즈의 정예 병력을 이끌고 당당하게 걸어오는 장면은 진정으로 카일이 다시 보기를 갈망했던 그 모습 그대로였다.

"친구가 오는데… 이런 꼬락서니로 맞이할 수는 없겠지?"

카일은 두 팔을 아래로 내리더니 손을 펼쳐 땅바닥에 가져갔다.

그동안 억제되었던 어둠의 기운이 그의 몸에서 흘러나와 마법진을 둘러쌌다. 그를 둘러싼 마법진이 서서히 빛을 잃어가더니 어둠에 가려 완전히 모습을 감췄고, 그사이 카일은 몸을 일으키고 아무렇지 않게 걸음을 옮기며 마법진의 제어에서 벗어났다.

순간 몸 안이 뜨거워지며 입술 사이로 피가 주르륵 흘러내렸지만 카일은 왼손으로 급히 입을 가리며 아무렇지 않게 행동했다.

"안젤리카, 혹시 저 녀석이 오기로 약속되었던 거야?"

"아니, 우리도 예상하지 못했다. 애초에 실버윙즈는 여기에서 멀리 떨어진 곳에서 격전을 치르고 있다고 알고 있다. 나야말로 너에게 묻고 싶다. 페이서와 연락을 취하고 있었나?"

페이서와 동료들을 반기는 카일과 달리 안젤리카는 긴장한 얼굴로 세브로아 성문이 있던 자리를 응시했다. 카일이 마족 5군단에 들어가는 조건으로 실버윙즈와 마족이 손을 잡긴 했지만 아직 대외적으로 알려지지 않았고, 안젤리카는 이렇게 예상 못한 장소와 시간에 나타난 실버윙즈가 또 다른 불화의 씨앗이 될까 두려워했다.

"그건 아니야. 아무튼… 난 친구들이 오기 전에 일을 마무리 짓겠어. 밖의 일은 너에게 맡기겠다."

어두워진 하늘이 다시 원래대로 돌아간 걸 확인한 카일은 크레아 공주가 도망간 탑 최상층으로 시선을 돌렸다. 안젤리카는 무리하지 말라며 손을 잡아 제지하려고 했지만, 카일은 그녀의 손을 툭 쳐내더니 탑 입구 쪽으로 달리기 시작했다.

"크윽, 역시… 무리인가?"

안젤리카 앞에선 멀쩡했던 카일의 얼굴이 탑 안으로 들어오자마자 심각하게 일그러졌다. 아래로 내린 왼손의 건틀렛 아래로 핏방울이 뚝뚝 떨어졌다.

그래도 멈출 수는 없었다. 카일은 나선형으로 길게 이어진 계단을 벽에 기대어 한 칸씩 힘겹게 올라갔다.

페이서가 등장한 이상 승리는 결정된 것이나 마찬가지다. 그러나 페이서의 성격상 크레아 공주를 가능한 한 포로로 잡으려 할 것이다. 반면 카일은 노골적으로 이빨을 드러낸 그녀를 이참에 죽여야 한다고 마음을 굳게 다졌다.

"나를 막지 마!"

카일은 엘트리안 대신 다크블로우를 쥐고 어둠의 기운을 섬세히 조정해 경비병들을 향해 날렸다. 그를 막아선 경비병들의 머리와 몸, 다리를 어둠의 가시가 관통했고, 계단 아래로 인간들의 피가 주르륵 흘러내렸다.

"허억, 허억……."

크레아 공주의 뇌격으로 입은 부상은 결코 만만치 않았다. 갑옷 안의 육체는 만신창이나 다름없었고, 아까부터 시작된 출혈은 여전히 멈추지 않았다. 마음 같아서는 어둠의 힘에 모든 걸 맡기고 그저 아무런 생각 없이 돌파하고 싶었다.

그럼에도 카일은 탑이 혹시라도 무너지지 않도록 어둠의 기운을 조절하며 위로 올라갔다. 혹시라도 의식을 잃고 데미트리에게 모든 걸 맡기게 되는 사태만은 피하고 싶었다.

그리고 무엇보다… 제대로 된 추궁조차 하지 못한 채, 무너져 내린 탑의 잔해 아래에서 크레아 공주의 시신을 발견하는 결말 따윈 카일에겐 너무나 시시했다.

끼이익.

탑 최상층에 도착한 카일은 석문을 열자마자 다크블로우를 앞으로 내밀었다.

"나, 나는 그저 시키는 대로 했을……."

"날 건드린다면 엘레힘 교단 전체를 적으로 돌리게 됨을 명심해라!"

두 명의 추기경이 각자 다른 반응을 보이며 카일로부터 물러섰다. 그들은 최상층의 베란다 구석까지 물러섰지만, 베란다 아래를 내려다보고선 그대로 굳어 더 이상 움직이지 못했다.

"우, 우리에게 다가오지 말란 말이다!"

휘이익!

다크블로우에서 뻗어 나온 어둠의 기운이 두 추기경의 머리 위를 휙 지나가더니 베란다의 앞부분을 슥 베었다.

"히이익!"

"사, 살려줘!"

마치 종이처럼 쉽게 베어져 나간 베란다의 파편이 탑 아래로 우수수 떨어졌다. 한 걸음만 더 뒤로 가면 까마득한 아래로 떨어질 거라는 두려움에 추기경들은 바닥에 엎드리더니 두 손으로 머리를 감싸고 벌벌 떨었다.

"그런 식으로 당한 건 처음이라 꽤나 신선했어, 크레아 공주."

카일은 아직도 남아 있는 통증을 참아내며 눈썹 사이를 좁혔다.

베란다를 통한 맞은편 하늘 위에는 천마의 날개를 펼친 안젤리카가 스피어를 들고 크레아 공주를 멀리서 겨누고 있었다.

"블링크로 도망갈 생각은 안 하는 게 좋아. 난 몰라도 네 뒤편 저 멀리서 날고 있는 말 아가씨의 조준 실력은 상당하거든. 뭣보다 날 신경 쓴다고 공격 안 할 처지도 아니고."

카일은 조금 겁준 것만으로도 꼬리를 내린 추기경들 따위 안중에 없었다. 자신이 당했던 것 이상으로 크레아 공주에게 돌려주겠다는 욕구가 강하게 치밀어 올랐다.

"난 페이서와 달리 널 사로잡을 마음 따윈 없어. 그 녀석이 도착할 때까지 어설프게 시간 끌 생각하지 말고 포기하는 게 좋아."

"그래, 죽여라."

하지만 크레아 공주는 양팔을 활짝 펼치며 카일의 검이 자신의 심장을 찌르기를 독촉했다.

"자, 여기를 찌르면 된다. 왜? 망설여지나?"

그녀 쪽이 오히려 한 걸음 앞으로 다가온 것과 반대로 카일은 제자리를 지켰다.

막상 쉽게 목숨을 포기하는 것치곤 그녀가 얼굴에 머금은 미소가 마음에 걸렸다. 오른손에 쥔 모르드 왕국의 보검을 내려놓지도 않았고, 가장 쉽게 택할 수 있는 죽음인 베란다 아래로 뛰어내리는 선택을 거부한 것도 의아했다.

'이대로 크레아 공주를 죽인다면 왠지 일이 더 복잡해질 것 같은데…….'

페이서가 나타나기 전까지만 하더라도 기세등등하게 나왔

던 그녀가 여전히 그 기세를 유지한 채로 죽여달라고 나오는지 이해할 수 없었다.

그러나 안젤리카가 계속 그녀와 자신을 응시하고 있는 지금 괜한 오해를 살 수 있다는 생각에 카일은 다크블로우를 쥔 오른손에 힘을 가득 주었다.

"원한다면 그렇게 해주지!"

휘이잉!

순간 차가운 바람이 불면서 카일과 크레아 공주 사이를 막는 빙벽이 솟아올라 천장까지 닿았다.

갑작스런 상황 변화에 카일은 본능적으로 다크블로우를 옆으로 휘둘렀다. 하지만 다크블로우는 허공을 벨 뿐이었고, 상대 위치를 파악한 카일은 재차 공격을 하려다가 얼굴을 확인하자마자 급히 검을 멈췄다.

"제, 제럴드?"

"이러면 곤란합니다, 카일."

순간이동마법으로 카일의 오른편에 나타난 제럴드는 오른손으로 다크블로우의 검신 위를 붙들더니 아래로 눌렀다.

그와 동시에 왼손을 옆으로 뻗으며 냉기를 허공에 날려 보냈다. 크레아 공주의 등 뒤를 노리고 던져진 스피어가 얼음에 갇힌 채로 아래로 떨어졌다.

"안젤리카 공주! 설명은 나중에 하겠습니다! 지금은 공격을 중지해 주십시오!"

제럴드의 외침을 들은 안젤리카는 재차 공격하기 위해 꺼내 들었던 스피어를 던지지 않고 가만히 공중에 떠 있었다.

"제럴드, 왜 날 방해했지?"

카일은 얼음벽 너머에 있는 크레아 공주를 향해 여전히 다크블로우를 겨눈 채로 제럴드를 노려봤다.

"빨리 대답해, 내 인내심이 그리 많지 않다는 것 정도는 알고 있을 거 아냐?"

"지금은 적을 만들어내기보다 한 명이라도 더 같은 편으로 끌어들여야 합니다."

너무나 원론적이면서 제럴드답지 않은 대답에 카일은 여전히 납득할 수 없었다. 아니, 오히려 불만은 커져만 갔다.

"포로로 잡지도 않겠다는 이야기야? 잘 들어! 저 여자는 절대 같은 편이 될 수 없어. 네가 그걸 모를 리 없잖아?"

페이서도 아닌 제럴드의 입에서 저런 말이 나온다는 게 카일은 믿기지 않았다. 우선 떠오른 것은 페이서의 부탁을 받아서 왔으리라는 추측이었다. 하지만 이내 그가 알고 있는 제럴드라면 부탁 자체를 거부했을 거라는 또 다른 추측으로 이어지면서 왜 이런 상황이 되어버렸는지 혼란스럽기만 했다.

크레아 공주 역시 갑자기 나타난 제럴드가 자신을 공격하지 않고 되레 카일의 공격을 막아주는 이 상황에 적지 않게 당황했다. 그렇다고 도망칠 기회라고 보기에도 뭔가 꺼림칙했기에 가만히 서 있었다.

제럴드는 조심스럽게 카일 옆으로 다가가더니 귓속말을 건넸다.

"…저 공주가 지하에 묻혀 있는 마나 코어를 폭발시킨다면 모두 전멸입니다. 인간, 마족 가릴 거 없이 말입니다."

"……"

"그리고 어떻게 해서든 저 여자를 '지금' 은 살려둬야 하는 이유가 있습니다. 부탁드립니다, 카일."

제럴드의 설명에 카일은 길게 한숨을 내쉬더니, 다크블로우의 검끝을 천천히 아래로 내렸다.

"네가 그렇게 말한다면, 분명 그럴 만한 이유가 있겠지."

블랙아웃 모드로 들어간다면 제럴드를 제치고 크레아 공주를 죽일 수 있음에도, 카일은 다시 한 번 인내를 택했다.

"크레아 공주, 실버윙즈를 대표해서 당신과 긴밀히 논의할 내용이 있습니다. 지금은 아무래도 상황이 이러하니 이곳을 떠나신 후 다른 곳에서 만나는 게 어떻습니까?"

"그 말은 즉 너희에게 이 성을 양보하라는 이야기인가?"

"카일과 공멸하려던 방금 전까지의 선택보단 훨씬 나은 이야기가 될 겁니다."

핵심을 찌르는 제럴드의 말에 크레아 공주는 조용히 입을 다물었다.

"시간이 흐를수록 당신이 선택할 수 있는 방법은 적어질 뿐입니다. 마족 측이 다시 본격적으로 움직이기 전에 빨리 결정하십시오."

제럴드는 뭔가가 적힌 쪽지를 크레아 공주에게 휙 던졌고, 그걸 건네받은 그녀는 공간이동마법으로 탑 최상층을 떠났다. 그 와중에도 두 명의 추기경은 여전히 바닥에 달라붙어 벌벌 떨고만 있었다.

"하마터면… 돌이킬 수 없을 뻔했군."

혹시라도 벌어질 뻔한 '공멸'에 카일은 등골이 서늘해졌다. 그렇다고 크레아 공주를 눈앞에서 보내야 하는 지금이 맘에 드는 건 아니었지만.

"크레아 공주를 보낸 이유를 아무래도 지금은 설명 못 하겠지?"

"양해 바랍니다."

"네가 그렇게 필사적인 모습은 처음이었으니까… 어쩔 수 없겠지."

크레아 공주가 떠난 이상, 전투는 사실상 끝난 거나 마찬가지였다. 긴장이 풀리자 참았던 고통이 다시 그를 엄습했고, 카일은 인상을 찌푸린 채로 몸을 숙였다.

제럴드는 그를 부축하더니 공간이동마법으로 재빨리 탑의 입구로 이동했다.

"카일."

탑 아래서 둘을 기다리고 있던 페이서가 걱정스러운 눈빛으로 카일을 내려다보았다.

여전히 고통에서 벗어나지 못한 카일은 고개를 들어 페이서를 올려다보았다. 카일의 상태가 심상치 않다는 걸 파악한 카트리나와 리에트가 그의 양옆으로 달라붙어 치료를 시작했지만, 전격에 여러 번 직격당한 그의 육체는 쉽사리 복구되지 않았다.

"이런 몰골로 다시 만나고 싶지 않았는데……."

과거의 영광스러웠던 모습으로 다시 돌아간 페이서.

그리고 인간의 피를 흠뻑 뒤집어쓴 모습으로 페이서 앞에 나타난 카일.

원치 않은 때에 재회한 두 남자의 시선은 서로 많은 것을 담고 있었다.

Chapter 49
마지막으로 해야 할 일

1

엘레힘 신성력 1328년 8월 7일.

수풀 속에 몸을 감춘 20여 명의 남자가 긴장 속에서 저택 입구를 주목했다.

오랫동안 방치된 저택 주위엔 잡초가 무성하게 자라났고 깨진 유리창 안의 어두운 방 안은 음산한 분위기를 자아냈다. 그러나 아무도 살 것 같지 않아 보이는 깊은 숲 속의 저택 안에 마르코가 머무르고 있었다. 각자 들고 온 무기를 조심스럽게 꺼낸 그들은 안으로 진입하라는 명령만을 기다리고 있었다.

"휴우."

그들을 이끌고 온 엘레힘 교단의 추기경 오르갈트는 그답지 않게 몇 번이나 심호흡을 반복하며 흥분을 가라앉혔다.

저택 안에서 느껴지는 절대적인 어둠, 그리고 그 어둠 안에 머무르고 있는 미약한 빛에 오르갈트는 마음을 진정시키기 힘들었다.

모르드 왕국의 삼엄한 경계를 뚫기 위해 소수의 정예 병력만 대동한 오르갈트는 마르코의 저택 근처로 잠입한 후에야 그가 소유한 어둠이 얼마나 막강한지 실감했다.

'마르코는 완전히 제이블란트에게 먹힌 거나 다름없어. 그럼에도 마르코의 육체를 완전히 집어삼키지 않고 머무르는 데 만족하고 있다면… 역시 그것 때문인가?

빛과 어둠의 공존.

오르갈트는 독자적인 연구를 계속 진행하면서 가까스로 자신의 육체에 빛과 어둠이 같이 머무르게 만드는 데 성공했다. 하지만 빛의 힘에 비해 어둠은 아직도 미약한 수준에 그쳤다.

반대로 지금의 마르코는 어둠이 절대적으로나 상대적으로 빛을 압도하고 있었다. 말이 공존이지 제이블란트가 마음만 먹는다면 어둠 속에 완전히 소멸될 정도로 미약한 빛이었다.

'그럼에도 여전히 마르코의 육체에 빛을 남겨놨다는 건 나와 같은 목적을 지녔을 가능성이 커.'

오르갈트는 자신의 가정이 들어맞기를 바라며 눈을 지그시 감았다.

시야가 어둠으로 뒤덮이자 긴장이 가라앉으며 두 번째 안으로 남겨놨던 비책을 써야 할 때라고 마음을 굳힐 수 있었다.

"고든."

"네."

"너는 돌아가서 준비해 놨던 그것들을 실버윙즈에 넘겨줘라."

오르갈트의 명령에 그의 부관 고든은 말문이 턱 막혔다.

한동안 멍하니 오르갈트를 바라보기만 했던 고든은 정신을 번쩍 차리고 어이없다는 표정을 지었다.

"여기까지 와서 저만 돌아가라니, 무슨 말씀이십니까? 뭣보다 그것들은 어디까지나 만약을 대비해서……."

"아무래도 만약이 지금 일어날지도 모른다. 그러므로 앞으로의 일은 너에게 맡기겠다."

"하지만……."

"잘 부탁한다, 고든."

마지막까지 망설이던 고든은 결국 상관의 뜻을 거역하지 못하고 고개를 끄덕이더니 수풀 속을 헤치며 홀로 유유히 떠났다.

부스럭거리는 소리가 사라지고 고든이 시야에서 완전히

벗어나자 오르갈트는 한결 홀가분한 표정으로 저택을 응시했다. 이곳에 도착하기 전까지 아쉽게 여겼던, 만약 교단의 모든 병력을 이곳에 투입했다면 훨씬 수월하게 이겼을지도 모른다는 가정을 완전히 떨쳐 내버렸다.

'어차피 교단은 옛날의 그 교단이 아니었어.'

마르코가 제이블란트의 힘을 얻은 이후 완전히 분열된 엘레힘 교단은 원래 지녔던 힘을 완전히 잃어버렸다.

마족도 아닌 인간이, 그것도 교단 소속의 성직자가 제이블란트의 봉인을 풀었다는 이야기는 대륙 전체로 퍼져 나가 교단의 위상을 보이지 않는 나락 아래로 추락시켰다.

많은 수의 성직자가 법의를 벗어 던지고 교단을 떠났고, 각자 살길을 모색하기 위해 서로 다른 길을 걷기 시작했다.

뒤늦게 실버윙즈의 문을 두들겼다가 문전박대당한 이가 적지 않았고, 신생 모르드 왕국으로 건너간 고위 성직자들까지 있었다.

그럼에도 엘레힘 교단 수뇌부는 이번 사태의 책임을 누가 질 것인지에 대해서만 끊임없이 토의했다. 이전까진 각자의 이익을 위해 서로 견제하며 다투던 수뇌부가 이제는 한결같이 입을 모아 마르코의 상관이었던 오르갈트의 경질을 촉구했다.

결국 오르갈트는 부하의 실책을 자신이 직접 메우겠다며 소수의 병력만 이끌고 마르코가 머무르고 있는 저택 앞까지 잠입했다. 그러나 사실 그는 교단에서의 지위 따윈 어떻게 되든 상관없었다.

완벽한 존재.

원래 지닌 빛의 힘에 어둠의 힘을 인위적으로 거두어들이면서 오르갈트가 추구했던 궁극의 길이었다. 그러나 막상 그 길에 가장 가깝게 접근한 이는 치명적 결점을 지녔다고 판단했던 마르코였다.

아직까지도 자신은 제이블란트의 힘을 제어하고 있다고 착각하고 있을 마르코를 떠올리자 오르갈트의 입에 절로 미소가 떠올랐다.

'과연 어떻게 될까?'

그에게 성공이냐 실패냐는 중요한 문제가 아니었다.

최선이 아닌 최악 둘 중 하나로 결정된다면, 그 최악을 차악(次惡)으로 바꾸는 비장의 수가 먹히기를 기대했다.

그래도 최선으로 향하는 길에 대해 포기한 것은 아니었다. 그는 자신의 수하들을 쑥 둘러본 뒤 해머 디스트로이어를 쥔 오른손에 힘을 가득 주었다.

"자, 가자."

2

모르드 왕국 최남단에 위치한 헤르자 성안은 전날부터 사람 하나 없는 텅텅 빈 성이 되어버렸다.

마족 공작 디케이드가 온다는 정찰병의 소식을 접한 헤르자 성은 정부에서 내려진 지침에 따라 모든 걸 포기하고 3일에 걸쳐 모든 주민을 다른 곳으로 피신시켰다.

바람에 쓰레기 더미가 날아가는 모습을 지켜보던 디케이드는 씨익 미소를 지으며 성 중앙에 위치한 대강당 안으로 걸어갔다.

"쿨럭!"

갑자기 터진 기침에 디케이드는 오른손으로 입을 틀어막았다. 붉은색이 아닌 녹색의 피가 흘러나와 손바닥을 적셨지만 그의 미소는 여전히 사라지지 않았다.

데몬 공작 에르카이저에 의해 되살아났고, 인간에 대한 증오와 분노로 부의 힘을 각성한 그는 마족과 인간과의 전쟁이 재개되자 모르드 왕국만을 집중적으로 노리고 살육을 펼쳤다.

그의 힘에 의해 폐허가 된 모르드 왕국의 성만 해도 어느새 30여 곳을 넘어섰다. 그러나 영원할 것 같았던 부의 힘은 3년이라는 시간 동안 점점 약해져만 갔다.

"조금만 더… 내 복수가 완성되기 전까지만……."

하지만 이러한 쇠퇴 역시 디케이드의 계산에 들어 있었다.

그는 오른손에 커다란 구의 형태로 부의 힘을 응축하더니 그대로 손을 땅바닥 깊숙이 찔러 넣었다.

"이제 남은 곳은 케이브란스 성뿐인가… 쿨럭!"

모르드 왕국의 수도 케이브란스 성은 그에게 여러 의미를 안고 있는 곳이었다.

사랑하는 여성을 만나 행복한 가정을 꾸렸던 곳이자, 개선장군으로서 많은 이의 환영을 온몸으로 받았던 장소였다.

그러나 얼마 지나지 않아 반역자로서 사형장의 이슬이 되었던 저주받을 곳이기도 했다.

다시 시작된 기침에 녹색의 피가 입술 사이로 흘러나와 목을 타고 계속 아래로 흘러내렸다. 텅 빈 왼쪽 안구 안쪽에서 녹색의 안광이 희미해지며 빛을 잃어갔다.

"아직은… 아니야! 이대로 쓰러지기엔 너무 일러!"

디케이드는 이를 악물더니 여태껏 그를 지탱해 준 분노와 증오를 끌어 올렸다.

목이 잘리던 순간, 자신에게 손가락질하며 조소하던 우둔한 시민들의 시선을 떠올렸다. 폐인이 된 채로 집창촌에서 몸을 팔던 부인과 자식들의 시체가 시야를 한가득 메웠다.

그러나 딸의 얼굴만은 기억나지 않았다. 대신 모르드 왕국 병사들이 끌고 가던 한 여기사의 얼굴이 뇌리에서 사라지지 않았다.

디케이드는 지난번 카일과의 이야기를 되새기며 씁쓸한 미소를 지었다. 인간과 모르드 왕국에 대한 분노와 증오만으로 가득 차야 할 가슴속에서 존재하지 않아야 할 또 하나의 감정이 피어오르고 있었다.

"카일, 자넨 정말… 잔인한 사람이야."

3

쿠웅!

코르테스 성을 둘러싼 마나의 장벽 위로 거대한 암석이 충돌했다. 투석기에서 연달아 발사된 암석들이 마나의 장벽 중 한곳을 집중적으로 노렸고 균열이 길게 이어졌다.

마르코가 보낸 빛의 하수인들과 모르드 왕국의 병사들로 완전히 포위당한 코르테스 성은 당장에라도 함락될 위기에 처했다. 빛의 용사 페이서와 그의 동료들은 물론이고 실버윙즈의 지휘관들마저 자리를 비운 터라 이길 확률은 극히 적었다.

천장이 흔들리는 집무실 안에 창문을 응시하던 코르테스에게 그의 수하들이 다급한 얼굴로 달려왔다.

"성주님! 더 이상 버티는 건 무립니다! 비상 통로로 들어가는 입구는 이미 열어놨으니 지금이라도 도망치셔야 합니다!"

코르테스 성의 영주, 코르테스는 수하의 만류에 고개를 가로저었다.

자신 혼자만이 아닌 다른 이들의 힘을 모아 완성된 성을 두고 떠날 마음은 처음부터 아예 없었다. 한갓 졸부로 끝났을지도 모르는 자신의 인생을 극적으로 변화시킨 이곳을 그냥 떠날 수는 없었다.

"그분들이 오실 때까지 난 여길 떠나지 않겠다! 우선 여자와 어린아이들부터 비상 통로로 대피시켜라!"

"하, 하지만 우선 성주님부터… 어?"

순간 방 안을 가득 메운 빛에 코르테스의 수하들은 고개를 옆으로 젖히며 눈을 감았다.

빛이 사라지자 코르테스 바로 왼쪽에 그려진 마법진이 보였다. 그리고 그 마법진 위에는 무뚝뚝한 인상의 중년 남성과 붉은 머리칼의 뱀파이어가 서 있었다.

"생각보다 늦었군."

"오래간만이야, 대머리 인간."

익숙한 얼굴과 목소리에 코르테스는 입을 뻐금거릴 뿐이었다.

슈겔이 가볍게 손을 들어 인사한 후에야 코르테스는 꿈이 아닌 현실이라는 걸 알고 눈물을 글썽거렸다.

"여, 여러분은!"

"이렇게 환영해 줄 줄은 몰랐는데… 아무튼 우리들이 왔으니 괜한 생각은 하지 마, 응?"

슈겔은 코르테스의 허리춤에 손을 가져가더니 단검을 검집째 쏙 빼냈다.

"그러면 우리는 밖에 있는 애송이들 처리 좀 하고 올게. 땀 좀 흘리고 올 거 같으니 술이나 좀 마련해 놓으라고."

말을 마친 슈겔과 크로이드의 모습이 순식간에 사라지자

코르테스는 제자리에 털썩 주저앉으며 엉덩방아를 찧었다.

"이제 우리는 살았어… 살았다고!"

"성주님! 꿈만 같습니다! 저분들이 오시다니!"

"하, 하하, 하하하!"

절망이 희망으로 바뀌자 코르테스는 너털웃음을 터뜨리며 천천히 일어섰다. 그리고 찬장의 유리문을 활짝 열고 안에 전시해 놨던 고급 와인들을 쑥 둘러봤다.

"껄껄껄, 내 컬렉션들이 그분들 맘에 들어야 할 텐데……."

*　　*　　*

"어이! 다들 마나의 장벽 밖으로 나오지 말라고! 그냥 안에서 편하게 구경하다 보면 다 끝나 있을 거야."

순간이동마법으로 코르테스 성의 성문 앞에 나타난 슈겔은 안절부절못하던 병사들을 전부 성 안쪽으로 도망치게 했다.

투석기의 공격은 계속 이어졌지만, 슈겔이 급히 강화시킨 마나의 장벽은 견고함을 자랑하며 조금도 부서지지 않았다.

당당히 성문을 열어놓은 채 성 밖으로 걸어 나오는 두 남자에게 모르드 왕국 병사들의 시선이 집중되었다. 그러나 포위망을 유지한 채 제자리를 지킬 뿐, 그 둘에게 돌진하는 병사들은 아무도 없었다. 슈겔과 크로이드가 멀리서도 느낄 수 있는 압도적인 기세를 뿜어냈기 때문이다.

"우리들, 이렇게 같은 편으로 싸워보는 게 얼마 만이지?"

"처음이다."

"엉? 그러면 서로 피터지게 싸우기만 했었나?"

슈겔은 고개를 까닥거리며 과거의 기억을 떠올리려 했지만, 항상 그랬던 것처럼 입술만 삐죽 내민 채로 포기했다.

"그나저나 네 제자 녀석과 한 약속 때문에 여기까지 왔지만, 뭔가 찜찜해. 역시 그걸 돌려주지 말았어야 했나?"

얼마 전, 케이오스 마을을 홀로 찾아온 카트리나는 연구용으로 맡겼던 시드를 도로 찾아갔다. 다른 동행 없이 시드를 가져간 카트리나의 의중이 마음에 걸렸지만, 지금은 코르테스 성을 침공한 적들을 물리치는 게 급선무였다.

"아무튼 오래간만에 한번 크게 일 벌여볼까?"

"그래."

제자와의 약속을 지키기 위해 온 스승과 그의 친구는 이번 전쟁에서 그들의 처음이자 마지막 전투가 될지도 모르는 전장을 향해 천천히 걸어 나갔다.

『흑암의 귀환자』 7권에 계속…